*Über dieses Buch* Es geschehen seltsame Dinge in diesem Buch, aber noch seltsamer ist, daß sie alle so geschehen, als wäre nichts passiert: Die resolute, witzige Julia verliebt sich in den hübschen naiven Soldaten Valentin Brü, der halb so alt ist wie sie, nichts hat und nichts kann, und heiratet ihn vom Fleck weg. Auf die Hochzeitsreise geht Valentin allein, weil Julia ihren Kramladen nicht im Stich lassen mag. In Paris gerät er arglos unter die leichten Mädchen, trifft als Zuschauer bei einem Begräbnis zufällig Julia und deren Clan und erbt den Rahmenladen von Julias Mutter. Mann und Frau betreiben ihre Läden in Bordeaux und Paris und stürzen sich in die Wonnen des Spießerdaseins. Erst als Julia einen leichten Schlaganfall bekommt, gesteht sie ihrem Mann, daß sie heimlich als Madame Saphir einen Wahrsagesalon betreibt, den nun, der fetten Honorare wegen, Valentin, als Madame Saphir verkleidet, weiterführen wird. Sonntag des Lebens, alles ist möglich. Die Frauen im Viertel merken nichts, sie müssen ihre Wahrsagerin haben, nur ein Polizist ... aber der spielt mit, denn auch er braucht einen schmalen Fluchtweg aus der Wirklichkeit, und wenn es nur um Tips für seine Lotterienummern geht.
»Wenn sich Queneau mit diesem Roman aus der Sphäre seiner Surrealismen entfernt, so ist doch der Roman selbst eine Art Surrealismus insofern, als er eben nur diese Winkel in Windstille schildert, dieses heiter untragische Leben zweier mit sich zufriedener Kleinbürger. Es nimmt durchaus das von Becketts Winnie vorweg, die, mit ihren Blechbüchsen, Spiegeln, Kämmen und kleinen Erinnerungen beschäftigt, heiteren Gemüts bis zum Hals in einem Sandhaufen steckt und lauter ›glückliche Tage‹ erlebt.« (Marianne Kesting in der *Frankfurter Allgemeinen Zeitung*)

*Der Autor* Raymond Queneau, geboren 1909 in Le Havre, gestorben 1976 in Neuilly bei Paris, war Romancier, Poet, Cineast und Kritiker. Er studierte Philosophie in Paris, leistete 1925 bis 1927 seinen Militärdienst in Marokko und Algerien ab, arbeitete als Bankbeamter und Handelsvertreter, ab 1938 als Lektor im Verlag Gallimard, wo er seit 1945 die ›Encyclopédie de la Pléiade‹ leitete. – Nach einer kurzen surrealistischen Periode (1924–1929) schrieb Queneau Prosabücher, in denen er – in der Nachfolge von James Joyce und Louis Ferdinand Céline – mit der Sprache experimentierte. Charakteristisch dafür ist sein auch in deutscher Übersetzung berühmtes, 1960 von Louis Malle verfilmtes Buch ›Zazie in der Métro‹ (1959).
*Im Fischer Taschenbuch Verlag erschienen außerdem:* ›Das intime Tagebuch der Sally Mara‹ (Bd. 5832), ›Man ist immer zu gut zu den Frauen‹ (Bd. 5833), ›Odile‹ (Bd. 5878), ›Die blauen Blumen‹ (Bd. 5891).

Raymond Queneau

# Sonntag des Lebens

Roman

Aus dem Französischen
von Eugen Helmlé

Fischer
Taschenbuch
Verlag

Veröffentlicht im Fischer Taschenbuch Verlag GmbH,
Frankfurt am Main, Februar 1986

Lizenzausgabe mit freundlicher Genehmigung des
S. Fischer Verlags GmbH, Frankfurt am Main
Titel der französischen Originalausgabe:
›Le Dimanche de la Vie‹

Umschlaggestaltung: Jan Buchholz/Reni Hinsch
Gesamtherstellung: Clausen & Bosse, Leck
Printed in Germany
980-ISBN-3-596-25892-8

. . . es ist der Sonntag des Lebens,
der alles gleichmacht,
und alle Schlechtigkeit entfernt;
Menschen, die so von ganzem Herzen wohlgemut sind,
können nicht durch und durch schlecht
und niederträchtig sein.

*Hegel*

## I

Er ahnte nicht, daß sie, die Geschäftsfrau, ihn, den Soldaten Brü, jedesmal, wenn er an ihrem Laden vorbeikam, beobachtete. Er ging natürlich und unbefangen dahin, munter khakigeschniegelt, das Haar, was man unterm Képi davon sah, das Haar kurz geschnitten und gewissermaßen auf Hochglanz gebracht, die Hände an der Hosennaht, die Hände, von denen sich eine, die rechte, in ungleichmäßigen Abständen hob, um einen höheren Dienstgrad zu ehren oder auf den Gruß irgendeines Entmilitarisierten zu antworten. Ohne zu argwöhnen, daß ein bewunderndes Auge ihn Tag für Tag auf dem Weg, der von der Kaserne zur Tretmühle führte, aufspießte, wanderte der Soldat Brü, der im allgemeinen an nichts dachte, wenn aber doch, dann am liebsten an die Schlacht von Jena, wanderte der Soldat Brü also mit der Unbefangenheit des Ahnungslosen durch die Straßen. Die Augen ahnungslos graublau, die Gamaschen ahnungslos galant gewickelt, führte der Soldat Brü in schöner Naivität alles das mit sich spazieren, was dazu angetan war, einer Jungfer zu gefallen, die nicht mehr ganz jung und nicht mehr ganz Jungfer war. Er wußte es nicht.

Julia kniff ihrer Schwester Chantal in den Arm und sagte:

»Da isser.«

Hinter einen wüsten Haufen Garnknäuel und Knöpfe gekauert, schauten sie stumm zu, wie er vorbeiging. Ihr Schweigen war die Folge der Intensität ihrer Betrachtung. Hätten sie gesprochen, er hätte sie nicht gehört.

Wie gewöhnlich biegt der Soldat Brü um die Ecke der Rue Jules-Ferry und verschwindet für eine Zeitlang. Bis zur Essenszeit.
»Na?« fragt Julia.
»Na?« antwortet Chantal.
Sie setzt sich neben die Kasse.
»Er.«
»Von der Sorte gibts Tausende«, sagt Chantal.
»Gibts nicht auch Tausende wie deinen?«
»Das ist kein Argument!«
»Siehst du.«
Julia sah weiterhin schmachtend nach der Ecke der Rue Jules-Ferry.
»Was sehe ich?« fragte Chantal.
Julia drehte sich nach ihrer Schwester um:
»Den nehme ich und keinen andern.«
»Tu was du willst.«
Chantal zuckte die Achseln und sagte, damit ihren vorigen Satz bestätigend:
»Tu was du willst.«
»Und sonst hast du mir nichts zu sagen?«
Wenn sie heiratet, können sie ihre Erbschaft in den Wind schreiben, die Bolucras, Erbschaft nicht für sie, aber für ihre Tochter Marinette, die mal ins Geschäft hätte einsteigen können, wenn die Tante alt und wacklig gewesen wäre. Man würde eben was andres für Marinette finden. Die Bulacras hatten die täntliche Boutique gar nicht nötig. Sie liefen ihr nicht nach. Soll sie sich ruhig verheiraten, die Julia.
»Findest du ihn nicht etwas zu grün für dich?«
»Wie alt schätzt du ihn?«
»Zweiundzwanzig, dreiundzwanzig.«
»Du siehst ihn in kurzen Hosen.«
»Allerhöchstens fünfundzwanzig.«

Sie, Chantal, sagte das nicht, um sie, die Julia, davon abzuhalten. Aber sie fand ihn etwas zu grün, den Sandhasen, für ihre Schwester, die gar nicht mehr so grün war.
»Ein schöner Mann«, sagte Julia, »kein Bubi.«
»Schneid dir mal nur nicht in den Finger. Der ist vom letzten Jahrgang, dein Stoppelhopser. Wenn man dem in die Nase kneifen würde, käme Rahm raus. Ich sage Rahm, denn ich muß zugeben, daß er hübsch ist.«
Julia platzte los.
»Du machst mich immer lachen.«
»Nicht so wie du«, sagte Chantal. »Im Augenblick zum Beispiel machst du mich lachen, weil du eine Mordsdummheit machen wirst.«
»Und wieso?«
»Weil du einen Burschen heiraten willst, der zwanzig oder fünfundzwanzig Jahre jünger ist als du. Wo soll das denn hinführen, sag mal: wo soll das denn hinführen?«
Sie schüttelte kokett ihre Haare und antwortete auf ihre eigene Frage:
»Deine Ehe wird keinen Bestand haben.«
Julia sah ihrer Schwester scharf ins Gesicht, dann auf die Brust und schließlich auf die Beine. Sie sagte zu ihr:
»Findest du mich mies?«
»Nein, nein, du kannst dich sehen lassen. Aber zwanzig, fünfundzwanzig Jahre Unterschied, das heißt schon was. Du hast noch die französischen Poilus in roten Hosen an Präsident Fallières vorbeimarschieren sehen. Er weiß sicherlich nicht einmal, wer Fallières war.«
»Zunächst mal herzlichen Dank für deine Anspielung.«
»Was ist, muß schließlich gesagt werden.«
»Außerdem sinds keine zwanzig Jahre! Und überhaupt ist es mir wurscht. Sag mir: bin ich schrottreif?«
»Keineswegs.«
»Meine Flabbe?«

»Es geht.«
»Meine Titten?«
»Sie halten.«
»Meine Haxen?«
»Okä.«
»Also?«
»Es kommt nicht nur aufs Äußere an«, sagte Chantal, »sondern auch auf den inneren Halt.«
»Oh, oh«, sagte Julia, »wo haste denn den Mumpitz aufgeschnappt?«
»Such nicht, hab ihn allein gefunden.«
»Na, dann erklär mal.«
Chantal spielte auf die Sitten der Männer an, der verheirateten Männer im allgemeinen und des ihren, Paul Boulingra, im besonderen: hartnäckiger Alkoholismus, verrauchte Tabaksbude, sexuelle Faulheit, finanzielles Mittelmaß, Schwerfälligkeit in Gefühlsdingen. Bloß fand Julia eben, daß ihre Schwester in der Person ihres Papapaul einen ganz besonders schlechten Fang gemacht hatte. Sie zählte eine Reihe Kerle auf, die nur Wasser tranken, wie der Mann der Trendelino, die nicht rauchten, wie der der Foucolle, die ständig in heißer Glut waren, wie der der Panigère, die glänzend verdienten, wie der der Parpillon, und die zu ihren Frauen von zärtlichster Aufmerksamkeit waren, wie der der schon erwähnten Foucolle. Ganz zu schweigen von denen, die eine Sicherung einschrauben, Pakete tragen, Auto fahren und die Augen niederschlagen können, wenn sie einer Nutte begegnen. Julia dachte, daß ihr Soldat bestimmt zu dieser Sorte gehörte und sie lächelte darüber vor Vergnügen. Was Chantal aufbrachte.
»Ja«, gab sie zu, »aber wenn du mal sechzig bist, ist er fünfunddreißig. Du wirst ihn nicht halten können.«
»Das werden wir sehen.«

»Du bist sehr schlau.«
»Ich werds verstehn.«
»Glaubst du denn wirklich, man kann die Männer einfach so halten, du dummes Mädchen?«
»Mit ihm wirds gehn.«
»Du kennst ja nicht einmal seinen Namen.«
»Was macht das schon?«
»Du kennst weder sein Alter noch seinen Beruf noch seine Vergangenheit und du weiß nicht einmal, ob er in der Volksschule überhaupt bis zur achten Klasse gekommen ist.«
»Und?«
»Schon gut, Mädchen, schon gut.«
Chantal schüttelte weiblich ihr Haar. Sie sagte noch einmal:
»Schon gut.«
Dann schloß sie:
»Ja, mach dich doch ran. Mach dich doch ran.«
Julia setzte sich an die Kasse. Es waren keine Kunden da, deshalb konnte sie; ansonsten ist es kein gutes Prinzip: der Kunde denkt sofort an die monetären Folgen seines Tuns und kauft nichts. Also besser nicht. Nun sitzt sie hinter der Moneten- und Möpselmaschine mit Sprungfeder, einer schönen, modernen Maschine wie in Apotheken und Konzertkneipen, die, die Maschine, dem bescheidenen Weißwarengeschäft der Julia Julie Antoinette Ségovia einen seriösen und drohenden Anstrich gab, der geeignet war, das Zögern und die Unentschlossenheit der Käuferinnen petrolgrüner Schleifen oder goldkäferfarbener Litzen zu besiegen.
Sie, Julia, nahm einen Ordner heraus, einen für die Rechnungen, und begann sich in die Fälligkeitstermine zu vertiefen. Seit dem ersten hatte sie das schon siebenundsiebzigmal getan, aber einmal zuviel schadet nie. Außerdem

dachte sie nicht an das, was sie nicht tat. Während ihre Finger mit analphabetischem Fleiß Zeichen nachmalten, die der Westen den Erfindern des Gummis verdankt, bereitete Julie eine kleine Rede vor, die, in Erwartung praktischer Ergebnisse, für ihre Schwester bestimmt war. Aber da kam Ganière herein.

Zu Besorgungen weggeschickt, damit die Sisters in Ruhe alles bequasseln konnten, kehrte die Sklavin früher in das Lädchen zurück als vorgesehen.

»Da ist doch eine wie die andere«, sagte Julie zu Chantal. »Wenn sie da sein sollen, kommen sie ewig nicht zurück, wenn sie aber nicht da sein sollen, rennen sie sich die Beine aus dem Leib.«

Julie empfand über Ganières Eifer tiefstes Bedauern und ermaß im Zeitraum von wenigen Millimetersekunden die Entfernung, welche die Herren von den Dienern trennt, vor allem die Intelligenz der einen von der Schwerfälligkeit der andern. So eine dumme Kuh, brummte sie und sagte dann:

»Sie haben aber lange gebraucht!«

»Aber Madame«, fing das Mädchen an.

»Es reicht«, sagte Julie. »Sie haben sich wieder herumgetrieben.«

»Aber Madame«, blökte man.

»Ja, herumgetrieben. Mit Taugenichtsen herumgetrieben. Oder sogar mit Soldaten.«

Dabei hatte sie sich getummelt, die Ganière. Sie würde nie verstehen.

»Aber Madame.«

»Es reicht. Haben Sie sich wieder unter den Rock fassen lassen, was, Sie kleine Schlampe? Ich werde es Ihrer Mama sagen und Ihrer armen Großmutter. So jung und schon so verdorben!«

Julie seufzte:

»Eine richtige Hetäre!«
Man öffnete den Mund, aber man kam gar nicht dazu zu protestieren. Julie beugte sich zu dem man herab, und die Kasse war hoch und das Frauenzimmerchen nicht größer als drei Äpfel. Man zitterte.
Julie stieg von ihrem Stuhl herunter, griff unter eine Theke und zog ein kleines Packerl darunter hervor, das sie Ganière hinwarf.
»Bringen Sie das weg und zwar schnell.«
»Aber, Madame...«
»Was, aber?«
»Issoch für M'ame Foucolle. Hattoch gesagt, sie käm vorbei, ums abzuholen.«
»Geht Sie das was an?«
»Chweiß nich, Madame.«
»Tun Sie, was ich Ihnen sage und bringen Sie das weg. Ihre Ansichten sind mir gleichgültig, mein Kind.«
Man neigte das Haupt, bevor man wieder auf die Straßen des Bouscats hinausging und nachdem man das Haupt geneigt hatte, ging man wirklich wieder auf die Straßen der Vorstadt hinaus.
Als Ganière verschwunden war, kletterte Julia auf ihren Stuhl zurück und sagte:
»Mit den Dienstboten hat man ewig Ärger.«
»Wem sagst du das«, sagte Chantal, obgleich sie nur eine Zugehfrau hatte.
»Die Regierung kümmert sich ja auch nicht drum.«
»Vielleicht doch.«
»Oder sie kümmert sich eher zuviel drum.«
»Gut möglich.«
»Genau wie mit den Beamten.«
»Laß doch die Beamten.«
Julia ließ also die Beamten, nicht so sehr wegen ihrem Schwager, Paul Brelugat, Kontrolleur beim Eichamt, als

wegen ihrer Schwester, Chantal Maria-Berthe Eléonore, Gattin eines gewissen Brolugat (Paul), der durch Arbeit und Fleiß nach mancherlei Ängsten den Posten eines Kontrolleurs beim Eichamt in Bordeaux (Gironde) ergattert hatte. Er war gerade nach Paris ins fünfzehnte Arrondissement versetzt worden, eine großartige Beförderung und zugleich Vorwand für einige bordelesische Freßgelage, die mit Aioli befeuchtet, mit Fondue begossen und mit Chambertin berieselt wurden. Aus Zuneigung zu ihrer Schwester ließ Julie also die Beamtenfrage fallen, obgleich sie jedesmal, wenn sie daran dachte, an die besagte Frage, ungeheuer in Rage kam. Genug.

»Och, ich, weißt du, die Beamten«, sagte sie.

»Hast du mir noch was zu sagen?« fragte Chantal.

»Glaubst du wirklich, daß ich eine Dummheit mache?«

Aber sie machte nicht den Eindruck, als stelle sie diese Frage ernstlich.

»Es ist nicht gesagt, daß du könntest«, antwortete Chantal. Der lässige Ton ließ Julia hochsehen.

»Erklär dich.«

»Was denn? Ist doch klar!«

»Ist klar? was?«

Chantal stand auf.

»Ich muß gehen.«

Sie ging auf die Tür zu, aber Julia rührte sich nicht.

»Erklär dich«, sagte sie.

»Nimm an, er ist verheiratet.«

»Er trägt keinen Ring«, gab Julie sofort zur Antwort.

»Ich will dich nicht ärgern, aber es könnte sein, du gefällst ihm nicht.«

»Ich werde.«

»Zwanzig Jahre Unterschied, das zählt.«

»Es sind keine zwanzig Jahre.«

»Wetten, daß es die sind.«

»Ist das alles, was du mir zu sagen hast?«
»Genügt dir das nicht?«
Julia beugte sich einige Sekunden lang über ihre Rechnungen, dann schob sie sie in den Umschlag, ließ sich vom Stuhl gleiten und kam auf ihre Schwester zu, wobei sie in diesen Worten zu ihr sprach:
»Ich bin traurig, daß du jetzt so in die Hauptstadt gehst, du wirst mir fehlen, Schwesterchen.«
»Du hast ja jemanden anderes gefunden, der dir Gesellschaft leistet.«
»Das ist kein Ersatz für eine Schwester.«
»O nein. O nein. Für eine Schwester gibt es keinen Ersatz.«
Ihre Haare fielen in weichen Wellen über den etwas abgeschabten Kragen ihres Kostüms. Chantal wühlte in ihrer Handtasche nach dem Rosa, dem Lippenrot, dem Puder, der Paste, der Krem, der Stangenpomade, der Puderquaste, dem Pinsel.
»Ist wirklich wahr, für eine Schwester gibt es keinen Ersatz. Du hast eben Schwein, du.«
»Pah, Paris ist doch nur Paris.«
»Trotzdem.«
Julie seufzte.
Chantal verrieb sich karminrote Salbe auf den Lippen, leckte sich ab, lächelte schließlich.
»Du wirst uns mal besuchen kommen«, sagte sie.
Julia lächelte ebenfalls.
»Dann gehen wir in die Folies-Bergères.«
»Und ins Casino de Paris.«
»Auf den Eiffelturm.«
»Da wird mir schwindlig.«
»Und auf den Friedhof Père-Lachaise.«
»Wo die großen Toten begraben sind.«
Sie wurden ganz rührselig.

»Erinnerst du dich noch«, sagte Julia zu Chantal, »erinnerst du dich noch an die Lotsengasse?«
»Und ob! Der Name paßte!«
»Erinnerst du dich noch, nach Schulschluß?«
»Ja. Mireille Bacroix, Sophie Bergier und du, ihr habt die Jungens dorthin gelotst, um ihnen die Hosen auszuziehen. Ich hab euch zugeschaut, ich war noch zu klein.«
»Wir haben sie ganz schön ins Bockshorn gejagt, die Engel. Die Rektorin hat uns sogar beglückwünscht, weil wir unserem Geschlecht Respekt zu verschaffen wußten.«
Sie lachten sich schief.
»Und«, fuhr Julia fort, »als du dich verloben mußtest, hab'n wir Mama vorgemacht, du hättest durch den übermäßigen Genuß von Wassermelonen die Wassersucht gekriegt.«
»Paul hats auch geglaubt«, fügte Chantal lachweinend hinzu.
»Was hab'n die Leute doch ne weiche Birne«, schloß Julia.
Sie beruhigten sich, als Julia fortfuhr:
»Und dann der Wunderdoktor, den wir erfunden haben!«
Von neuem Lachen.
»So«, sagte Julia, »ist deine Hochzeit ohne Rundlichkeit über die Bühne gegangen.«
»Olala«, machte Chantal. »Olala. Olala.«
Sie mußte sich wieder setzen.
Keuchend tupfte sie ihre Tränen ab.
»Du bringst mich immer zum Lachen«, stotterte sie.
Die Erbschaft der unverheirateten Schwester zu pflegen und zu erhalten, war wirklich ne Sache, die viel zu lange dauerte. Und Marinette würde sich später schon durchschlagen. Außerdem ging ihr Marinette im Augenblick auf den Wecker. Nie hatte sie ein solches Kind gesehen:

immer befingerte sie sich, war pervers, falsch, verlogen, verheuchelt, diebisch, alles.
»Erinnerst du dich noch«, sprach Julia weiter, schon über den prächtigen Spaß aus ihrer gemeinsamen Erinnerung, den sie gerade beschwören wollte, lachend.
Chantal unterbrach sie.
»Hör zu. Ich muß jetzt gehen. Sag mir schnell, um was du mich bitten wolltest.«
Julie küßte sie.
»Auf Wiedersehen, Kleines. Und erzähl mir auch alles, was du über ihn erfahren hast.

## 2

»Ich weiß es nicht, Madame«, sagte der Oberst.
Madame Botugat machte ein schmerzlich enttäuschtes Gesicht.
»Aber Hauptmann Bordeille wird Ihnen sicherlich Auskunft geben können. Ich rufe ihn gleich an.«
Ich rede ja doch verdammt gut, dachte er, während Madame Botegat aufstand und dabei zu sich sagte, daß in der französischen Armee die Offiziere ihre Männer nicht gut kennten und daß das, wahrscheinlich, höchst bedauerlich sei.
»Es war mir ein Vergnügen, Madame.«
Was mochten die wohl treiben, die Offiziere, wenn sie, nicht genug damit, daß sie ihre Männer nicht kannten, nicht einmal versuchten, die Frauen kennenzulernen. Dieser hier, der Oberst, gerade noch höflich. Keine Galanterie. Nichts.
Hauptmann Bordeille war nicht viel besser. Er war äußerst mißtraurisch. Je weiter man auf der hierarchischen Stufenleiter hinabstieg, um so mehr verlor die Empfeh-

lung des Direktors des Eichamts des Departements Guyenne und Gascogne an den General Hinz-und-Kunz, Stadtkommandant von Bordeaux, an Wert.

»Was wollen Sie eigentlich wissen, Madame?« fragte der Hauptmann Bordeille, der zu sich sagte: Ich rede ja doch verdammt gut. Da er diesen Vorteil nutzen wollte, ergriff er schnell wieder das Wort, das noch auf halbem Wege zu der Dame umherflatterte. Und also:

»Ich muß Ihnen sogleich gestehen, Madame, daß ich sehr erstaunt bin, daß General Hinz-und-Kunz seine Genehmigung gegeben hat, einer Person des sogenannten schwachen, aber mit Sicherheit bezaubernden Geschlechts auch nur die geringste Auskunft militärischer Art zu erteilen.«

Hauptmann Bordeille schnaufte einen Augenblick, um zu denken, denn er konnte natürlich nicht gleichzeitig reden und denken, um also zu denken, daß ganz sicher dieses schöne Weibsbild ihm die Inspiration zu diesem einschmeichelnden Satz gegeben hatte, dessen Faden er soeben mühsam abgesponnen hatte.

Doch Madame Botrula, die inzwischen festgestellt hatte, daß die französische Armee hin und wieder noch ins Galante zu spielen vermochte, beschloß, zum Angriff überzugehen. Und da sie große Bewunderung für Jeanne d'Arc hegte, wählte sie ihre Metaphern gern im kriegerischen Register. *Für meine Schwester*, sagte sie zu sich, was sie ungemein erheiterte, aber dieser subtile Seelenzustand fand kein anderes äußeres Echo als ein köstliches Lächeln, das, einer Granate gleich, die Barrikade in die Luft jagte, die Hauptmann Bordeille zu errichten versuchte.

»Herr Hauptmann«, sagte Chantal, »ich versichere Ihnen, daß General Hinz-und-Kunz zugesagt hat, alles zu tun, damit wir, meine Schwester und ich, die Identität dieses Soldaten, sein Pedigree, seine Dienstjahre, sein Krankenblatt und alle andern Einzelheiten, die die Familie der eventuellen Braut zu interessieren vermöchten, erführen.«

Hauptmann Bordeille fand, daß das Luder auch nicht schlecht sprach. Beeindruckt kratzte er sich am Kopf.

»Wenn der General«, fing er an.

»Ja, ja«, schloß Madame Bodruga an, »der General.«

»Nun, wenn der General.«

»Eben, der General.«

»Wenn der General«, sagte Hauptmann Bordeille noch einmal.

Chantal betonte ihr Lächeln, indem sie es innerlich härtete.

Der Hauptmann schlug die Augen nieder und tat, als nehme er eine sinnvolle Tätigkeit in Angriff, indem er Papiere hin- und herbewegte, die zweifellos zu diesem Zwecke dalagen.

»Gut«, sagte er, ohne aufzusehen.

Es war zu blöd, aber so, wie sie dasaß, konnte er ihre Beine nicht sehen.

»Gut«, sagte er wieder, »wie heißt Ihr Kerl?«

»Sie wollen sagen mein zukünftiger Schwager, Herr Hauptmann.«

Bordeille warf ihr einen verstohlenen, schüchternen und bewundernden Blick zu. Das Weib war auf Draht, auf Zack, auf dem Damm und dazu noch gebildet. Gar nicht schlecht. Aber die Fesseln waren vielleicht ein wenig dick.

»Entschuldigen Sie bitte«, erwiderte er linkisch.

»Bitte, Bitte«, machte Madame Botucla geziert und bedauerte die taube Nuß, daß sie so taub war.

»Also, wie heißt er?«

»Das wissen wir nicht.«

Hauptmann Bordeille sah die Besucherin zaghaft an.
»Vielleicht müßte man es wissen?« meinte er vorsichtig.
»Aber«, machte Chantal, »sind Sie nicht dazu da?«
»Es zu wissen?«
»Ja, es zu wissen.«
Madame Broduga machte ein strenges Gesicht.
»Natürlich«, murmelte er, »natürlich, ich habe zwar die Mannschaftsstammrolle unter mir...«
»Und wieviel haben Sie drin?«
»Was? Wie bitte?«
»Ich habe Sie gefragt, wieviel Mann Sie in Ihrer Mannschaftsstammrolle haben?«
»Viertausendsechshundertsiebenundfünfzig Mann«, antwortete der Hauptmann geschwind.
»Dann dürfte es doch nicht schwer sein, einen Mann unter diesen viertausend und einigen zu finden.«
»Sechshundertsiebenundfünfzig.«
»Und einige.«
Es entstand eine Pause. Hauptmann Bordeille nutzte sie aus, um sich die Stirn abzuwischen. Chantal ließ ihre Handtasche fallen, um beim Aufheben ihren Stuhl so weit zurückschieben zu können, daß der Kerl Aussicht auf ihre Waden hatte. Der Hauptmann machte nicht einmal eine Andeutung aufzustehen, um helfend nach unten zu tauchen. Er begnügte sich damit, zu schauen.
»Na?« fragte Madame Bretoga.
»Wie ist er denn zum Beispiel? Seine Personenbeschreibung?«
Er faßte wieder Vertrauen, denn es war ihm gerade eine Idee gekommen und da sie ihm gekommen war, ohne sie zu suchen, fand er das umso verdienstvoller für sich. Madame Brotega tat, als dächte sie nach.
»Groß«, sagte sie mit der fernen Stimme der Frauen, die

in den Karten lesen, »dunkelhaarig, regelmäßige Gesichtszüge, khakigekleidet...«
»Interessant«, murmelte Hauptmann Bordeille, »interessant.«
Er suchte, was er noch fragen könnte; ohne Erfolg.
»Sie möchten vielleicht seinen Dienstgrad wissen?« fragte Chantal.
»Richtig. Genau. Welchen Dienstgrad hat er?«
»Einfacher Soldat.«
»Tss, tss. Das ist dumm. Das ist dumm.«
»Warum denn, Hauptmann?«
»Das ist sehr verbreitet.«
Er seufzte:
»Wir werden gezwungen sein, lange Untersuchungen anzustellen. Sehr lange.«
Schon wieder hatte er, ohne es zu wollen, eine Idee.
»Und Sie wissen wirklich nichts anderes über ihn?«
»Er geht jeden Tag durch die Rue Gambetta und biegt hinter der Schlosserei um die Ecke, in die Rue Jules-Ferry.«
Hauptmann Bordeille legte sich in seinen Sessel zurück und sein Trimph gab ihm einen fahlen Teint und ein ausdrucksloses Gesicht.
»Dann arbeitet er ganz schlicht und einfach im Büro für die in Frankreich lebenden ehemaligen Soldaten aus Übersee.«
»Genau das, was ich Ihnen sagen wollte.«
Und ohne weiter darauf einzugehen:
»Na, wer ist der Junge?«
»Aber Madame, ich weiß es nicht! Ich weiß es nicht!«
Er wollte wirklich untröstlich aussehen, aber es gelang ihm nicht, Chantal zu überzeugen, die, ohne zu wissen warum, nicht an die Verzweiflung von Soldaten glaubte, und da sie nicht wollte, daß dieser pseudodepressive Zu-

stand allzu lange andauere, regte sie sofort eine Lösung des Problems an, die der andere ohne zu überlegen annahm.
Sie gingen über den Kasernenhof, begleitet von den bewundernden Pfiffen der Männer vom Arbeitsdienst, die auf dem Höhepunkt ihrer erotischen Erregung waren. Geschmeichelt schwänzelte Chantal mit dem Hinterteil, während Hauptmann Bordeille anfing, ihr höchst galante Reden zu halten. Im Auto, das sie ins Büro für die in Frankreich lebenden ehemaligen Soldaten aus Übersee brachte, befleißigte er sich einer respektvollen, distanzierten Haltung. Im Auto, das sie vom Büro für die in Frankreich lebenden ehemaligen Soldaten aus Übersee zurückbrachte und das doch immerhin das gleiche war wie das erste, bekommt sein Verhalten einen leichten Anflug von Satyrismus, da er unbedingt wollte, daß Madame Bretoga den Stoff seiner Hose befühle. Sie gingen von neuem über den Kasernenhof, begleitet von den bewundernden Pfiffen der Männer vom Arbeitsdienst, deren Geilheit sich nie zu legen schien.
In seinem Büro kam Hauptmann Bordeille auf sein Schäfchen zurück, das Valentin Brü hieß. Chantal hatte ihn sofort unter den Tintenleckern des Lagers identifiziert. Und während er in seinen Registern nachsah, plauderte der Hauptmann munter drauflos, angeregt von der gesunden Freude, die diese Tätigkeit verschafft.
»Brü... Brü... Seltsamer Name, nicht wahr?«
»Warum denn?«
»Eh... ich weiß nicht... Alle Namen sind komisch, in gewissem Sinne...«
»Meiner nicht.«
»Natürlich habe ich Sie nicht damit gemeint. Aber meiner zum Beispiel...«
»Ihrer auch nicht.«

»Wirklich nicht? Finden Sie?«
Er warf sich in die Brust.
Die Seiten rauschten dahin.
»Brü... Brü... ich kann nichts entdecken...«
Dann manipulierte er mit Karteikarten.
Die Karteikarten rauschten dahin.
»Brü... Brü... ich kann nichts entdecken...«
Ein Feldwebel, zu Hilfe gerufen, begann zu blättern und zu karteien.
»Brü... Brü... ich kann nichts entdecken, Herr Hauptmann...«
Darauf blätterte und karteite der Unteroffizier des Feldwebels mit nicht größerem Erfolg.
»Brü... Brü... ich kann nichts entdecken, Herr Feldwebel.«
Der kleinste Dienstgrad des ganzen Büros, ein einfacher Soldat, kam ebenfalls dran. Sehr fleißig, blätterte und karteite er unter den Augen der Vorgesetzten. Auch er konnte den Namen Brü nicht entdecken.
Hauptmann Bordeille schickte seine Untergebenen weg, wobei er sie Saukopp und Säbelschlepper titulierte, dann, ganz in seinem Element, verbeugte er sich vor Madame Bodega:
»Madame, es ist alles ganz einfach, er steht nicht in unserer Stammrolle, folglich kann ich Ihnen keine Auskunft geben, um Sie aber für Ihre Bemühungen zu entschädigen, schlage ich Ihnen vor, an einem der nächsten Tage in meinem kleinen, ganz neu von Möbel-Lévitan eingerichteten Appartement ein Gläschen Portwein mit mir zu schlürfen.«
»Doch meide lieber Lévitan, sonst ist's um deine Ehr' getan«, antwortete Madame Butaga zerstreut.
»Bezaubernd! Bezaubernd! Sehr witzig! Sehr witzig!«
In Wirklichkeit fand er es gar nicht so gut, das Kalauer-

chen, aber er will halt verführen. Chantal hingegen legt Wert darauf, die Mission, die ihre Schwester ihr anvertraut hat, korrekt auszuführen.
»Wie soll das gehen?« fragt sie mechanisch, ganz in Anspruch genommen von den Aktionsplänen, die sie auszuführen trachtete.
»Wollen Sie am Samstag zum Beispiel, zur Stunde des Abendbrots, jener Stunde, die die Zivilisten gemeinhin die des Schäfers nennen?«
Hauptmann Bordeille schien entzückt, so distinguiert geplauscht zu haben. Madame Brétaga zog automatisch ihr Notizbuch aus der Tasche und fragte beunruhigt:
»Das Schäferbrot? Um welche Stunde ist das?«
»Aber um siebzehn Uhr fünfzehn, liebe Madame.«
Nun fragte er ebenfalls beunruhigt:
»Sie haben vielleicht nicht viele Soldaten gekannt?«
»Ein paar. Nach ihrer Dienstzeit.«
Sie dachte immer noch über die anzustellenden Nachforschungen nach und schrieb Tag und Stunde des Stelldicheins in ihr Merkbüchlein. Plötzlich erinnerte sie sich:
»Hauptmann! Sie haben mir nicht auf meine Frage geantwortet.«
»Welche Frage denn, allerliebste Madame?«
»Ich habe Ihnen vorhin eine Frage gestellt und Sie haben mir nicht darauf geantwortet.«
»Ich glaube mich ziemlich genau zu erinnern, daß ich es war, der die letzte Frage gestellt hat. Sie lautete: Sie haben vielleicht nicht viele Soldaten gekannt?«
»Und vorher, wovon haben wir da gesprochen?«
»Von der Schäferstunde, meine Allerliebste.«
»Und davor?«
»Von meinem kleinen Appartement. Ich habe es Ihnen beschrieben. Erinnern Sie sich nicht? Ich habe mir erlaubt,

seinen aromatischen Duft zu beschwören und habe Ihnen seine verschiedenen Einrichtungsgegenstände vor Augen geführt: den Kleiderständer, den Schirmständer, den Tisch aus Zitronenholz, den Strohstuhl, das Bidet, den Brotkorb und den Diwan, tief wie ein Grab.«

»Ich erinnere mich nicht.«

Sie steckte das Notizbuch in die Handtasche und stand auf. Sie streckte ihm die Hand hin:

»Auf Wiedersehen, Hauptmann. Ich danke Ihnen für... Ach, endlich, ich habe meine Frage wieder gefunden. Es ist sehr komisch, finden Sie nicht auch, daß es uns nicht gelang, uns daran zu erinnern. Also, folgendes wollte ich Sie fragen: Wie kommt es, daß Valentin Brü nicht in Ihrer Mannschaftsstammrolle steht?«

»Wie, meine Liebe, soll ich das wissen? Wenn er drin stünde, könnte ich Ihnen die Gründe sagen, weshalb er nicht drinstehen könnte, wenn er aber nicht drinsteht, weiß ich wirklich nicht, wie ich Ihnen die Gründe sagen könnte, deretwegen er drinstehen könnte.«

»Das stimmt«, gab Chantal zu.

## 3

Unteroffizier Bourrelier stieß die Tür zum »Café zur Freundschaft« auf und trat ein, hinter ihm Soldat Brü. Sie setzten sich auf ihren Stammplatz und ohne daß sie sie darum gebeten hätten, brachte ihnen Didine die grüne Unterlage, die grauen Karten, einen Pernod für Arthur und den Weißwein mit Sirup für Soldat Brü. Arthur und Brü kloppten eine gute Stunde lang ihr Belottespiel und genau wie an den andern Tagen gewann der Unteroffizier. Darauf zwitscherten sie ihren Aperitif in kleinen Schlükken, Brü ganz besonders vorsichtig, weil er seit der Kolo-

nialzeit wegen seiner Leberkrankheit und seinem Tropenkoller ständig befürchtete, etwas zuviel Alkohol würde ihm gleich in den Kopf steigen.
Als sie fertig waren, sahen sie sich voller Sympathie an und wie gewöhnlich schlug der Unteroffizier vor:
»Noch eins?«
»Muß es sein?«
»Wir spielen drum, wer die Runde bezahlt.«
Sie spielten und Brü verlor von neuem. Das zweite Glas trank er noch langsamer als das erste. Nachdem er dreißig Tropfen eingesaugt hatte, stellte er das Glas hin und ohne seinen Kameraden anzusehen, teilte er ihm mit, daß er sich nicht wieder für fünf Jahre verpflichten wolle.
»Bist du fest entschlossen?« fragte Bourrelier.
»Mich nicht wieder zu verpflichten, ja.«
»Sag mal, was willst du denn im Zivil tun?«
»Das ist es ja.«
»Du hast doch keinen Beruf, wie?«
»Leider nein.«
»Also?«
»Ich hab an Straßenkehrer gedacht.«
»Hat nicht viel Zukunft, die Straßenkehrerei. Vor allem mit dem Fortschritt der Maschinen.«
»Gewiß, aber es bleibt doch immer noch der letzte Schliff: die kleinen Straßen, die kleinen Ecken, die schwierigen Stellen. Wenn zum Beispiel ein Auto geparkt hat, kann eine Maschine nichts tun, ich hingegen, ich könnte immer noch drunter kehren, und es wäre bestimmt sauberer. Ich glaube, es gibt noch schöne Tage für das Handkehren.«
»Vielleicht. Aber die Mechanik hat trotzdem mehr Zukunft.«
»Ich verstehe nichts davon.«
»Du kannst dich ja zu ner Transporteinheit oder zu den

Pionieren melden, dann gehst du mit einem schönen Beruf ab, wie es auf den Plakaten heißt.«

»Ich hab dir doch gesagt, daß ich mich nicht wieder verpflichten will.«

Unteroffizier Bourrelier seufzte:

»Du wirst nie Frau und Kinder ernähren können, mit deiner Kehrerei.«

»Ich hab nie gesagt, daß ich Frau und Kinder ernähren will.«

»Soll deine Frau dich vielleicht ernähren?«

Brü sah sehr überrascht auf.

»Gibts das?«

Arthur lachte sich krumm. Dann, ernsthaft:

»Ich hab sogar eine für dich gefunden.«

»Du? Eine was?«

»Mensch, darauf müssen wir noch einen trinken. Es ist zum Schreien.«

»Nein, danke. Mir reichts.«

»Das wirst du mir doch nicht abschlagen.«

»Na gut.«

Sie warteten schweigend, bis Didine ihnen die Gläser brachte, bei der dritten Runde immer etwas voller. Der Unteroffizier stieß seins gegen Brü seins und sagte dazu:

»Auf deine Liebe!«

»Was ist denn an dieser Geschichte dran?«

Der Soldat Brü fragte das, um Bourrelier eine Freude zu machen, aber es interessierte ihn nicht eigentlich.

»Ganz einfach, du hast eine Eroberung gemacht.«

»Nicht möglich«, sagte Brü. »Und wer ist es?«

Es war ihm natürlich wurscht, aber der andere hätte sich geargert, wenn man ihm keine Fragen gestellt hätte.

»Kennst du den Weißwarenladen in der Rue Gambetta, kurz bevor man in die Rue Jules-Ferry einbiegt, zwischen der Kaserne und der Tretmühle?«

»Nein.«
»Mensch, da sind doch ganze Stapel von Schleifen, Knöpfen, Gummibändern im Schaufenster, wie in allen Weißwarenschaufenstern, möchte ich sogar sagen.«
»Kann mich nicht erinnern.«
»Mir ist es aufgefallen.«
»Mir nicht.«
»Na ja, macht auch nichts. Jetzt wird dir der Laden jedenfalls auffallen.«
»Warum sollte er mir auffallen?«
»Das wirst du gleich sehen.«
Der Soldat Brü nahm die Haltung des aufmerksam sitzenden Zuhörers an.
»Also, hör zu«, fing Bourrelier an, »die Besitzerin dieses Ladens ist in dich verknallt.«
»Ich kenne sie nicht.«
»Du wirst sie kennenlernen.«
»Warum soll ich sie denn kennenlernen?«
Der Unteroffizier schlug auf den Tisch:
»Willst du mich endlich reden lassen?«
»Aber ich hör doch zu, ich hör doch zu.«
Brü spürte den gesirupten Weißwein, der ihm in den Kopf stieg.
»Ich sage dir also«, fuhr Bourrelier fort, »daß die Weißwarenhändlerin in dich verschossen ist und sich in den Kopf gesetzt hat, dich zu heiraten.«
»Woher weißt du das?«
»Ihre Schwester hat es mir gesagt.«
»Du kennt ihre Schwester?«
»Läßt du mich nun erzählen, ja oder Scheiße?«
Nachdem Brü das Maul zugemacht hatte, fuhr Bourrelier fort:
»Als wir heute mittag aus der Tretmühle kamen, bist du rechts abgeschwenkt und ich bin in die Kantine gegangen.

Ich hatte mir gerade die Frage gestellt, was es wohl zum Spachteln gäbe, ich hoffte auf Gänseleber mit Spargelspitzen und ich sagte zu mir selber, daß es mal was anderes wäre als immer Artischockenböden eigentlich komisch, denn, siehst du, gerade als ich zu dem Schluß kam, daß wir jetzt langsam genug hätten von den Artischockenböden, fünfmal in der letzten Woche, stell dir vor, in dem Augenblick hat mich eine Frau angesprochen, aber was besseres, weißt du, eine Todschicke, wirklich erste Wahl. Scheiße, hab ich mir gesagt, um die Zeit geht man doch nicht auf den Strich, aber das wars gar nicht, sie hat was ganz anderes gewollt. Sie hat sofort von dir gesprochen, verstehst du?«

Brü nickte leicht mit dem Haupte, um zu sagen, ja, er verstünde.

»Wir sind zusammen einen trinken gegangen, und da hat sie mich gebeten, ihr alles, was ich über dich wüßte, zu erzählen und darauf hab ich ihr alles, was ich über dich wußte, erzählt.«

»Und was weißt du über mich?«

»Ist er ein anständiger Kerl, hat sie mich gefragt. Das kann man wohl sagen, hab ich geantwortet. Und wie alt ist er, hat sie mich gefragt. Fünfundzwanzig, habe ich geantwortet. Darauf hat sie mich gefragt: Ist er Berufssoldat? Ich hab ihr geantwortet: Er wird in einem Monat entlassen. Und hab noch gesagt: Is aber gut möglich, daß er weiterdient. Oh! hat sie gerufen, sagen Sie ihm doch, Herr Unteroffizier, daß er bloß diese Dummheit nicht machen soll, weil nämlich meine Schwester in ihn verknallt ist, sie meint es ernst, er wird mit ihr den Laden schmeißen, sie werden gute Geschäfte machen und sich später auch ein Haus draußen am Stadtrand kaufen können. Und dann hat sie mich geschüttelt und mich angefleht, dich daran zu hindern, bei der Armee zu bleiben.«

»Und das ist alles, was du ihr über mich gesagt hast?«
»Oh, das hat ihr gereicht. Du warst seriös, kein Säufer, vor allem das: kein Säufer, das hat ihr gefallen. Du warst ein Waisenkind aus Le Vésinet, hattest dich für fünf Jahre verpflichtet und warst aus Madagaskar zurück. Das war's. Sie war sehr zufrieden damit. Vor allem, daß du keine Saufnase bist. Das hat einen prima Eindruck gemacht.«
»Hat sie dich nicht gefragt, ob ich nicht ne Biene hätte?«
Unteroffizier Bourrelier dachte nach.
»Nein«, sagte er, »über das Kapitel hat sie nichts verlauten lassen.«
Diese Feststellung machte die beiden nachdenklich.
»Sag mal«, fuhr der Soldat Brü fort, »gewöhnlich sind es doch nicht die Frauen, die das tun.«
»Die was tun?«
»Sich Auskunft einholen über die Männer.«
»Und ob. Die Eltern stellen immer eine kleine Untersuchung an. Das ist ganz normal. Und ihre Eltern, das ist eben ihre Schwester, ein tolles Weib, mehr sag ich dir nicht, wie ich dir schon gesagt hab. Sie haben auch eine Mutter, aber die wohnt in der Hauptstadt. Deshalb kümmert sich die Schwester um die Auskünfte.«
»Trotzdem, gewöhnlich ist es immer der Mann, der den ersten Schritt macht.«
»In Madagaskar vielleicht, aber in Frankreich hat sich das geändert. Warum sollen die Mädchen denn nicht hinter den Jungen herlaufen?«
»Ich weiß nicht.«
»In Frankreich sind es oft die Fräuleins, die den Heiratsantrag machen.«
»Dann ist es also offiziell?«
»Nu wart erst mal ab. Die Schwester wird ihrer Schwester alles, was sie durch mich über dich erfahren hat, brüh-

warm berichten und wenn es ihr gut erscheint, wird dich die Weißwarenhändlerin aufsuchen. Du hast doch keine Familie, wie?«
»Nein. Aber wie ist denn das«, sagte der Soldat Brü und schlug die Augen nieder, »kann ich keine Auskunft über die Weißwarenhändlerin einholen?«
»Ein kleines Geschäft, so was lehnt man nicht ab. Sie hat ein Eigenheim, deine Zukünftige. Du kannst sie mit geschlossenen Augen nehmen.«
»Das ist es ja gerade. Sie ist vielleicht mies.«
»Willst du vielleicht große Ansprüche stellen?« Du hast nicht mal einen Beruf. Ich hab dich vorhin erzählen lassen. Straßenkehrer! Das ist alles, worauf du gekommen warst! Und jetzt willst du dich groß zieren, weil dir ein Geschäft angeboten wird, das gut geht?«
»Ja, aber stell dir doch mal vor, sie wäre an den Beinen gelähmt?«
»Na und? Erstens ist es nicht häßlicher wie was andres und zweitens hätte es mir ihre Schwester gesagt.«
»Ich möchte doch lieber sicher sein.«
»Man wird dir auf dem Standesamt schon nicht die Augen zubinden.«
Der Soldat Brü leerte mit nachdenklichem Gesicht sein drittes Glas Sirupwein. Der Kopf drehte sich ihm ein wenig.
»Lustig«, murmelte er.
»Du bist ein richtiger Glückspilz«, behauptete Unteroffizier Bourrelier und schlug ihm kräftig auf die Schultern. »Genau in dem Augenblick, wo du beinahe auf dem Pflaster gelegen hättest, bietet sich dir ein kleines Zuhause. Kannst dich doch wirklich nicht beklagen, oder?«
Der Soldat Brü gibt keine Antwort.
»Noch was auszusetzen?« sagte Bourrelier.
Der andere zögerte ein wenig.

»Nichts«, sagte Brü. »Nichts.«
Was ihn bedrückte war, daß er Bourreliers Beispiel folgen und ebenfalls eine Runde schmeißen mußte und wenn er ein viertes Glas Sirupwein tränke, wäre er betrunken. Nicht nur der Brauch wollte es, daß er mit dem Glas auf das Glas antwortete, er mußte vor allem einem Menschen, der ihm gerade, gewissermaßen auf dem Präsentierbrett, eine ausgebratene Heirat gebracht hatte, seine Dankbarkeit bezeugen, selbst auf die Gefahr der Trunkenheit hin.
»Didine«, rief er.
»Laß«, sagte Bourrelier, »das zahl ich. Die letzte Runde. Die beiden andern hast du verloren.«
»Wir lassen noch eine kommen.«
»Nein, Alter, es ist genug. Sonst komme ich zu spät zur Kantine und ich will den Anfang nicht verpassen. Stell dir vor, es gibt Dubarry-Suppe zum Eingang, und die möchte ich mir nicht an der Nase vorbeigehen lassen. Und noch einmal meine herzlichen Glückwünsche. Du verfluchter Sonntagsjunge.«
Bevor er ging, versetzte er Brü einen energischen, freundschaftlichen Schlag, während der auf das Kleingeld wartete.
»Haben Sie in der Lotterie gewonnen?« fragte Didine.
»Ich? Nein. Ich kaufe nie Lose.«
»Ich kaufe mir immer ein Zehntellos.«
»Und du hast gewonnen?«
»Kümmern Sie sich nicht um mich, Meussieu Brü. Aber warum hat denn Meussieu Bourrelier zu Ihnen gesagt, Sie wären ein verfluchter Sonntagsjunge?«
»Interessiert es dich?«
»Ja, ich bin ganz neugierig.«
»Na schön, ich werde mich verheiraten.«
»Oh, das ist aber traurig.«
»Wie, du findest das traurig?«

»Na klar, ich werde Sie nicht mehr sehen.«
»Das würde mich doch nicht daran hindern, hierherzukommen.«
»Aber dann ist es nicht mehr dasselbe.«
»Hast du vielleicht für fünf Francs Kleingeld?«
Er hätte ihr gern anstatt fünfzig Centimes fünf Francs Trinkgeld gelassen, aber er hatte das unbestimmte Gefühl, daß diese Überspanntheit einer Taktlosigkeit gleichkäme.
»Da ist noch so was Merkwürdiges«, sagte Bourrelier, der zurückgekommen war, »ich muß es dir sagen, du scheinst nicht in der hiesigen Stammrolle zu stehen.«
»Das wundert mich weiter nicht«, sagte der Soldat Brü.
»Ich wollte es dir nur sagen«, sagte Bourrelier. »Adieu, ich verzieh mich schnell.«
»Adieu«, sagte der Soldat Brü. »He, woher weißt du das?«
»Die Alte hat es mir gesagt. Adieu.«
»He, weißt du, wie sie heißt?«
»Mensch du, nee.«
»Und die andere?«
»Auch nicht. Brauchst nur nach dem Namen an der Ladentür zu sehen, wenn du dran vorbeigehst. Adieu, sonst verpaß ich noch meine Dubarry-Suppe.«
»Adieu«, sagte der Soldat Brü.
»Na, und wen heiraten Sie, Meussieu Brü?«
»Weiß ich's?« sagte Valentin friedlich.
»Sowas weiß man aber doch.«
Sie blieb da stehen, ganz nahe neben ihm, mit ihren achtzehn Jahren und allem, was sie im »Café zur Freundschaft« gelernt hatte.
»Im Prinzip«, antwortete diesmal Valentin, »mit, tja, jemandem, dessen Namen ich nicht einmal kenne, ja ich

hab wirklich vergessen zu fragen, wie sie heißt, diese Person, die sich für mich ausersehen hat.«
»Sie hat vielleicht einen lächerlichen Vornamen«, sagte Armandine.
Er stimmte in ihr Lachen ein. Er hatte ausgetrunken und bezahlt und saß jetzt da, ohne Anstalten zu machen, wegzugehen.
Didine setzte sich neben ihn. Das Lokal war leer, der Wirt stieg in den Keller, um seine Getränke zu verwässern, Tabak-, Anis- und Weingerüche schwebten über dem fleckigen Holz der Tische. Brü betrachtete das Glas, das seinen Sirupwein enthielt. Es wurde ihm warm in den Schläuchen des Kopfes und sein Gesicht drückte totale Ausdruckslosigkeit aus.
»Ist es eine Geschäftsfrau?« fragte Didine.
»S'scheint so. Sie ist hinter mir her und will mich heiraten.«
»Dann kennt sie Sie also.«
»Anzunehmen. Mensch, das hab ich auch wieder vergessen, Bourrelier zu fragen.«
»Sie haben aber trotzdem eine kleine Vorstellung, wer es ist.«
»Ja. Eine Weißwarenhändlerin aus der Rue Gambetta, kurz vor der Ecke Rue Jules-Ferry, an meinem Weg von der Kaserne ins Büro, aber der Laden ist mir noch nie aufgefallen.«
»Olala«, rief Didine. »Ich weiß Bescheid. Es ist Fräulein Ségovia.«
»Kennst du sie?«
»Das will ich meinen. Olala.«
Brü lächelte nett und fragte:
»Was ist denn los? Ist es eine Katastrophe?«
Didine zuckte zusammen, legte die Hand auf den Mund und wurde rot.

»Also wie?« fragte Brü.
»Ich bitte Sie um Verzeihung. Ich will niemandem was Böses nachsagen. Ich will mich auch über niemanden lustig machen.«
»Du hast dich über niemanden lustig gemacht, Didine, und du hast über niemanden was Böses gesagt.«
»Nein, aber beinahe.«
»Noch bin ich nicht mit diesem Fräulein wie sagst du noch gleich? verheiratet.«
»Ségovia.«
»Ségovia, das ist doch spanisch.«
»Weiß nicht.«
»Sag mir alles, was du weißt.«
»Werden Sie auch nicht böse über mich sein?«
»Sie holt Auskünfte über mich ein, da kann ich auch Auskünfte über sie einholen.«
»Natürlich.«
»Los, dann sprich!«
»Ich trau mich nicht.«
»Komm, erzähl schon.«
»Werden Sie auch ganz bestimmt nicht böse auf mich sein?«
»Ich schwöre es.«
»Also gut ...«
»Nur Mut!«
»Also gut, sie ist ne alter Jungfer.«
»Ja und?«
»Ja, aber ne richtige alte Jungfer. Sie hat gut ihre fünfundvierzig Jährchen auf dem Buckel.«
»Das ist was.«
»Ja, über die erste Jugend, wie man das nennt, ist sie längst hinaus.«
»Und weiter?«
»Ich trau mich nicht.«

»Komm schon!«
»Sie ist kein richtiges Fräulein.«
»Was willst du damit sagen?«
»Sie soll einen Kerl geliebt haben, der dann im Krieg gefallen ist.«
»In welchem?«
»Dem mit den Kriegerdenkmälern. Oh, die Sache ist nicht von gestern. Später hat sie dann nicht mehr heiraten wollen.«
»Das ist eher eine traurige Geschichte«, sagte Valentin.
»Stimmt.«
»Und wie ist sie? Kennst du sie vom Sehen?«
»Das will ich meinen. Ich kauf manchmal so Kleinigkeiten bei ihr. Sie ist lustig und hat vielleicht Witze auf Lager, das würden Sie nie für möglich halten von einer Geschäftsfrau, die nicht mal verheiratet ist, so gepfefferte wie eure Soldatenwitze. Ich finde sie etwas meschugge, mit Verlaub gesagt, Meussieu Brü.«
»Das ist nicht schlimm. Aber wie sieht sie denn aus?«
»Ich hab's Ihnen ja schon gesagt. Sie ist nicht mehr sehr jung.«
Brü sah sie an.
»Und du, du bist jung, wie?«
»Natürlich bin ich jung. Ich kann meine Geburtsurkunde zeigen.«
»Wann wirst du dich verheiraten?«
»Wenn die Bienen Zähne bekommen.«
»Es gibt welche, die haben welche.«
»Wissen Sie, Meussieu Brü, mit solchen Witzen werden Sie Mademoiselle Ségovia erobern. Sie müßten sie nur noch etwas mehr pfeffern. Noch einen Sirupwein, Meussieu Brü?«
»Nein, danke, ich gehe.«
»Das dauert aber lange bei Ihnen.«

Brü lächelte und stand auf.

»Adieu, Didine. Ich komme wieder.«

»Das können Sie, Meussieu Brü. Das können Sie.«

An der Ecke der Rue Gambetta blieb er stehen, da er nicht wußte, was er tun sollte. Er hatte die Absicht, zum Abendessen in den »Famosen Feinschmecker« zu gehen, aber dazu mußte er an der fraglichen Weißwarenhandlung vorüber. Unentschlossen trat er von einem Fuß auf den andern, todunglücklich. Seine sirupversetzten Weißweine hatten ihm keinerlei Mut gemacht. Schließlich machte er kehrt. Der Wirt vom »Café zur Freundschaft« stand auf der Schwelle seiner Tür und rauchte; er grüßte Valentin mit der Hand und Valentin antwortete ihm. Etwas weiter war das Restaurant »Zum blumigen Aussichtsturm«, aber wegen des wahrscheinlichen Preises wagte Brü nicht hineinzugehen. Im Restaurant »Zum Fernfahrer« gings laut zu; er entscheidet sich für ein Beefsteak Wie-in-Paris, das sicherlich etwas teuer sein würde, aber warum nicht. An einem Tag wie heute. Doch als er ins Lokal hineingehen will, huft er zurück und marschiert in entgegengesetzter Richtung davon. Von neuem kam er am »Café zur Freundschaft« vorbei, dessen Wirt, immer noch rauchend, ihn neugierig ansieht. Brü grüßt ihn mit der Hand und der Wirt antwortet ihm mit lauter Stimme:

»Wird ein schöner Abend werden.«

»Prima«, antwortet Valentin höflich.

An der Ecke der Rue Gambetta bog er ab und schlug die entgegengesetzte Richtung zur Weißwarenhandlung ein, wobei er ganz dicht an den hängenden Würsten der Metzgerei vorbeistrich. Mit schnellem Schritt geht er zur Straßenbahnhaltestelle. Er würde nicht zu Abend essen. Dann irrte er ziellos durch Bordeaux. In tiefschwarzer Nacht kam er in die Vorstadtviertel zurück. Er steigt einige Schritte von der Weißwarenhandlung entfernt aus. Sie ist

geschlossen. Im Licht einer schwachen, gelblichen Straßenlaterne kann er Knopfschachteln sehen, die eher hingeworfen als ausgestellt sind sowie unsicher aufeinandergestapelte Bandrollen.
Rechts stand eine Rolle mit weißem Garn, links eine mit schwarzem. Hier und da verschiedene Gegenstände: Stricknadeln, Hosenklemmen, ein kleiner Schraubenzieher für Nähmaschinen, Strumpfbänder, ein bedrucktes Halstuch, auf dem man den Mont Saint-Michel sehen konnte. Da er ihn sehen konnte, sah ihn Valentin und dachte, daß dies ein Ort sei, den man gesehen haben müsse. Von Frankreich kannte er nur Roanne, Clermont-Ferrand, Marseille, wo man sich nach Madagaskar einschifft, und Bordeaux, wohin man von dort zurückkommt. Er hatte keine Erinnerung an Le Vésinet mehr, dessen Charme man ihn mit zwei Jahren entrissen hatte, was er sehr bedauerte. Eines Tages würde er vielleicht Tourist werden. Dann würde er einige berühmte Landschaften besuchen und natürlich auch das Schlachtfeld von Jena. Er trat zwei Schritte zurück, um die Inschrift zu lesen. Er las sie ohne Schwierigkeit; sie setzte sich aus dem einfachen und einzigen Wort zusammen: »Weißwarenhandlung«. Auf dem Glas der Eingangstür entzifferte er einen Namen: Ja Ségovia, dahinter ein Schnörkel. Was gibt es wohl für einen weiblichen Vornamen, der mit J anfängt und mit a aufhört? Valentin fand keinen.

## 4

»Guten Tag, Julia«, sagte Paul, als er hereinkam.
Er machte ein komisches Gesicht.
»Guten Tag, Paul«, antwortete Julia und küßte ihn.
So. Jedesmal, wenn sie sich sahen, als guter Schwager und

gute Schwägerin, verpaßten sie sich gegenseitig schallende Schmatzer auf beide Wangen. Dieser Vorgang erlaubte also, viermal das selbe Geräusch zu vernehmen, wie es der Gummipfropfen eines Pfeils macht, den man von der Zielscheibe löst. Der gleiche Vorgang wiederholte sich beim Abschiednehmen.

Nachdem sie die linke Wange, die Paul ein wenig zu naß gemacht, abgetrocknet hatte, fragte Julia ihren Schwager ohne lange zu zögern, was er hier in ihrem Laden zu suchen habe. Er kam, um vor seiner Abreise ihren Meter zu eichen.

»Du gehst mir auf den Hammer«, sagte Julia. »Das hast du doch schon vor drei Monaten getan.«

»Ist er immer noch falsch?«

»Zwei Zentimeter hab ich weggenommen zwischen dem siebenundzwanzigsten und dem neunundzwanzigsten.«

»Na ja«, seufzte Paul und zog ein Eichbesteck aus der Aktentasche.

»Warum seufzt du?«

»Wenn ich nicht mehr da bin, kann dich das teuer zu stehen kommen.«

»Wieviel?«

»Fünfzehn Jahre Zuchthaus zum Beispiel.«

Julia zuckte die Achseln.

»Wenn man dir zuhört, könnte man grad das Pissen kriegen«, sagte sie wegwerfend.

Er stellte jetzt ein Zeugnis aus über ordnungsgemäße Gewichte und Maße.

Sie sah ihm schweigend zu.

»Und du schämst dich nicht?« fragte sie ihn, als er ihr das Papier gegeben hatte.

Er sah sie verdutzt an.

»Und Kerle wie dich schickt man auch noch in die Haupt-

stadt«, fügte sie verächtlich hinzu. »Armes Frankreich.«
»Ich möchte wissen, was du mir vorwirfst.«
»Daß du falsche Zeugnisse ausstellst. Aber beruhige dich, ich werde es niemandem erzählen.«
Sie lachte höhnisch.
Paul legte seine Sachen in die Aktentasche zurück, sehr unentschlossen. Er war verärgert, daß die Unterhaltung so anfing. Er hatte seine kleine Rede vorbereitet, aber nicht mit einem solchen Beginn.
»Und wie geht es Marinette?« fragte Julia.
»Sehr gut. Danke.«
»Immer noch so ein Luder?«
»Komm, jetzt reichts aber.«
Jetzt kam er in Harnisch. Seine Predigt ginge in die Binsen, wenn er nicht die Fassung bewahrte. Aber Julia ließ nicht locker. Sie fuhr fort:
»Was heißt hier ›jetzt reichts aber‹? Du könntest höflicher sein. Ich posaune ja auch nicht überall herum, daß du ein unkorrekter Beamter bist, nicht wahr? Wenn ich dich also frage, wie es *meiner* Familie geht, könntest du mir etwas liebenswürdiger antworten. Erstens. Und zweitens wirst du doch nicht leugnen wollen, daß Marinette ein kleines Luder ist?«
»Nein, natürlich nicht. Aber darum geht es ja gar nicht.«
»Wieso geht es nicht darum? Wenn ich mit dir über Marinette rede, dann geht es nur um Marinette und nicht um jemand anderen.«
»Natürlich.«
»Außerdem ist es gar nicht ihre Schuld. Du erziehst sie schlecht, sehr schlecht sogar. Dazu kommt das schlechte Blut der Brelogats in ihr. Man braucht sich doch nur deine degenerierten Lappohren anzusehen. Ach, wenn Chantal

Marinette hätte bekommen können, ohne unsere Rasse zu verderben!«

»Gut. Marinette ist ein kleines Luder, die Tochter eines unkorrekten Beamten, aber du bist eine alte Jungfer, in den Wechseljahren, die eine monumentale Dummheit vorhat.«

Julia lachte höhnisch:

»Hast lange gebraucht, bis du's rausgebracht hast. Darüber also hast du gebrütet. Ich hab doch gleich, als du reingekommen bist, am Zittern deiner Horchlappen erraten, daß du eine Gemeinheit vorbereitest. Was es sein könnte, habe ich mich nicht erst zu fragen brauchen. Hab's dir gleich an deinen großen Ohren angesehen.«

»Und du willst diesen Burschen wirklich heiraten?«

»Ich will!«

»So was! Du bist doch verrückt!«

»Das geht nur mich was an.«

»Ein Bengel, der mehr als zwanzig Jahre jünger ist als du!«

»Du hast doch wohl nicht geglaubt, ich würde einen Schlappschwanz von deiner Sorte heiraten.«

»Ein Kerl ohne Beruf, der dir deinen Koks verheizen wird.«

»Ich werde schon aufpassen. Mach dir um mich keine Sorgen.« Sie legte ihre Hand mit triumphierendem Gesichtsausdruck auf die automatische Ladenkasse.

»Mensch!« rief Paul, »das ist doch genauso eine Riesendummheit wie damals, als du deine ganzen Ersparnisse ausgegeben hast, um dir diesen für dich vollkommen nutzlosen Apparat zu kaufen.«

Jedesmal, wenn er die Registrierkasse sah, meckerte er. Tausende von Francs, die Marinette nicht bekäme. Er haßte dieses Ding, er hatte viel über diesen Gegenstand zu sagen, aber er kam auf sein Thema zurück.

»Eine völlige Niete, ist fünf Jahre Soldat gewesen und geht jetzt als einfacher Landser ab!«
»Es ist nicht jeder so ehrgeizig wie du.«
»Steht nicht mal in der Stammrolle.«
»Man wartet nur noch auf dich, um ihn zu wiegen und zu messen.«
»Das ist doch idiotisch, was du da sagst, das hat doch gar nichts damit zu tun.«
»Idiotisch ist, daß du dir alle deine Mühe umsonst gibst. Denn, hörst du?«
Sie ging nahe an ihn heran, um ihm ins Gesicht zu sehen.
»Hörst du? Ich werde Valentin Brü heiraten und niemand wird mich daran hindern. Nicht einmal er.«
Paul wich zwei Schritte zurück und stammelte:
»Nicht einmal er, nicht einmal er.«
»Und deine Mutter«, sagte er schließlich, »was wird deine Mutter darüber denken?«
»Ich glaube nicht, daß meine Mutter, die sich mit siebenundsechzig Jahren mit einem Schweinigel zusammengetan hat, etwas gegen das zu sagen findet, was ich tun werde.«
»Weiß sie überhaupt Bescheid?«
»Wenn man dich fragt, Dummkopf, so antworte, Kretin, daß du nichts darüber weißt, Idiot.«
»Ich werde ihr schreiben, der alten Ségovia.«
»Ja und? Als wenn wir nicht sowieso schon Krach hätten.«
»Trotzdem, sie ist deine Mutter.«
»Solange ihr Scheich lebt, ist sie es für mich nicht mehr.«
»Du hast kein Herz!«
»Und du keinen Buben. Deine Albernheiten treffen mich nicht im geringsten.«

»Die Wechseljahre verwirren deinen Geist.«
»Es gibt Regeln, die du eben nicht messen kannst, du Würstchen.«
»Denk an Marinette.«
»Denken wir an sie!«
»Erinnerst du dich nicht mehr?«
»Rufen wir die Vergangenheit zurück!«
»Du hattest ihr schließlich versprochen, daß sie deinen Laden erben sollte.«
»Scheibenhonig!«
»Du hattest sogar zu ihr gesagt, daß sie bei dir arbeiten könnte, sobald sie fünfzehn wäre.«
»Ich finde, es wäre einer Beamtentochter nicht würdig. Eine Geschäftsfrau werden? Puh!«
»Reden wir ernsthaft.«
»Ganz richtig: reden wir ernsthaft.«
»Hast du es ihr versprochen, ja oder nein?«
»Ja. Aber ich hab es mir anders überlegt.«
»Sehr bequem.«
»Es ist nun mal so.«
Paul hob die Arme, fluchte Himmel Arsch und Wolkenbruch und ließ sie wieder sinken, wobei er erklärte, es sei ein Unglück, mit solch einer Behämmerten zu tun zu haben. Er nahm seine Aktentasche unter den Arm und versuchte es, bevor er ging, mit ein paar neuen Argumenten. Er behauptete, dieser Bursche sei ganz sicher ein verkommenes Subjekt wie alle Kerle von der Kolonialtruppe, Opiumraucher, venerisch verseucht, vom Beriberi geschlagen, ein richtiger Pernodschwamm.
»Stimmt nicht: er trinkt nicht.«
»Das sagen alle. Aber unter der Hand halten sie sich schadlos.«
»Und was tust du unter der Hand?«
»Es geht hier nicht um mich.«

»Hast du vielleicht keine Flasche Cognac in deiner Schreibtischschublade?«
So ein Klafter. Ne Kundin mußte ihr das erzählt haben. Wahrscheinlich die Frau von Pradalier. Aber dem würde er es noch besorgen, bevor er ginge, dem würde er eine schöne Note verpassen. Und seinen anderen Untergebenen item. Während er seine Rachepläne schmiedete, konnte er natürlich nicht antworten.
»Da siehst du also«, sagte Julia ganz ruhig, »was du bist: ein Fälscher und ein Säufer. Und du glaubst im Ernst, daß ich mir die Meinung eines solchen Kaspers anhöre? Tütelü«, schloß sie und tippte sich mit Zeige- und Mittelfinger der rechten Hand an die Stirn.
Paul Brétouillat faßte für einige Augenblicke den Plan ins Auge, die Kontroverse auf philologische Fragen zu lenken. Es ging ihm gegen den Strich, daß man die Wörter in nicht genau zutreffenden Bedeutungen gebrauchte und es hatte stets einer großen Willenskraft bedurft, um sich bei der ständigen Verwendung des Verbums *reden* anstelle seines Vetters *sprechen* durch seine Schwägerin der Kritik zu enthalten. Aber zu guter Letzt ließ ihn das kleine Ritornell »nicht einmal er, nicht einmal er, nicht einmal er«, das seit vorhin in ihm schnarrte, einen schnelleren Rückzug einschlagen.
»Na ja«, rief er in ebenso falsch verärgertem wie heuchlerisch resigniertem Ton, »tu, was du willst. Dann brauchst du eben nur dir selber Vorwürfe zu machen.«
»Da sind wir völlig einer Meinung.«
Er sah sie mitleidig an und wimmerte:
»Armes Mädchen!«
»Schäker!« gab ihm Julia zur Antwort und zog ihn an einem Ohr.
»Au!« machte er.
Sie küßten sich auf beide Wangen.

»Adieu, Julia.«
»Adieu, Paul.«
»Moment mal«, sagte Julia, »ich hab was für Marinette.«
Sie holte ein kleines Paket, das sie schon fertig verschnürt hatte.
»Ein kleines holländisches Spitzenhöschen für ihre Puppen. Dann hat sie wenigstens nicht alles verloren«, fügte sie herzlich lachend hinzu.
»Du bist wirklich nett. Da wird sie sich aber drüber freuen.«
»Entschuldige dich nicht. Weißt du, ich hätte ihn doch nie verkaufen können, diesen kleinen Rest holländischer Spitze. Aber es ist echte, vergiß es nicht.«
»Ich sage dir ja, du bist wirklich zu nett.«
Sie küßten sich von neuem auf beide Wangen.
»Adieu, Paul.«
»Adieu, Julia.«
Und Bredéga ging frohlockend weg, so frohlockend, daß er befürchtete, man würde es seinem Gang ansehen.
»Armleuchter«, sagte Julia zu sich, als sie sah, wie er sich entfernte, »will meinen Soldaten runtermachen und hält sich auch noch für schlau dabei.«
Sie lachte höhnisch und selbstbewußt und ging in ihren Laden zurück, wobei sie mehrmals »Schlampe, Schlampe, Schlampe« vor sich hinmurmelte, was Ganière galt, deren Abwesenheit ihr jetzt, nachdem sie den Schwager los war, ungehörig lang vorkam.
»Guten Tag, Meussieu«, sagt Ganière zu Brodouga, den sie kurz vor der Rue Jules-Ferry kreuzt.
»Guten Abend, Kleine«, antwortet Paul zerstreut. Er dreht sich mechanisch um, um die dürftigen Waden des Kindes zu beäugeln und schlägt dann die Richtung zum Lager der in Frankreich lebenden ehemaligen Soldaten aus

Übersee ein. Es ist zehn Uhr dreiundvierzig. Er läßt dem Soldaten Brü sagen, daß ein Meussieu ihn um elf Uhr vor der Tür erwartet. Es ist sehr wichtig. Er betrachtet dann die benachbarten Kneipen und wählt das »Café zur Freundschaft«.

Ein junges, hübsches Mädchen gießt ihm seinen Cognac ein, aber er bemerkt sie nicht, er ist so zufrieden mit sich. Jetzt, da ihm durch seine Versetzung in die Hauptstadt der Lohn für eine sicherlich reale, vor allem aber unterirdische Arbeit, zu der Chantal energisch beigetragen hatte, zuteil geworden war, wäre es wirklich ein Superpech gewesen, wenn ein dreckiger kleiner Abenteurer die Hand auf den Koks der alten Julia gelegt hätte. Paul lächelte sich selber zu, die in Aussicht stehende Unterhaltung entzückte ihn derart, daß er nicht einmal daran dachte, sie vorzubereiten. Plötzlich hatte er das Gefühl, als sei ihm die Kehle wie zugeschnürt. Scheibenkleister, daran hatte er gar nicht gedacht: in einem Monat verließ er Bordeaux und ließ Julia allein. Was er heute erreichte, und er zweifelte nicht daran, daß er es erreichte, dessen Ausführung und Erfolg könnte er nicht überwachen, weil er in einem Monat nicht mehr da wäre. Selbst wenn es ihm gelang, den andern davon zu überzeugen, fünf Jahre weiterzudienen, so besagte nichts, daß eine nicht überwachte Julia den fraglichen Freßsack nicht doch heiraten würde.

Diese Entdeckung hätte ihn beinahe zum Weinen gebracht. Er trank einen zweiten Cognac, dann einen dritten, ohne daß seine Verzweiflung abnahm. Beim vierten schlug es elf Uhr. Er bezahlte schnell, ließ ein minimales Trinkgeld zurück und eilte zum Tor des Lagers. Kerle kamen heraus. Einer von ihnen sah sich um. Das mußte Brü sein. Ein schöner Junge, das mußte man schon sagen. Martialisch war das richtige Epitheton. Dieser lexikographische Erfolg flößte Botucat neuen Mut ein.

»Meussieu Brü?«
Dies höflich, aber ohne Übertreibung, gefragt.
»Ja, das bin ich. Sind Sie der Herr, der nach mir gefragt hat?« Wieder so ein Simpel. Wahrscheinlich an Pleonasmus und Binsenweisheit gewöhnt.
»Höchstpersönlich.«
Ein wenig zu gönnerhaft. Er muß einen Ton sachlicher werden:
»Mein Name ist Jules Bodrugat.«
Ihm keine Zeit lassen, so zu tun wie einer, der sich an einen Namen erinnern will, ohne daß er ihn findet. Er fügt sofort hinzu:
»Ich bin der Schwager Ihrer Verlobten.«
Es ist getan.
Paul streckt dem Soldaten die Hand hin. Der Soldat streckt Paul nicht die Hand hin.
»Ich habe keine Verlobte, Meussieu.«
Er sagt das in dem einfachen, neutralen Ton, um den ihn Brocula beneidet. Paul erklärt sich also:
»Ich will damit sagen, daß ich der Mann der Dame bin, die gestern bei Ihnen war.«
»Was für eine Dame?«
Paul verliert langsam die Nerven:
»Die Dame, die gestern zu Ihnen gekommen ist, um mit Ihnen über eine eventuelle Heirat mit Fräulein Ségovia zu reden.«
»Ganz richtig«, sagt Valentin.
Er schweigt einen Augenblick mit gespanntem Gesicht und fügt dann hinzu:
»Ich weiß Bescheid.«
»Also schön, mein lieber Meussieu Brü, ich wäre sehr glücklich, wenn ich mich mit Ihnen einmal unterhalten könnte.«
Der Soldat Brü bleibt immer noch reserviert.

»Ja, aber ich muß jetzt essen gehen.«
»Sie können sich denken, daß ich Sie nicht stören würde, wenn es nicht sehr wichtig wäre.«
»Na gut.«
Brü legt seine Hände trichterförmig an den Mund und schreit einem Kumpel, der schon am Ende der Straße ist, nach, seine Portion für ihn aufzuheben. Dann kommen Brodoga und er überein, sich bei einem Gläschen zu unterhalten und sie setzen sich dazu ins »Café zur Freundschaft«.
»Was trinken Sie?« fragte Paul und wieder schwingt etwas zu viel Herzlichkeit in seinem Ton mit.
»Einen Weißwein mit Sirup.«
»Und für den Herrn«, fügt Didine hinzu, »einen Cognac wie gewöhnlich.«
Der Soldat Brü betrachtet ihn eingehend. Er hat ihn nie hier gesehen. Dabei hat der Kerl wirklich ein paar außergewöhnlich große Ohren. Sicher kommt er nie zur selben Zeit wie die Soldaten. Brü, froh darüber, daß er das gleich rausgefunden hat, lächelt Paul freundlich an, der nicht weniger freundlich zurücklächelt, weil die Worte des Servierfräuleins ihn völlig aus der Fassung gebracht haben und weil er ferner merkt, daß er seinen Angriff überhaupt nicht vorbereitet hat: er kommt an, ohne zu wissen, was er sagen soll. Bis die Getränke serviert sind, öffnet keiner den Schnabel.
»Zum Wohl«, sagt Brodouillat und hebt sein Glas bis in Nasenhöhe.
Er läßt es dann etwas herunter und zischt den Inhalt auf einen Zug.
»Zum Wohl«, antwortet Valentin.
Er taucht die Lippen in seinen Sirupweißwein.
Paul sieht ihm zu: dem ist nicht beizukommen. Der Kerl spielt Komödie.

»Das Zeug schmeckt nicht, wie«, sagt er in kumpelhaftem Ton zu ihm. »Es schmeckt jedenfalls nicht so gut wie Pernod, oder?«
Valentin verzieht das Gesicht, zuckt vage die Achseln und sagt, auf die faszinierenden Ohren seines Gesprächspartners starrend:
»Das wird Mademoiselle Ségovia wohl am meisten Freude machen, wenn sies erfährt...«
»Was denn?«
»Daß ich nicht scharf bin auf den Aperitif.«
»Sicher. Sicher.«
»Das hat mir nämlich Ihre Dame erzählt.«
Dieser Blick, der ihm das Feuer in die Ohren treibt, und den der seine nicht abfangen kann, weil er von den am Morgen genossenen Cognacs ins Schwimmen gekommen ist, macht ihn schwach. Verwirrt versucht er linkisch sich ein Haar auszureißen, das ihn kitzelt. Valentin gibt nicht auf:
»Aber ich bin nicht nur nicht auf den Aperitif scharf«, fügt er hinzu, »ich hab auch nichts am Schnäpseln. Sie könnten mir sogar noch Geld dazu geben, um vor dem Essen Cognac zu trinken. Und hinterher sehr selten.« Er mimt von neuem Nachdenklichkeit und schließt:
»Gewissermaßen nie.«
Und er geht von der Betrachtung der Ohren zu den Nasenlöchern über. Paul findet, daß dieser Saukerl wirklich dick aufträgt, ein richtiger Lump, er macht sich über mich lustig, aber ich werde ihn drankriegen, den Saukerl. Du Ekel. Du Ekel.
Plötzlich aber taucht, zum Glück, aus seiner Witzekiste ein Scherz auf, den er in der Quarta ausgebrütet hatte und dessen Frische ihn immer noch bezaubert: »Sususumme Cordela«, sagt er sich also. Und entzückt setzt er die Unterhaltung fort:

»Na, Sie scheinen den Feldzug in Madagaskar mitgemacht zu haben?«
»Ja. Gegen die Hain-Tenys Merinas.«
»War ne harte Sache, wie?«
»Es ging so.«
»Madagaskar muß schön sein.«
»Nicht übel. Ziemlich gebirgig.«
»Und die Eingeborenen?«
»Die, die gibts haufenweise.«
»Ach, Reisen bildet, und es ist was Schönes.«
»Ja, das möchte ich gern: reisen.«
»Sie brauchen sich doch nicht zu beklagen!« rief Bredouillat mit serviler Herzlichkeit aus.
»Ich beklage mich ja auch nicht«, protestierte Valentin.
»Und was möchten Sie sehen, Soldat?«
»Jena«, antwortete Valentin ohne zu zögern.
»Was?«
»Jena. Das Schlachtfeld von Jena.«
»In Deutschland?« fragte Paul ängstlich.
»Kennen Sie es?«
»Ich muß Ihnen gestehen«, sagt Paul und lächelte feige, »daß mir nie der Gedanke gekommen ist...«
»Oh!« unterbrach Valentin, »in Frankreich gibt es auch viel zu sehen: den Mont Saint-Michel, den Eiffelturm, den Mont Blanc.«
»Sie lieben hochgelegene Orte«, sagte Paul mit einem kleinen, dämlichen Lachen, das er nicht unter Kontrolle halten konnte. »Während Julia, meine Schwägerin meine ich, Mademoiselle Ségovia, sie nicht ausstehen kann.«
Seine Verstörung war so groß, daß er mit jäher Plötzlichkeit wieder auf seine Kamellen zurückgekommen war. Von seinem Eifer mitgerissen, stürzte er sich auf die Hand, die Valentin ausstreckte, um zum Glase zu grei-

fen, und drückte sie zwischen den seinen und stammelte dazu, eine Träne im Auge:
»Heiraten Sie sie nicht, Soldat. Heiraten Sie meine Schwägerin nicht. Es ist ein uneigennütziger Ratschlag, den ich Ihnen gebe, es ist ein Schwager, der zu Ihnen spricht, es ist die flehende Bitte eines Familienvaters, es ist eine inständige Bitte, es ist kein Schmus, es ist das Ernsteste vom Ernsten. Heiraten Sie sie nicht, Soldat. Heiraten Sie sie nicht.«
Er flennte. Valentin fing wieder an, die Ohren des Kerls aufmerksam zu betrachten: wenn er sie bewegen würde, der Knacker, könnte er sicherlich davonfliegen. Als er hochsah, begegnete er dem Blick Didines; er zwinkerte ihr zu und während Bradégat seine Tränen abwischte, legte er die Hände an beide Seiten des Kopfes und bog die Finger mehrere Male über der Handfläche.

## 5

Es klappte alles wie am Schnürchen. Drei Monate später waren sie verheiratet, der ehemalige Soldat Brü und die Weißwarenhändlerin. Danach erhob sich ein Problem, aber es war schon Oktober: unmöglich, den Laden mitten in der Saison zu schließen. Sie diskutierten lange darüber, der ehemalige Soldat Brü und die Weißwarenhändlerin. Man mußte der Wirklichkeit ins Auge sehen: tatsächlich stürzten sich ganze Rudel von Kunden auf die Perlmuttknöpfe, die Bänder, Litzen, Heftpflaster: Sie waren nicht reich genug, um alle diese guten Umsätze zu verpassen. Nein, natürlich nicht, sagte Valentin. Du siehst ja, sagte Julia. Trotzdem, sagte Valentin, trotzdem ist die Hochzeitsreise unerläßlich. Im Prinzip, sagte Julia, im Prinzip bin ich nicht dagegen. Du siehst also, sagte Valentin. Sicher, sagte Julia, sicher, eine Hochzeit ohne Hochzeitsreise, das gibt es nicht. Nein, sagte Valentin, nein, das gibt es nicht. Ja, sagte Julia, ja, aber die Hochsaison, wir sind in der Hochsaison, daran läßt sich nichts ändern. Man könnte die Hochzeitsreise vielleicht bis zum nächsten Urlaub verschieben, meinte Valentin. Und den Urlaub, wandte Julia ein, wann machen wir den? Und darauf gabs keine Antwort.

Sie entschlossen sich schließlich zur einzig möglichen Lösung, der einzigen und einzigartigen, nämlich der, daß Valentin die Hochzeitsreise allein machen sollte. Unterdessen würde Julia weiterhin das Geschäft führen und Geld scheffeln. Nachdem das Prinzip angenommen war, setzten sie die Dauer fest: vierzehn Tage schien ihnen ausreichend. Man wird der allzu großen Intimität überdrüssig und auf die Dauer wird man auch der Liebelei müde, nur der Liebelei: zwei Wochen, gerade so lange, um sich zu sättigen, ohne übersättigt zu sein. Dann setzten sie das Ziel fest: das Schlachtfeld von Jena sich für später aufhebend, schlug Valentin den Mont Saint-Michel vor, aber Julia bevorzugte Brügge, das alte Brügge, nicht das andere, einige Kilometer weiter, in den Marschen. Gerührt über diese Wahl, die ihm als zärtliche Aufmerksamkeit für seinen Familiennamen erschien, schließt sich Valentin diesem Vorschlag an. Man braucht jetzt nur noch die Reiseroute festzulegen: er wird natürlich über Paris fahren, vierundzwanzig Stunden in der Hauptstadt ist immer ein Vergnügen, eine jener Erinnerungen, die man so leicht nicht vergißt. Unnötig, zu den Brébagra's zu gehen, die erst seit kurzem dort wohnen: er würde sie nur stören und außerdem konnte er sie noch sein ganzes Leben lang besuchen. Nein, aber er müßte natürlich in die Folies-Bergères rennen. Dieser Plan gefällt Valentin weniger. Es ist kaum zu glauben, nach dem, was man so hört, wie leicht man

sich in Paris verlaufen kann. Außerdem wird man dort überfahren, bekommt die Taschen ausgeräumt, wird eingelocht. Eine Menge Unannehmlichkeiten in Aussicht, findet der ehemalige Soldat Brü, aber er wagte einem so legitimen Wunsch nicht zu widersprechen. Da er nun mal einen Abend in den Folies-Bergères verbringen mußte, würde er ihn halt verbringen. Und alles hatte seine schönste Ordnung.
Julia begleitete ihn zum Zug, sie hatte ihm einen Fensterplatz in einem Wagen dritter Klasse reservieren lassen, sie hatte nicht ausdrücklich in Fahrtrichtung verlangt, denn es war ihr wurscht: sie gehörte nicht zu jenen Frauen, die solche Kleinigkeiten seekrank machen. Sie stieg mit Valentin in den Eisenbahnwagen, ein schöner Wagen mit einem Gang an den Abteilen entlang und an jedem Ende luxuriöse Weezees, deren Gebrauch Julia Valentin empfahl. Dann kennzeichnete er auf ihren Rat seinen Platz mit einem Hut und irgendeiner unanständigen Zeitschrift, die sie ihm zu diesem Zweck gekauft hatte. Man träfe nie genug Vorkehrungen, sagte sie und warf einen wilden Blick um sich, es gibt immer so Drecksäcke, die sich dort hinsetzen, wo sie kein Recht dazu haben. Es gibt sogar welche, fügt Julie hinzu, die die Zettel von den reservierten Plätzen abreißen. Sowas ist hundsgemein, finden Sie nicht auch, meine Damen?
Sie wandte sich an die beiden einzigen Insassen des Abteils, zwei Bäuerinnen, die ganz knapp mit dem Hintern auf den beiden einzigen nicht reservierten Plätzen saßen. Die anderen Platzkarteninhaber, ihrer Sache sicher, ließen sich Zeit. Valentin hatte es fertiggebracht, sich fünfundzwanzig Minuten zu früh auf dem Bahnhof einzufinden. Eben war es ihm gelungen, ein schweres, aluminiumbeschlagenes Ding im Gepäcknetz unterzubringen, einen Kasten, den er aus den Kolonien mitgebracht hatte und

der ihm als Koffer diente. Julia besaß einen schönen für die Ferien, den man aber diesmal nicht abnutzen wollte. Valentin, beglückt über seinen Erfolg, drehte sich nach Julia um.
»Das ist doch scheußlich«, sagte sie zu einer der Bäuerinnen und betastete deren Kopftuch. »Ganz schlechte Qualität. Ich wette, Sie haben es bei einem Hausierer gekauft, stimmts?«
Die gute Frau lächelte voller Bewunderung, verblüfft über so viel Scharfsinn.
»Wenn Sie Qualität haben wollen, etwas, das Ihr ganzes Leben lang hält, dann kommen Sie zu mir: Mademoiselle Julia, Rue Gambetta, im Viertel Bouscat. Ich mache Ihnen einen Sonderpreis.«
»Vielen Dank, Madame.«
»Kommst du?« sagte sie zu Valentin. »Wir wollen doch nicht hier versauern bis zur Abfahrt.«
Sie wandte sich an die Dörflerinnen und rief ihnen zu:
»Passen Sie auf seinen Platz auf, ja?«
»Ja, ja, Madame. Sie können sich auf uns verlassen, Madame, Sie können sich auf uns verlassen.«
Auf dem Bahnsteig betrachteten sie den Zug, einen schönen Schnellzug.
»Es ist schick, wenn man so reisen kann«, sagte Julia höchst zufrieden. »Ich finde, daß es nichts Feineres gibt als zu reisen, reisen ist viel viel besser als Kino. Außerdem ist das Kino in den meisten Fällen für Deppen. Findest du nicht?«
»Ja«, sagte Valentin.
Sie sah ihn an.
»Du siehst nicht sehr vergnügt aus«, bemerkte sie. Er antwortete nicht sofort, er schwankte zwischen drei gleichermaßen wahren Aussagen: »Doch, ich bin vergnügt, aber man sieht es nicht. Nicht allzu sehr, weil du nicht

mitkommst. Und: Ich habe Angst, daß man mir meinen Platz stibitzt.«

»Ich rede mit dir«, sagte Julia. »Bist du auf dem Mond? Ich hab gesagt, daß du nicht sehr vergnügt aussiehst.«

»Ich?«

»Ja, du. Natürlich du. Nicht der Nachbar.«

Und sich an einen Meussieu wendend, der, mit unbeteiligter Miene, zuhörte:

»Aber nein, Meussieu, ich spreche nicht mit Ihnen, sondern mit meinem Schnutzeputz.«

Der Kerl trollte sich.

»Na ja«, fing Valentin an.

Julia schnitt ihm das Wort ab.

»Erzähl kein dummes Zeug und amüsier dich gut. Hast du noch dein Geld?«

»Ja, ich habs.«

»Laß es dir nicht mopsen. Du hast genug für vierzehn Tage, du wirst schon sehen. Natürlich darfst du in Paris nicht in Drouants Schlemmerlokal gehen.«

»Und du schickst mir Ansichtskarten, vergiß es nicht.«

»Nein, ich vergeß es nicht.«

Sie gingen am Zug auf und ab. Der Speisewagen erregte ihre Bewunderung.

»Das müssen wir uns einmal leisten«, sagte Valentin vage.

»Wie man hört, ist das Essen dort sehr schlecht. Gar kein Vergleich mit einem anständigen Freßkorb, den man von zu Hause mitbringt.«

»Nein, natürlich nicht«, sagte Valentin.

Er stellte fest, daß er keinen Freßkorb von zu Hause mitbekommen hatte. Aber er hatte keinen Hunger.

»Viel Betrieb«, bemerkte Julia. »Du solltest deinen Platz einnehmen.«

Sie küßten sich.

Einige Personen hatten sich im Gang niedergelassen. Trotz seiner Furcht, sie zu verärgern, hielt Valentin es für möglich, sie zu behelligen. In seinem Abteil war sein Eckplatz freigeblieben; die Bäuerinnen hatten ihn mutig verteidigt. Alle anderen Plätze waren jetzt besetzt. Der Hut war ein Problem; Valentin löste es, das Problem, indem er ihn aufsetzte. Er schaute auf den Bahnsteig, um sein Taschentuch zu schwenken, aber er braucht es gar nicht aus der Tasche zu holen. Der Rücken Julias entfernte sich.

Darauf beginnt er seine amüsant genannte Zeitschrift zu studieren. Auf dem Umschlag sieht er eine teilweise entkleidete junge Frau, die den Bart eines Marmorfauns streichelt. Valentin studiert aufmerksam dieses bonbonfarbene Bild und so, wie der Zeichner und Chefredakteur dieses Magazins es wünschten, denkt er, daß die junge, nackte Frau bestimmte Reize hat. Er bewundert vor allem das Plastische des Bildes und fährt mit neugierigem Finger darüber. Aber der Buntdruck ist platt: der Arsch ist ein Effekt der Kunst. Valentin wirft einen duckmäuserischen Blick um sich: die beiden Bäuerinnen beobachten ihn gerührt, aber ein dicker Meussieu wirft ihm einen strengen Blick zu. Valentin wendet schnell die Seite um. Dem unbeweglichen Bahnsteig nach zu urteilen, befindet man sich immer noch in Bordeaux.

Valentin macht sich an die Lektüre der folgenden Seite; hier werden Präservative empfohlen, seriöse Heiraten, Methoden, um größer zu werden oder sich auf der Straße zu verteidigen. Die beiden andern Seiten behandeln die gleichen Fragen, und Kolonialsoldaten bitten hier um Briefpartnerinnen. In Madagaskar hatte er Kumpels, die diesem Vergnügen nachgingen, und wenn sie auf Urlaub fuhren, war alles schon geritzt, wie sie sagten. Da er nicht begriff, daß die Schrift dazu dienen

konnte, Unkorrektheiten zu übermitteln, hatte Valentin es nicht einmal versucht. Er warf von neuem einen Blick um sich. Diesmal war man abgefahren. Lokomotiven waren im Halbkreis abgestellt und Sauberkeitsbeamte reinigten Schnellzüge, die benutzt worden waren. Die Anzahl der Gleise nahm ab, der Expreß suchte sich das seine aus und begann sich auf ihm schnell und entschlossen fortzubewegen. Der Zug fuhr. Befriedigt über diese Feststellung, machte sich Valentin wieder an das Studium seiner Gazette. Auf Seite fünf oben war eine Zeichnung. Valentin betrachtete sie aufmerksam; man sah zwei Reihen abgezehrter Personen, ärmlich und altertümlich gekleidet. Im Begleittext hieß es: »Die ruhigen Zönobiten«, was Valentin zutiefst verblüffte. Obgleich er im Verlaufe seines Aufenthalts in Diego-Suarez das kleine französische, enzyklopädische Wörterbuch *Larousse* von der ersten bis zur letzten Seite durchgelesen hatte, wodurch in ihm die Schleusen des Wissens geöffnet wurden, glaubte er sich der Bedeutung des Wortes Zönobit nicht sicher genug, um das wiedergegebene Bild lachhaft zu finden. Vielleicht könnte es ihm der dicke Meussieu gegenüber erklären, und wenn sie dann zusammen gelacht hätten, könnte er die Gelegenheit nützen ihn zu fragen, ob dies auch wirklich der Schnellzug nach Paris wäre.
Sakrament, rief Valentin schweigend aus, das stimmt ja, bin ich überhaupt im Zug nach Paris? Er betrachtete die Landschaft: das dahinfliehende Grün gab ihm keine Auskunft. Er sah zu seinen Mitreisenden hin: der dicke Meussieu beobachtete ihn weiterhin ohne Wohlwollen. Nie würde er es wagen. Die Bäuerinnen wursteten. Was die andern Personen betraf, so hatte sich jede bereits ihre Barrikade errichtet. Valentin fragte sich, was er tun soll; es mußte im Zug doch einen Beamten geben, der qualifiziert war, es ihm zu sagen, und wäre es auch nur der Lokführer,

aber wie ihn erreichen? Man müßte aus dem Abteil heraus, die Bäuerinnen beim Vespern stören, die Leute im Gang aufjagen, alles Dinge, zu denen Valentin sich unfähig fühlte. Er fing vielleicht an, ein wenig unglücklich zu werden, als er sich zu erinnern glaubte, daß der Zug mehrere Male vor Paris hielt; wenn er sich geirrt hätte, brauchte er nur auf der nächsten Station auszusteigen; befände er sich auf dem Weg nach Paris, brauchte er dann nur den nächsten Zug zu nehmen. Auf diese Weise würde er niemanden belästigen. Er schob seinen Hut über die Augen und schlief sofort ein.
Der Dicke kaufte sich ein Sandwich und eine Flasche Bier von einem Mann, der unten stand. Valentin fuhr hoch. Er stürzte sich auf seine Militärkiste, ließ sie ohne Schüchternheit auf die Knie der andern Fahrgäste rutschen und fand sich bald am Bahnhofsausgang wieder. Er hielt dem Bahnbeamten seine Fahrkarte mit der Rückseite hin, da er befürchtete, man verlange Erklärungen von ihm; denn es war jedenfalls nicht Paris. Er lief Gefahr, daß man ihn für einen Armleuchter oder für einen Übeltäter hielt, weil er so einfach irgendwo ausstieg. Als er zurückgerufen wurde, hätte er am liebsten die Flucht ergriffen, aber sein Gepäck hinderte ihn daran, sich im Leistungssport zu versuchen. So ging er zurück und erfuhr mit lebhaftem Interesse, daß er seine Fahrkarte behalten konnte, und daß sie für die Reise nach Paris auch weiterhin ihre Gültigkeit behielt. Die Güte des Bahnbeamten schien ihm so groß, daß er nicht fürchtete, sie dadurch zu mißbrauchen, daß er sich nach der Abfahrtszeit des nächsten Zuges nach dieser Stadt erkundigte, worauf ihm mit beispielhafter Genauigkeit geantwortet wurde. Sollte er soviel Liebenswürdigkeit noch weiter ausnutzen? Er vertraute seinem neuen Freund an, er habe davon gehört, daß es auf den Bahnhöfen einen Ort gäbe, wo man Pakete, Koffer oder Seesäcke

abstellen könne, ohne einen Diebstahl befürchten zu müssen, da die Eisenbahnverwaltung sie gegen eine bescheidene Summe gnädig beaufsichtigte.
Ich belästige ihn wohl, dachte Valentin, als er sah, was für ein merkwürdiges Gesicht der Kerl machte. Mit dem Daumen schob dieser seine wappengeschmückte Mütze leicht nach hinten, um diesen Fahrgast aufmerksamer zu betrachten; nach einer Stille von etwa drei Sekunden brachte er seine Kopfbedeckung wieder an ihren ursprünglichen Platz und wies ihm ganz detailliert den Weg zur Gepäckaufbewahrung.
»Vielen tausend Dank«, antwortete Valentin, entzückt von der angenehmen Wendung, die die Dinge nahmen.
Er fand es gut, diesen vielleicht etwas zu knappen Dank mit einem Witzchen zu verzieren, das über ihre lediglich administrativen Beziehungen ein wenig von der Milch menschlicher Zärtlichkeit ergießen würde.
»Und verzeihen Sie bitte, wenn ich mich entschuldige!« rief er dem Bahnhofsmann mit einem breiten Lächeln zu.
Der Bahnhofsmann konnte eine äußerste Überraschung nicht verbergen.

## 6

Nachdem er durch die Straßen Angoulêmes gelaufen war, an diesem Tag ganz besonders menschenleer, fand er sein Kofferungetüm mit amüsiertem Erstaunen heil wieder und Punkt vier Uhr morgens stieg er in einen Eilzug, der häufig ein Bummelzug war. Ein Abteil war leer, er schlief darin glücklich ein.
Später bekam er Reisegefährten, aber sie erwiesen sich als ephemer, da sie im allgemeinen nur Ortsveränderungen

von vier oder fünf Stationen vornahmen. Durch ihren ständigen Wechsel gaben sie ihm die Möglichkeit, die Verschiedenheit und zugleich Einheitlichkeit der französischen Bevölkerung zu beobachten und da es seit dem Vortag bereits seine zweite Reise war, fühlte er sich ganz in seinem Element und empfand sogar ein kleines Beschützergefühl für die bäurischsten unter ihnen. Doch als Paris in Sicht kam, fand er seine Bescheidenheit wieder.

An der Gare d'Austerlitz läßt er sich von einer Lawine von Leuten mitreißen. Nie hätte man geglaubt, dieser Zug könne so viele enthalten und alle schienen genau zu wissen, was sie zu tun hatten. Als Valentin vor einer Metrosperre steht, weicht er entsetzt zurück. Er wird sich verirren. In der Metro verirrt man sich immer. Er macht kehrt und stößt dabei die metallenen Ecken seines Köfferchens in die Kniescheibengegend nervöser Leute, die mit Beschimpfungen schnell bei der Hand sind. Er mußte hören, wie man ihm die merkwürdigsten Namen gab und schämte sich sehr darüber, genau das, was diese Halunken erreichen wollten. Nachdem er die wunderbare Kreislaufordnung der unterirdischen Gänge von Paris gestört hat, findet er sich auf einem Bürgersteig wieder. Er stellt seinen Kleiderschrank ab und setzt sich drauf.

Es war fünf Uhr Oktober. Von allen Seiten her marschierte es und auf der Fahrbahn fuhr es in alle Richtungen. Eine anarchische Regsamkeit versetzte Tiere, Motoren und Leute in krampfhafte Bewegung und alle begleiteten ihr Durcheinander mit überwiegend herzzerreißenden Tönen. Ein bärtiger Blinder spielte mit seiner Nase Flöte und fädelte auf seiner mageren Melodie das Quaken und Knirschen von Menschen und Dingen auf, die unterwegs waren. Die Abendzeitungen wurden mit solcher Wut und solcher Energie ausgeschrien, daß Valentin glaubte, der Krieg sei erklärt worden. Übrigens würde das eines Tages

auch passieren. Heute würde es dem Faß den Boden ausschlagen. Aber nein, es war sicher nicht der Krieg, sonst würde der Blinde auf der Trompete blasen.
Hier konnte er nicht bleiben. Trotz ihrer Eile widmeten Leute ihm einen Blick. Vielleicht würde er einen vom Gesetz unter Strafe gestellten Menschenauflauf hervorrufen. Er stand auf und, mit energischem Arm seine Aluminiumkiste hochhebend, machte er sich daran, seinen Weg fortzusetzen. Nach ein paar Schritten war er an einem Fluß, wahrscheinlich der Seine; er erblickte einen Kampanile, geschmückt mit einer riesigen Uhr, von der er annahm, sie möchte zu einem Bahnhof gehören und, wenn er etwas Glück hatte, zum Nordbahnhof.
Da er dieses Glück nicht gehabt hatte, machte er sich wieder auf die Socken und Punkt sechs Uhr war er an der Place d'Italie angekommen, die eine Kirmes aufheiterte. Er bleibt einen Augenblick stehen, um die schöne Anordnung der Denkmäler zu bewundern, die um diese Kreuzung herumstehen, dann marschiert er unermüdlich und mutig mit sicherem Schritt zur Porte de Châtillon, wo er tatsächlich fünfundvierzig Minuten später auftaucht. Da er der Breite der Fahrbahn nach glaubte, daß er sich endlich auf den großen Boulevards befand, andererseits aber befürchtete, einen Zug zu versäumen, dessen Abfahrtszeit er nicht kannte, erschöpft auch von der Herumschlepperei seines Gepäcks und vom Hunger, den er während seiner Reise nicht zu stillen gewußt hatte, beschließt er ein Taxi zu nehmen, was ihn sicher nicht sehr teuer kommen könnte, denn er glaubt, daß er mindestens Dreiviertel der Strecke zu Fuß zurückgelegt hat. Aber im Gegensatz zu seiner Annahme erwies sich die besagte Strecke als sehr lang, um so länger, als der Chauffeur über die Porte de la Muette und die Rue Caulaincourt fuhr. Es war Valentin furchtbar unangenehm,

daß er diesem braven Mann, der zweifellos kürzere und leichtere Wege bevorzugte, soviel Zeit stahl.
An der Gare du Nord wuchtete Valentin seinen Koffer heraus und sah auf den Zähler; er traute seinen Augen nicht und zwar so wenig, daß er es sich selber auf folgende Weise formuliert: »Ich traue meinen Augen nicht.«
»Das war weit«, sagte er zum Chauffeur.
»Das will ich meinen«, antwortete der andere.
»Warten Sie«, fügte Valentin schnell hinzu. »Ich bringe dieses Ding noch zur Gepäckaufbewahrung und dann fahren Sie mich zum Casino de Paris.«
»Dafür ist's eigentlich noch ziemlich früh«, bemerkte der Taxifahrer in einer Anwandlung von Ehrlichkeit.
Aber als er den betroffenen Ausdruck seines Kunden sah, berichtigte er sich schnell:
»Aber man muß früh hinkommen, um noch Plätze zu erwischen.«
Während der Taxikrat sich fragte, ob er über die Avenue de Reuilly oder über den Boulevard Victor fahren sollte, erkundigt sich Valentin, der, durch sein Angoulêmer Abenteuer vertrauensselig geworden, von neuem die Freude erlebte, die jeder Reisende erfährt, wenn er sein Gepäck für eine bestimmte Zeit ehrlichen und ordentlichen Beamten anvertraut, siebenmal an sieben verschiedenen Schaltern nach der Abfahrtszeit des Zuges nach Brügge. Die Antworten stimmten alle miteinander überein. Er unterzog sie jedoch einer Nachprüfung, indem er auf den gelben Tafeln nachsah, die dort für das Publikum aufgestellt sind. Nachdem es ihm gelungen war, sich davon zu überzeugen, daß er alle Chancen hatte, schlag Null Uhr siebzehn die Weiterreise anzutreten, geht er schließlich auf eine Tür zu, über der »Ausgang« geschrieben stand. Sie führte zu einer kleinen, düsteren Straße, an deren Ende eine Treppe ist, die Valentin ohne zu zögern hin-

aufgeht. Auf der Treppe oben angekommen, wendet er sich nach links, aufs Geratewohl. Ziemlich schnell steht er wieder vor dem Bahnhof. Er sah jetzt ganz anders aus als vorhin; er tritt ein und erkennt weder die Anordnung der Schalter noch die Architektur der Verkaufsstände wieder. Ein riesiges Fresko, das den Abmarsch der Soldaten in den Krieg 14 darstellt, belehrt Valentin, daß er sich in der Gare de l'Est befindet. Er bewundert das Kunstwerk eingehend und denkt dabei, daß man bald ein anderes machen müßte, Kunstwerk nämlich, für den nächsten, Krieg natürlich, denn man durfte nicht damit rechnen, davon verschont zu bleiben, von einem nächsten weiteren.

Bekümmert durch diese Betrachtungen, verließ er diesen etwas trostlosen Ort, wobei er eine Tür benutzte, über der »Eingang« geschrieben stand, da ihn beim Mal zuvor die Ausgangstür irregeleitet hatte. Er schätzte sich glücklich über seinen Entschluß, denn vor sich erblickte er einen prächtigen, lichtpunktierten Boulevard. Zahlreiche und luxuriöse Bierstuben boten den Passanten den Zauber ihrer Terrassen oder die Weichheit ihrer Bänke an. Da er seit vierundzwanzig Stunden nichts gegessen hatte, beschloß Valentin, sich ein Abendessen zu leisten. Nachdem er vor jedem der sechs Etablissements dieser Gegend achtmal vorbeigegangen war und jedesmal die Speisekarte von der ersten bis zur letzten Zeile gelesen hatte, entschied er sich für eine Schenke, die ihm Komfort mit mäßigen Preisen zu vereinen schien. Unterdessen hatte er vier Ansichtskarten und eine entsprechende Anzahl Briefmarken erstanden.

»Na«, sagte er freundlichen Gesichts zum Kellner, »was gibts denn heute Gutes?«

»Wir ham das Tagesmenü«, antwortete der Serviettenschwenker und schaute dabei aus purer Neugier nach einer Verzierung an der Decke.

»Mal sehen«, sagte Valentin.
Scheiße, wo war denn dieses verfluchte Tagesmenü, es gelang ihm nicht, es aufzustöbern.
Als der Kellner schließlich seine Blicke wieder herniederlenkte, entdeckte er die Ratlosigkeit seines Gastes.
»Auf der andern Seite«, stieß er verächtlich hervor. »Das Menü zu sieben Francs fünfzig.«
Nachdem Valentin gehorcht und die Karte umgedreht hatte, entdeckte er, daß man sich für diese Summe, die nicht aus dem Rahmen seiner Mittel fiel, anheischig machte, ihn Hartwurst, ein Schweineschnitzel mit frischen weißen Bohnen, Schweizerkäse und Apfelkompott verzehren zu lassen. Sogar ein Viertel Rotwein wurde ihm angeboten. Eine mächtige Freude zog in sein Herz ein und das Wasser lief ihm im Munde zusammen. Es lag nur ein kleiner Schatten über seinem Glück, aber bei der ungemein eleganten Weise, mit der der Kellner das Gedeck und den Korb mit dem in Scheiben geschnittenen Brot vor ihn warf, wagte er diesen nicht zu fragen, welcher Art Tätigkeit sich ein Taxifahrer hingibt, dessen Fahrgast nicht zurückkommt, um zu bezahlen. Diese Unkenntnis hinderte ihn nicht daran, mit der Mahlzeit zu Streich zu kommen, und zwar bis, und einschließlich, Wurstpelle und Käserinde. Nachdem er zum Abschluß den verzierten Behälter, in dem man ihm das Apfelkompott vorgesetzt hatte, bis in die kleineste Falte hinein ausgetunkt hatte, zog er aus der einen Tasche einen Bleistift und aus der andern seine Ansichtskarten. Alle stellten die Gare de l'Est dar.
Er suchte die am wenigsten von Mückenschiß befleckte aus, um sie Julia zu schicken. Nachdem er den Graphitstift beleckt hatte, schrieb er in einem Zug und ohne Zögern: *Aus Paris ohne Dich, Dein heißgeliebter Gatte* und die Unterschrift *Valentin*. Dann sah er auf einem Stück Papier nach, um die Adresse zu schreiben, denn er kannte sie noch

nicht auswendig. Ohne auszusetzen begann er die zweite Ansichtskarte in Angriff zu nehmen und ziemlich leicht kamen ihm diese Worte: *Mit den besten Grüßen aus der Hauptstadt Euer neuer Schwager* und die Unterschrift *Valentin*. Das gleiche Stück Papier wie das zuvor befragte gab ihm Auskunft über die Adresse der Bratagas. Für die dritte Ansichtskarte fand er nur dies: *Einen guten Tag aus Paris, Dein Kumpel* und die Unterschrift: *Valentin*. Das war für Bourrelier. Auf die vierte, für Didine bestimmte Ansichtskarte schrieb Valentin: *Rate* und unterschrieb nicht. Nachdem er die Freimarken aufgeklebt hatte, steckte er die vier Botschaften in die Tasche.

Die Bezahlung der Rechnung erfolgte ohne Schwierigkeit. Er ließ ein Trinkgeld zurück, das den Kellner vollauf zu befriedigen schien und glücklich, dieses Individuum nicht verärgert zu haben, fand Valentin nach einem Blick auf die Zwiebel, die Julia ihm zur Hochzeit geschenkt hatte, daß ihm noch reichlich Zeit für einen kleinen Spaziergang blieb, bevor er versuchte, zur Gare du Nord zurückzufinden.

Auf den ersten Blick schätzte er, daß die Läden hier alles in allem nicht übel sind, ohne jedoch so luxuriös zu sein wie die am Cours de l'Intendance. Der erste, der ihn fesselte, verkaufte Apparate der drahtlosen Telegraphie. Valentin sagte sich, daß so ein Ding, das zu jeder Jahreszeit Krach macht, Julia sicherlich Freude machen würde. Sie wäre sogar entzückt. Er sah sich die Preise an, sie kamen ihm sehr hoch vor. Nachdem er festgestellt hatte, daß der Laden zum Glück geschlossen war, dachte er an die Glückseligkeit Julias, wenn sie erführe, daß er kein Geld für den Kauf eines Apparats verschwendet hätte, der doch nur Dummheiten von sich gibt. Frohgestimmt, daß er seiner besseren Hälfte diese kleine Freude gemacht hatte, wollte er seinen Weg fortsetzen, als er bemerkte, daß neben ihm

eine junge Person ihn lächelnd anblickte. Nachdem er sich durch einen Ringsumblick vergewissert hatte, daß dieses Lächeln wirklich ihm galt, zog er höflich den Hut und drückte sich in diesen Worten aus:
»Ich entschuldige mich, Mademoiselle, daß ich Sie nicht erkenne. Ich hoffe, Sie sind mir deswegen nicht böse.«
Die Dame, aus der Fassung gebracht, steckte ihr Lächeln wieder in die Scheide und betrachtete ihn mißtrauisch.
»Ich weiß«, fuhr Valentin fort, »daß die Frauen sich giften, wenn man ihnen keinen Namen aufs Gesicht kleben kann, und das Einzige, was ich zur gegenwärtigen Stunde wünsche, ist, Sie nicht zu giften. Daher, Mademoiselle, bitte ich Sie um eine Gefälligkeit: helfen Sie mir auf die Sprünge, unter welchen Umständen sind wir uns schon einmal begegnet?«
Da die Nutte die Sprache noch nicht wiedergefunden hat, macht Valentin von der seinen weiter Gebrauch und fährt mit diesen Worten fort:
»Ich glaube es zu erraten. Sind Sie nicht etwa aus Bordeaux?«
»Ich, aus Bordeaux?« ruft die Nutte aus, die so einen Witz ihr Lebtag noch nicht gehört hat, vor allem nicht in der Umgebung der Gare de l'Est.
»Ja. Aus dem Bouscat-Viertel. Ich wette, Sie sind eine Kundin meiner Frau.«
»Ach, du bist verheiratet?«
Ohne das Du zu bemerken, antwortet Valentin:
»Ja, wir sind sogar auf unserer Hochzeitsreise.«
»Ach so. Das hättest du gleich sagen sollen.«
Sie wandte ihm den Rücken und ging anderen Eroberungen entgegen. Aber Valentin lief ihr nach.
»Mademoiselle, Mademoiselle. Sie dürfen nicht einfach fortlaufen. Ich hoffe, daß ich Sie nicht einschüchterte.«
Aber sie behielt ihren abweisenden Ausdruck bei.

»Du?!!«

»Darf ich Sie zu einem Gläschen einladen?«

Sie zögerte, doch da die Geschäfte nicht so gut gingen, fand sie es vernünftig, das Risiko einzugehen und nahm an. Sie schleppte Valentin in eine sehr bescheidene Kneipe, in der einige ihrer Kolleginnen verkehrten. Sie legten dort kleine Pausen ein, bevor sie wieder aufs Trottoir gingen.

Sie erklärte sich mit einem grünen Pfefferminzlikör einverstanden und Valentin leistete sich einen Weißwein mit Sirup.

»Na«, sagte sie, um ein wenig Konversation zu machen und sich den Umständen gewachsen zu zeigen, »dann bist du also auf Hochzeitsreise?«

»Ja«, entgegnete Valentin schlicht.

»Und wo ist deine Frau im Augenblick?«

»In Bordeaux.«

Zwei Berufskolleginnen, die an der Theke einen schwarzen Kaffee tranken und diesen Dialog mitgekriegt hatten, kamen an Valentins Tisch, um ungeniert zuzuhören.

»Du machst dich wohl über mich lustig«, sagte die Nutte.

»Keineswegs«, protestierte Valentin. »Es ist die wahre Wahrheit. Beweis, ich fahre nach Brügge. Mensch, ich darf meinen Zug nicht verpassen.«

»Um wieviel Uhr fährt denn dein Zug?«

»Um elf Uhr zwölf«, gab Valentin vorsichtig zur Antwort.

»Na, dann kannst du ja ganz gemütlich deine Nummer schieben.«

»Ich habe keine Lust, meine Schuhe auszuziehen«, sagte Valentin.

Die beiden Freundinnen mischten sich ein:

»Wenn du deine Zeit so verplempern kannst«, sagte die eine von ihnen, »dann gehts dir ja gut.«
»Mado«, sagte die andere, »ich hab nicht gewußt, daß du so saublöd bist. Siehst du denn nicht, daß er dich auf den Arm nimmt?«
Sie gingen an die Theke zurück, um ihre Gläser abzustellen und zeterten dabei über die miesen Zeiten und was man nicht alles mitansehen müsse.
Blaß vor Wut, legte Mado beide Ellbogen auf den Tisch, beugte sich zu Valentin vor und fragte ihn:
»Kommst du nun rauf oder nicht?«
»Ich komm nicht rauf.«
»Bin ich nicht nach deinem Geschmack?«
»Doch, doch.«
»Bin ich nicht gut gebaut?«
»Doch, doch.«
»Glaubst du etwa, daß ich es nicht genau so gut kann, wie dein Jungferchen?«
»Weiß ich nich.«
»Also?«
»Ich komm nicht rauf«, sagte Valentin. »Ich wollte nur einen mit Ihnen trinken. Ich fand das nett.«
Sie wandte sich an ihre beiden Kolleginnen und rief sie zu Zeugen an:
»Ja, so was, hört ihr dieses Arschloch? Jetzt hört euch nur mal dieses Arschloch an!«
»Wir hören«, sagten die beiden resigniert. »Wir hören.«
»Es ist mir wirklich sehr peinlich«, murmelte Valentin.
Mado schlug auf den Tisch.
»Seit zehn Minuten höre ich mir jetzt deine blöden Witze an, aber ich arbeite nicht umsonst. Stimmts nicht?« fragte sie die beiden andern.

»Wenn man sich alles gefallen ließe«, sagte die eine.
»Das wäre das Ende«, sagte die andere.
»Diese Damen könnten vielleicht einen mit uns trinken«, schlug Valentin vor.
»Machs gut«, sagten sie zu Mado.
Sie warfen Kleingeld auf die Theke und gingen weg.
»Die lassen Sie fallen«, bemerkte Valentin unparteiisch.
»Ich kann auch ohne die fertig werden«, sagte Mado.
»Keine Angst. Keine Angst. Ich werde Sie entschädigen.«
»Wofür?«
»Ich werde Ihnen geben, was ich Ihnen gegeben hätte, wenn ich mitgegangen wäre, um mir in Ihrer Gesellschaft die Schuhe auszuziehen.«
»Du bist wohl übergeschnappt?«
»Das ist doch selbstverständlich! Wieviel schulde ich Ihnen?«
»Hör mal zu, Kleiner, du glaubst doch nicht im Ernst, daß ich Geld nehme, das ich nicht verdient habe? Für wen hältst du mich?«
Sie wandte sich an den Wirt, der, um sich die Zeit zu vertreiben, in einer Zeitung zu lesen versuchte, die auf dem Kopf stand.
»Haben Sie das gehört, Meussieu Grégoire? Er beleidigt mich!«
»Nimm seinen Kies und dann zieht beide Leine«, erklärte Meussieu Grégoire lakonisch, ohne aufzusehen.
»Sehen Sie«, sagte Valentin zu Mado. »Also, was macht es?«
»Dreißig Francs«, antwortete Mado angeekelt.
Valentin, der seine rechte Hand zu seiner linken Brieftasche führte, unterbrach seine Gebärde und ließ einen langen Pfiff der Überraschung hören.
»Scheiße«, sagte er in aller Schlichtheit. »Das ist teuer.«

»Soll ich dir vielleicht Nachlaß gewähren?« hohnlachte Mado.
»Nein, aber, mach was dran, ich find es nun mal teuer. Fast genauso teuer wie die Taxis.«
»Oh, es reicht«, sagte Mado, »Geizkragen wie du sollten lieber nicht Taxi fahren.«
»Ich hatte einen sehr großen Koffer, einen sehr schweren.«
»Was haste denn damit gemacht?«
»Ich habe ihn bei der Gepäckaufbewahrung aufgegeben, aber als ich zurückkam, habe ich das Taxi nicht wiedergefunden.«
»Ja und, das konnte dir doch egal sein.«
»Ich hatte den Fahrer noch nicht bezahlt.«
Mado und Meussieu Grégoire lachten sich halb krumm.
»Haben Sie ihm gesagt, daß Sie zur Gepäckaufbewahrung gingen?« fragte der Wirt, der sich nun in die Unterhaltung einmischte.
»Natürlich«, sagte Valentin.
»Na, dann können Sie sicher sein, daß er noch auf Sie wartet.«
Valentin kratzte sich am Kopf.
»Jetzt biste aber schön aufgeschmissen«, sagt Mado lachend zu ihm.
Er sah sie an und machte ein jämmerliches Gesicht.
»Da ließe sich was machen«, rief Meussieu Grégoire. »Mado könnte ihn an Ihrer Stelle abholen, ihren Koffer.«
Mado warf ihm einen schnellen Blick zu
»Natürlich«, ging sie darauf ein und wurde wieder ernst.
Valentin schien das Für und Wider abzuwägen, dann steht er plötzlich auf und bevor die beiden andern überhaupt reagieren konnten, hatte er mit den Worten »Richtig, ich

werde ein Taxi suchen« schon den Schankraum durchquert. An der Tür dreht er sich um und meint augenzwinkernd: »Hoffentlich gerate ich nicht an den selben.« Worüber Meussieu Grégoire und Mado lachen müssen. Er geht hinaus, biegt um die nächste Straßenecke, galoppiert mutig bis zur übernächsten und kommt dann auf einen großen Boulevard mit tausend glänzenden Lichtern, wo er auch wirklich eine Taxistation findet. Er steigt ins erste Taxi ein, ohne den Fahrer um Erlaubnis zu fragen, der sich gebeten hört, zur Gare du Nord zu fahren. Der Fahrer fährt nicht ab und wendet sich an seinen Kunden:

»Ich fahre nicht«, sagt er.

Valentin schwankt einen Augenblick, ob er ihn fragen soll weshalb, aber der andere fährt fort:

»Ich will nicht, daß Sie Ihr Geld zum Fenster rauswerfen. Bis zur Gare du Nord sind's nur zwei Schritte. Zu Fuß sind Sie in fünf Minuten dort.«

»Aber mein Zug fährt in drei Minuten«, wendet Valentin ohne Überzeugung ein.

»Ist ja gar nicht wahr. In drei Minuten fährt überhaupt kein Zug von der Gare du Nord ab. Ich kenne die Abfahrtszeiten aller Züge, von allen Pariser Bahnhöfen. Was glauben Sie, seit dreißig Jahren fahre ich Taxi. Sehen Sie, meine erste Seifenkiste war ein Brasier, ein richtiger Meisterwagen. Damals waren wir noch nicht viele. Das war noch Sport. Ich habe die Marne mitgemacht, Meussieu, unter dem Kommando von Joffre und Galliéni. Sie sind vielleicht noch zu jung, um das zu kennen, die Taxis von der Marne.«

»Doch, doch, ich kenne das. War eine interessante Schlacht, die Schlacht an der Marne«, sagt Valentin verträumt. »Aber ich interessiere mich vor allem für Jena, die Schlacht von Jena.«

»Davon gibts ne Brücke«, sagt der Fahrer mechanisch, und einen Platz und die Avenue. Und auch die Passage in der Nähe der Porte Champerret.«

Sich zu einem Lichtstrahl vorbeugend, sieht Valentin nach seiner Zwiebel.

»Soll ich Sie mal ein bißchen dorthin fahren?« schlug der Fahrer vor.

»Furchtbar gern«, antwortet Valentin, schon erobert, »aber ich weiß nicht, ob ich noch soviel Zeit habe.«

»Ich wette, Sie nehmen den Schnellzug um elf Uhr siebenunddreißig nach Boulogne?«

»Sie sind aber mal scharfsinnig.«

»Oh!« sagt der andere bescheiden, »das hatte ich sofort erraten. Sie hatten Angst, Ihren Zug zu verpassen, stimmts nicht?«

»Es stimmt.«

»Ich sag Ihnen ja, ich hatte es sofort erraten. Na, soll ich Sie zur Passage fahren, danach fahren wir über die Etoile, die Avenue hinunter, überqueren den Platz, dann die Brücke, den Pont d'Iéna, fahren an den Kais entlang, überqueren an der Place Saint Michel wieder die Seine und fahren über den Boulevard Sébastopol zurück. Einverstanden? Brauchen keine Angst haben, Sie sind ganz bestimmt rechtzeitig an der Gare du Nord für Ihre Eisenbahn.«

Valentin, verführt, zögerte noch:

»Was wird mich denn der Spaß ungefähr kosten?« fragte er mutig.

»Für zwanzig Francs kriegen Sie das ganze Theater zu sehen.«

»Zwanzig Francs für die ganze Strecke?«

Valentin bekam langsam Zweifel an der Ehrlichkeit des andern Taxifahrers.

»Natürlich«, antwortete dieser. »Kommen Sie, setzen Sie

sich neben mich, ich werde Ihnen die Schönheiten der Hauptstadt erklären, denn ich habe auch erraten, daß Sie nicht von hier sind. Richtig?«
»Es ist richtig.«
Dem Befehl, der ihm gegeben worden war, Folge leistend, setzte sich Valentin auf den angegebenen Platz.

## 7

Von seinem Bummel entzückt, drückte Valentin dem Taxifahrer herzlich die Hand. Da er aber pünktlich für den Halbzwölfuhrzug zurückgebracht worden war, setzte er sich bis fünf Minuten vor der Abfahrt des seinen aufs Weezee. Er löste in aller Eile seine Fahrkarte und bekam gerade noch rechtzeitig seinen Zug, ohne daß ihm jemand begegnet wäre.
In Brügge hatte er kleine Scherereien, weil er kein Gepäck dabei hatte. Er mußte sein Zimmer jede Nacht bezahlen, konnte keine frische Wäsche anziehen und mußte alle zwei Tage zum Friseur. Zwölf Tage vergingen so.
Wieder in Paris, beschloß er, seinen Koffer preiszugeben, obgleich es ihn dauerte, er hatte mit ihm zusammen den Feldzug gegen die Hai-Tenys Merinas mitgemacht. Er würde sagen, er sei ihm entwendet worden. Es passiert jedem mal, daß er bestohlen wird. Dazu braucht man nicht blöder zu sein als andere. Und außerdem hatte er so die Hände frei, was sehr angenehm ist, wenn man viel laufen will. Tatsächlich lief er viel und verpaßte nur um weniges die Gare d'Austerlitz, als er drei Stunden nach seinem Abmarsch von der Gare du Nord die Rue de Charenton hinaufging. Diese Straße, lang und abwechslungsreich, interessierte ihn sehr. Das Schild, das an der Mauer des Hauses Nr. 306 befestigt war, schien ihm eine der gro-

ßen Sehenswürdigkeiten von Paris zu sein: »Hiermit wird ein ausdrückliches Verbot erlassen, über die gegenwärtigen Grenzen und Schranken hinaus zu bauen usw. 1726«. Wieder so ein saublödes Verbot. Zahlreiche Häuser auf der anderen Seite erbrachten den Beweis dafür. Er bewunderte von ferne eine majestätische Kuppel, die er dem Sacré-Coeur zuschrieb, obgleich sie dem Saint-Esprit gehörte und sah bald zu seiner Rechten einen prächtigen Güterbahnhof auftauchen.

Da er langsamen Schrittes einherging, um nichts von der Landschaft zu verpassen, wurde er von einer Beerdigung überholt; ein ganz bescheidener Zug, ohne Pfarrer und Trompeter; ein Leichenwagen von sehr schlichter Linie, den eine Schindmähre zog und dem weniger als zehn Personen folgten. Es heißt, daß es stets äußerst interessant sei, sich dem Leichenbegängnis eines Unbekannten anzuschließen; man mache dabei sehr häufig merkwürdige Bekanntschaften. Valentin wußte, daß es sich nur um eine jener Banalitäten handelte, wie sie ohne Überzeugung dahingeplappert werden, die sich aber bisweilen bei der Nutzanwendung als wahr erweisen, wie etwa: »Zucker im Wasser, schmilzt, wenn er nasser«. Und da er merkte, daß er ein wenig die Orientierung verloren hatte, beschloß er nachzuprüfen, welchen Glauben man dem Sprichwort »wer auf Erden folgt, kommt in den Zug« schenken konnte. Er schloß sich also an und setzte seinen Bummel fort. Er hatte noch mit niemandem eine Unterhaltung angeknüpft, als man auf dem Friedhof von Reuilly angelangt war. Ein Kerl vor ihm, mit großen Ohren, erinnerte ihn von ferne an jemand oder etwas, und gerade wollte er sein Mißtrauen ablegen, wobei er dachte, daß das Sprichwort genauso log wie alle andern, als eine der Personen, vorn an der Spitze, sich umblickte (um was zu sehen?) und er Julia zu erkennen glaubte.

Und sie war es. War es wirklich. Als der Sarg (wen enthaltend? was enthaltend?) in die Grube hinabgelassen worden war und die Familie, aus fünf Personen bestehend, sich in waagrechter Reihe aufstellte, um das Beileid der fünf andern Mitglieder des Zuges entgegenzunehmen, die, dies getan, dann gingen, trat eine sechste Person hervor, drückte Bretaga herzlich die Hand, dann, aufgewühlt, Chantal, wollte schließlich noch mehr Gefühl in das Schäkhänd legen, das für Julia bestimmt war, als diese ihn erkannte.

»Ach, du liebe Zeit«, rief sie, »Valentin!«

Sie sprang ihm um den Hals.

»Guten Tag, mein Schatz! Guten Tag, mein Hühnchen!«

Und sich an die beiden andern wendend:

»Ist das nicht lustig, sagt mal?«

»Gibts denn so was«, sagte Paul.

»Für ne Überraschung ist das wirklich ne Überraschung«, tönte Chantal.

Sie mußten darüber lachen, vor allem Julia.

»Aber wieso treibst du dich denn hier herum?« fragte Paul.

»Ich ging spazieren«, antwortete Valentin.

»Ist der aber lustig«, sagte Chantal.

»Apropos«, rief Valentin, »ich hab was für euch.«

Er wühlte in seinen Taschen und zog eine zerknitterte Ansichtskarte hervor, auf der die Gare de l'Est zu sehen war. Nachdem er die Adresse geprüft hatte, hielt er sie den Brutagas hin. »Die ist für Sie«, sagte er.

Dann zog er eine zweite heraus, die er wieder in die Tasche steckte, nachdem er festgestellt hatte, daß sie für Unteroffizier Bourrelier bestimmt war. Er hoffte, daß er mit etwas Glück die vermeiden würde, die er Didine schicken wollte. Aber genau an die geriet er. Dann zog er wieder die des Unteroffiziers Bourrelier heraus.

»Na, gibts für mich keine?« fragte Julia und feixte.
»Warte doch mal«, sagte Valentin.
»Das ist aber nett, daß Sie an uns gedacht haben«, sagten die Brebugas im Chor, nachdem sie den für die Korrespondenz vorbehaltenen Teil der Rückseite entziffert hatten.
»Das ist doch selbstverständlich«, entgegnete Valentin leichthin.
Endlich fand er die Karte für Julia.
»Mein Dudumäuschen! Wie lieb du bist«, brüllte sie. Nachdem sie den Text gelesen hatte, fügt sie lachend hinzu:
»Na ja, du hast dir keins ausgerissen.«
Valentin lachte mit und die beiden andern dito.
»Und Brügge?« fragte Julia. »Bist du auch in Brügge gewesen?«
»Wie du siehst«, antwortete Valentin.
»War es schön?«
»Es gibt Für und Wider.«
»Bist du wenigstens zufrieden?«
»Ohh jaa.«
Sie küßte ihn von neuem, dann trat sie einen Schritt zurück.
»Aber sag mal«, bemerkte sie, »du stinkst ja.«
»Ich?«
»Natürlich du. Nicht der Papst.«
Valentin hatte die Stirn gerunzelt, aber bald begann er offen zu lächeln, mit einem Ausdruck höchster Befriedigung.
»Ich weiß warum«, rief er triumphierend. »Ich hab seit vierzehn Tagen meine Wäsche nicht mehr gewechselt.«
»Ist der aber lustig«, sagte Chantal.
»Aber sag mal, du hast doch welche mitgenommen, Hemden«, bemerkte Julia.

»Ich habe meinen Koffer verloren«, sagte Valentin. »Eigentlich habe ich ihn nicht verloren. Aber es ist beinah so als ob.«

»Wo ist er denn?«

»Auf der Gepäckaufbewahrung an der Gare du Nord.«

»Hast du den Aufbewahrungsschein verloren?«

»Nein.«

»Na, dann brauchst du ihn doch nur abzuholen.«

»Tatäschlich«, sagte Valentin.

Für einen Augenblick schwiegen alle.

»Ist der aber lustig«, sagte Chantal.

Ein Totengräber kam, um sie zu fragen, ob sie noch lange dableiben wollten. Nicht etwa, daß sie störte, die Familie die Totengräber, aber es war Essenszeit, und sie würden es erst nach der Suppe vollschaufeln, die Totengräber das Loch.

»Laßt euch Zeit, Männer«, sagte Paul. »Ist schon in Ordnung! Es ist genug Grund drauf, daß er nicht mehr rauskommt.«

Alle Welt lachte höflich über diesen Witz.

»Na, schieben wir los?« sagte Julia.

»Ihr kommt alle zu uns zum Mittagessen«, sagte Chantal. »Kommst du auch?«

Die Person, an die sie sich mit diesen Worten wendete, stieß ein Brummen aus, das als bejahende Antwort angesehen wurde.

»Wir werden versuchen, einen Wagen aufzutreiben«, sagte Julia und ging als erste weg.

Valentin lächelte. Die kannten ihn jetzt, die Taxis.

»Glauben Sie, daß wir keines finden?« fragte ihn Paul mit der Empfindlichkeit von Schwägern.

»Ich weiß nicht«, antwortete Valentin und fand sofort seinen Ernst wieder.

Sie gingen beide voraus, eskortiert von den drei Frauen.

Valentin dachte, daß er sich liebenswürdig zeigen müßte und fängt ein Gespräch an.
»Kennen Sie die Person, die gerade beerdigt worden ist?« fragt er zerknirscht.
»Nein«, antwortet Paul. »Ich hatte sie nie gesehen.«
»Wie ich.«
»Das kann ich mir denken«, erwidert Paul mit einem kleinen Wiehern.
»Kommt es oft vor, daß Sie so hinter Beerdigungen hergehen?«
»Periodisch. Ist Ihnen das noch nicht aufgefallen? Manchmal geht man zwei drei Jahre mit keinem Leichenbegängnis, dann wieder jede Woche oder fast.«
»War das heute ein Leichenbegängnis oder eine Beerdigung?« Paul sieht Valentin unsicher von der Seite an.
»Weder das eine noch das andere: das Verscharren eines Aases.«
Valentin sieht nun selber Paul von der Seite an, erstaunt über den Schneid seiner Sprache.
»Ah so«, macht er und begleitet diese Interjektion mit einem Hauch Bewunderung.
»Wie ich Ihnen sage.«
Und Bratragra schlägt bescheiden die Augen nieder. Als Valentin wieder zu Atem gekommen ist, führt er inquisitorisch und im Prinzip durchaus logisch fort:
»Ja – aber! haben Sie diese Person denn gekannt? Sie haben mir vorhin gesagt, Sie hätten sie nicht gekannt.«
»Es gibt kennen und kennen«, brummelte Paul, »so wie es Leichenbegängnisse und Beerdigungen gibt.«
»Ist mir nicht ganz klar«, sagt Valentin ärgerlich. Paul bleibt plötzlich stehen und packt seinen Schwager am Revers seiner Jacke, wodurch Valentin gezwungen war, ebenfalls halt zu machen.
»Sie«, sagte Brebaga, »nehmen doch wohl nicht an, daß

ich, daß wir, hinter einer Beerdigung hergingen, ohne zu wissen, wer zwischen den vier Brettern lag?«
»Den sechs«, wandte Valentin ein.
Mit drei Gebärden erklärte er, was er sagen wollte und machte sich so vom Griff seines Schwagers los, der nicht nachhakte.
»Sie haben recht«, sagte Paul. »Zwischen sechs Brettern.«
»Nicht wahr?«
Und Valentin wurde zuckersüß.
Die Damen holten sie ein und Paul machte den Vorschlag, bis zum Friedhofstor hinunterzugehen, um eine Taxe zu harpunieren. Man willigte ein und von neuem gingen die beiden Männer voran, hinter ihnen in einiger Entfernung die Frauen, die immer noch endlos miteinander schnatterten.
Das Thema der Identität der verstorbenen Person fallen lassend, brachte Valentin das Gespräch auf eine neue Bahn. Er erkundigte sich nach dem Personenstand der Dame, die Chantal und Julia einrahmten. Mechanisch warf Paul einen kurzen Blick zurück und sagte:
»Das ist der Papst.«
Valentin warf ebenfalls einen kurzen Blick zurück und sagte fest, wenngleich bescheiden:
»Das können Sie mir nie vormachen.«
Paul begann leise zu lachen und antwortete schlicht und einfach:
»Und doch ist es wahr.«
Plötzlich hörte er gleichzeitig zu lachen und zu gehen auf und schlug sich an den Deez. Valentin trat zwei Schritte zurück, damit der andere ihn nicht wieder am Knopfloch packte, denn das war ihm zuwider.
»Und doch ist es wahr!« rief er. »Haste da noch Töne!«
Seine Entdeckung schien ihn erleuchtet, aber unent-

schlossen gemacht zu haben: Sollte er sie in ein irres Lachen oder aber in einen Redevorgang verwandeln?
»Mensch, bin ich dumm!« sagte er und wählte den zweiten Weg.
»Ganz meine Rede«, sagte Chantal, die ihn mit den beiden andern Frauen eingeholt hatte.
»Und das Taxi?« fragte Julia. »Muß ich mich vielleicht drum kümmern?«
»Meine Damen, haben sie nichts bemerkt?« fragte Paul mit schlauem Gesicht.
»Deine Bemerkungen sind uns wurscht«, sagte Chantal.
»Mir hängt der Magen schon auf den Fersen«, sagte Julia.
»Ich hätte die Färsen lieber im Magen«, schloß die dritte Frau unheilverkündend.
Valentin betrachtet sie interessiert. Sie trägt ihre Glanzlichter in viel Speck eingebettet und ihre Trauerkleider mit zahlreichen Flecken der gleichen Substanz. Sie vermeidet ganz offensichtlich, ihren Blick auf menschlichen Wesen ruhen zu lassen, zumindest nicht auf denen, die gerade da sind. Sie scheint die Betrachtung von Gegenständen, die auf der Erde herumliegen, vorzuziehen oder sie folgt plötzlich eingehend einem vorüberfliegenden Vogel, ohne dabei den Kopf, den edelgeformten, zu bewegen.
Da ihre Intervention Schweigen ausgelöst hat, nutzt sie die Gelegenheit, um geräuschvoll zu gähnen.
»Na?« fragt sie und dreht ihnen den Rücken zu. Dann macht sie wieder Front gegen sie, um ein zweites Mal schallend zu gähnen.
»Wir könnten vielleicht einen trinken gehen«, schlug Paul mit schlapper Stimme vor.
Man stimmte zu, obgleich das die Sache nicht weiter-

brachte, und da man in Paris war, gabs Kneipen die Menge und man hatte nur die Qual der Wahl.
Das Wetter war noch schön genug, um den Reiz der Terrasse zu genießen und so läßt man sich rund um einen Tisch nieder.
»Na, mein kleines Männlein«, sagt Julia und kniff Valentins Wange zwischen Daumen und Zeigefinger, »bist du immer noch zufrieden?«
»Immer noch«, antwortete Valentin mit breitem Lächeln.
Doch ein Serviettenschwenker zeigt sich. Er ist geduldig und fern. Er denkt an andere Dinge als die, die ihn umgeben. Er wartet ohne Eile und ohne Widerwillen auf die Bestellung. Paul ruft ihn hochnäsig an: »Sagen Sie mal, Sie, weiß man hier nicht, was ein Taxi ist?«
»Geht Sie das was an?« antwortet der Kellner ruhig.
»Ein wenig schon, lieber Neffe, wir hatten nämlich die Absicht, eins zu nehmen.«
»Hätten Sie gleich sagen sollen.«
Plötzlich interessiert er sich für ihre Trauer.
»Jemand aus der Familie?« fragte er besorgt.
»Ihr Scheich«, antwortet Chantal und zeigt mit dem Daumen auf die alte Frau.
»Sie werden es nicht glauben«, sagte Julia, »sie hat mit siebenundsechzig Jahren einen alten Schweinigel zu sich genommen. Was sagen Sie dazu?«
»Die Liebe ist Zigeunerkind«, antwortet der Kellner sprichwörterhaft.
»Finden Sie das nicht einigermaßen lächerlich?«
Julia ist sehr erstaunt über diese Nachsicht. Der Kellner lächelt.
»In der Liebe, Mademoiselle, ist nichts lächerlich.«
»Hast du's gehört?« sagt sie zu ihrer Schwester und kneift sie in den Arm. »Er hat mich Mademoiselle genannt!« Sie droht dem Kellner mit dem Finger.

»Sie sind ein Schlingel«, sagt sie geziert. »Ein Schlingel!«
»So eine dumme Kuh!« sagt Paul.
Die alte Frau, die aufmerksam die Rundformung des Serviertabletts des Kellners zu betrachten schien, die alte Frau also fängt langsam an, jemanden anzuschauen und dieser Jemand ist Paul. Paul wird blaß und tut so, als spähe er auf die Straße hinaus, ob nicht ein Taxi vorbeikäme.
»Na ja«, sagt der Kellner abschließend, »was geschehn ist, ist geschehn. Na«, fügt er hinzu und wendet sich vertraulich an die alte Schachtel, »dann ist Madame also zum zweiten Mal Witwe.«
»Sie kann gar nicht Witwe sein«, sagt Chantal verächtlich, »sie war nämlich nicht verheiratet.«
»Und vom andern Mal, bin ich da vielleicht nicht Witwe?« entgegnet die Alte drohend.
»Doch doch«, gibt Chantal schnell zu.
Aber da ist noch was, das Julia zwickt. Sie ruft den Kellner an:
»Sagen Sie mal, warum haben Sie gesagt: ›Jetzt sind Sie zum zweiten Mal Witwe‹. Wieso wußten Sie das?«
»Er wußte nichts«, sagte Chantal, »weil sie ja nur einmal Witwe war.«
»Man könnte vielleicht was zu trinken bestellen«, sagt Paul, der sich von seiner Aufregung erholt hat, aufgebracht. »Es wird langsam spät. Nachher ist das Mittagessen verbrutzelt.«
»Du kannst uns mal«, sagt Julia.
»Ich möchte in den nächsten Tagen ganz gern mal was fressen«, sagt die Alte.
Paul triumphiert. Er macht auf sich aufmerksam, indem er wie ein Schüler mit den Fingern schnalzt:
»Bringen Sie uns fünf Johannisbeerlikör, aber etwas plötzlich, Kellner!«

Doch Julia läßt ihn nicht einfach so los, den Kellner; sie wendete die Worte des Serviettenschwenkers in der Pfanne ihrer Kritik hin und her. Und platzt endlich los:
»Sie sind ein kleines verdammtes dreckiges Hurenkind«, sagt sie zu ihm. »Mich Mademoiselle zu nennen, wo ich mit meinem Mann hier bin!«
Valentin erhebt sich leicht vom Stuhl, um zu zeigen, daß es sich um ihn handelt.
»Sie glauben vielleicht, daß er mein Liebhaber ist«, fährt sie fort, »und daß wir nich vorm Standsbeamtn gestandn habn. Das ist doch eine Sauerei, wenn man so beleidigt wird. Ich werde keine fünf Minuten mehr hier bleiben«, schließt sie, ohne sich zu rühren.
»Gleich funkts«, bemerkt Paul klammheimlich.
Valentin steht auf und geht weg, als ob alle Welt ihm folgte.
Er ist fort.

## 8

Als Ganière kam, um den Laden aufzumachen, fand sie einen Kerl davor, der auf einem aluminiumbeschlagenen Koffer saß. Die betreffende Person, obgleich nicht rasiert, säuberte sich methodisch die Fingernägel mit einem Zahnstocher. Ganière erkannte den Gatten der Chefin. Sie grüßte ihn, sehr beeindruckt.
»Ich bin grade hier vorbeigekommen«, sagte der andere ruhig, »leider hatte ich keine Schlüssel. Störe ich Sie?«
»Keineswegs«, stotterte Ganière verschüchtert. Sie versuchte einen Schlüssel in ein Schlüsselloch zu stecken, aber ihre Hand zitterte. Valentin kam ihr zu Hilfe.
»Wissen Sie, Meussieu«, sagte Ganière, »Madame ist nicht da. Sie ist verreist.«

»Und wohin?«
»Sie ist zur Beerdigung des Meussieu gefahren, der in Paris mit ihrer Mutter in wilder Ehe gelebt hat«, antwortete Ganière ganz schnell.
»Gut, gut«, sagte Valentin zerstreut. »Fahren Sie mit Ihrer Arbeit fort und kümmern Sie sich nicht um mich. Ich trage meinen Koffer hinauf, rasiere mich und komme dann wieder herunter.«
»Wollen Sie das tun?« fragte Ganière entsetzt.
»Sicher«, antwortete Valentin und sah sie vage an. »Außerdem«, fügte er zu sich selber hinzu, »werde ich meine Unterwäsche wechseln.«
Er lächelte und zwinkerte mit einem Auge:
»Ich stinke«, erklärte er.
Er tat wie gesagt und kam eine halbe Stunde später aus der Wohnung im ersten Stock wieder herunter. Ganière stand mitten im Laden; sie schien sich die ganze Zeit über nicht gerührt zu haben.
»Und, gehen die Geschäfte?« fragte er sie und setzte sich auf einen Stuhl.
Sie zuckte zusammen. Sie hatte die Augen weit aufgerissen und gab keine Antwort.
»Madame ist nicht da«, fing sie, einigermaßen verwirrt, wieder an.
»Ich warte auf sie.«
Er sah sich um.
»Es ist schmuck hier«, bemerkte er, um nett zu dem Mädchen zu sein. »Bisher habe ich nie richtig hingeguckt. Ich war zu sehr beschäftigt«, fügte er lächelnd hinzu. »Ich muß mich auch erst eingewöhnen.«
Das Mädchen sperrte immer noch den Mund auf. Valentin fuhr fort: »Da haben Sie weniger Arbeit, wenn einer mehr da ist. Ich werde helfen. Ich fang schon mal an, Ihnen zur Hand zu gehen.«

Er stand auf, und die Folge war ein schneller Rückzug Ganières zur Ladentür. Ohne sich darüber zu wundern, trat er an die Regale, auf denen sich Knopfschachteln aller Art stapelten. Auf jede kleine Schachtel war ein Warenmuster aufgenäht; und mehrere, wenn es verschiedene Größen davon gab.
»Es sind hübsche dabei«, sagte Valentin und prüfte sie aufmerksam. »Diese da zum Beispiel.«
Er zeigte auf welche aus rosafarbenem Glas mit Silberfädchen. Da er keine Antwort erhielt, drehte er sich um und stellte fest, daß Ganière Leine gezogen hatte. Ohne sich weiter zu beunruhigen, setzte er seine Inspektion fort und ging sogar so weit, Schubladen aufzumachen, um nachzusehen, was drin war. Dann versank er in ein Entzücken, das die automatische Kasse in ihm aufkommen ließ.
Es dauerte nicht lange, und eine Kundin kam herein. Sie sah unruhig umher und fragte sich, ob sie an diesen Herrn das Wort richten solle. Da dieser Herr sich damit begnügte, sie voller Neugier, einer stummen Neugier allerdings, zu betrachten, entschließt sich die gute Frau, den ersten Schritt zu tun und drückt sich mit diesen Worten aus:
»Ist Mademoiselle Ségovia nicht da?«
»Mademoiselle Ségovia ist nicht mehr.«
»Wie?« rief die Dame und faßte sich mit beiden Händen ans Herz.
»Beruhigen Sie sich, Madame, beruhigen Sie sich. Ich wollte damit ganz einfach sagen, daß Mademoiselle Ségovia Madame Brü geworden ist.«
»Das ist mir schnuppe. Außerdem weiß das ja jeder, junger Mann. Glauben Sie etwa, Sie würden mir da was Neues berichten? Aber für alle Kundinnen von Mademoiselle Ségovia wird Mademoiselle Ségovia Mademoiselle Ségovia bleiben.«
»Sie sind das, was man eine treue Kundin nennt.«

»Sehr gut gesprochen. Und wissen Sie auch warum, junger Mann?«

»Nein, aber in wenigen Augenblicken werde ich es wissen.«

Verwirrt fragte ihn die Dame:

»Wie werden Sie das machen?«

»Ich werde Ihnen zuhören.«

Voller Argwohn dachte sie einige Augenblicke nach, da sie aber nicht wußte, worüber sie nachdenken sollte, verlor sie den Faden ihrer Rede.

»Was sagte ich denn?« fragte sie.

»Sie sagten nichts«, antwortete Valentin.

Die Dame schwieg, zutiefst beunruhigt.

»Und wie geht es Ihrem Mann?« fragte Valentin.

»Schlecht«, antwortete die andere sogleich. »Er begießt sich die Nase.«

»Wieder so ein Alkoholiker«, seufzte Valentin.

»Hatten Sie es erraten?«

Valentin schlug bescheiden die Augen nieder.

Die gute Frau wollte es nicht fassen.

»Na«, sagte Valentin und stand auf, »wollen Sie die Knöpfe sehen, die da sind?«

Er holte die Schachtel mit den rosa Knöpfen aus Glas mit einem Silberfädchen und öffnete sie.

»Sie sind hübsch, wie?«

Er ließ sie im Strahl einer blassen Oktobersonne glitzern.

Dann machte er die Schachtel wieder zu und stellte sie an ihren Platz zurück.

»Ich habe keine Lust, sie zu verkaufen«, erklärte er. »Ich möchte sie gern behalten, für meine Sammlung. Ich lege mir nämlich eine Knopfsammlung zu. In dieser hier«, sagte er und zeigte mit einer umfassenden Gebärde auf die Regale des Ladens, »fehlen zum Beispiel die des 13. Kolonialregiments, eine militärische Einheit, der anzugehören ich die Ehre gehabt habe.«

»Mein kleiner Junge sammelt Straßenbahnfahrscheine«, sagte die Dame.

»Das ist auch interessant«, pflichtete Valentin bei. Er wühlte in seinen Taschen herum und zog eine Papierkugel hervor, die er sorgfältig glättete.

»Na, das nenn ich Glück. Der ist aus Brügge. Sie sind sehr selten. Ein schönes Stück für die Sammlung Ihres Knirpses.«

»Oh! Aber das kann ich doch nicht annehmen.«

»Aber doch, aber doch.«

»Sie sind wirklich zu liebenswürdig.«

Sie betrachtete den Fetzen Papier voller Respekt.

»Brügge«, murmelte sie, »haben Sie ihn benutzt?«

»Ja, Madame.«

»Sie, Sie sind weit rumgekommen, Meussieu.«

»Ganz wenig, Madame, ganz wenig.«

»Immerhin. Ich bin nie weiter als bis nach Royan gekommen.«

»Sehen Sie.«

»Wozu ich Lust hätte, das ist vor allem der Mont Saint-Michel.«

»Ich auch, vor allem aber Jena.«

»Kenn' ich nicht.«

»Das ist ein Schlachtfeld.«

»Oh! Vielen Dank! Eines Tages wurde mir ne Vergnügungsfahrt angeboten, um mal nen Blick auf die Schützengräben von vierzehn achtzehn zu werfen, also schön, obwohl ich nicht viel rumgekommen bin, hab' ich geantwortet: Kriege, die braucht's nicht mehr, und bin weggeblieben.«

»Das nennt man Mut zu seinen Überzeugungen haben.«

»Ganz richtig.«
Eine kleine Pause. Sie fängt wieder an:
»Mensch, sagen Sie mal, Sie reden verdammt gut.« Mit einem verführt-verführerischen Blick sieht sie ihn von oben bis unten an.
»Mein Schatz!« heult es. »Mein Liebling! Mein Pummelchen!«
Julia springt Valentin um den Hals und bedeckt sein Gesicht mit schallenden Küssen. Hinter ihr ist eine ältere Dame eingetreten, bedeckt mit violettem, indigofarbenem, blauem, grünem, gelbem, orangenem und rotem Tand. Diese Person setzt sich an die Kasse, legt die Ellbogen auf und betrachtet an der Decke das Hin und Her der letzten Fliegen des Herbstes.
Nachdem sie Valentin seine Schmatzerdosis verabreicht hat, wendet sich Julia an die Kundin:
»Ach, das ist ja Madame Panigère! Guten Tag, Madame Panigère! Was macht die Liebe? Hat Meussieu Panigère immer noch nen Steifen? Oh, Madame Panigère, Sie haben heute morgen ganz blaue Ränder um die Augen. Sie haben mal wieder ne tolle Nacht hinter sich. Sagen Sie nicht nein, sagen Sie nicht nein. Ich bin sicher, Meussieu Panigère braucht sich nicht über Sie zu beklagen. Ich wette, daß Sie es sind, die immer Nachschlag verlangt. Sagen Sie nicht nein, sagen Sie nicht nein, und wie finden Sie meinen kleinen Mann? Hübscher Junge, wie? Ah, ah, ah, Madame Panigère, jetzt machen Sie ihm bloß keine schönen Augen, sonst schmeiß ich Sie raus. Mein kleiner Mann gehört mir. Nicht anfassen! Verstanden? He, oder ist Meussieu Panigère vielleicht schon erschöpft? Madame Panigère, ich glaube fast, Sie suchen einen Liebhaber. Sagen Sie nicht nein, sagen Sie nicht nein. Mir, wissen Sie, ist es völlig wurscht, ob Sie Meussieu Panigère Hörner aufsetzen, aber nicht mir, nicht mir. Außerdem

liebt er mich über alles, über alles, über alles, mein Valentin. Stimmts nicht?«
»Selbstverständlich«, sagt Valentin.
»Sehen Sie, Madame Panigère, ich werde Ihnen das auch beweisen. Nachdem wir einen Schweinigel beerdigt hatten, dessen Namen ich nicht einmal in den Mund nehmen will, – deshalb war ich auch verreist, ich habe wegen dieser Trauerfeier nach Paris fahren müssen –«
»Und Sie haben die Reise nach Paris nur unternommen, um einen Schweinigel zu beerdigen, wie Sie sagen?« fragt Madame Panigère nicht ohne Bewunderung.
»Ganz richtig. Der Familiengeist. Kurzum, das hat sich also gestern morgen zugetragen. Zuerst mal was Lustiges: als wir auf dem Friedhof ankommen, merken wir, daß da einer mitmarschiert war, von dem wir gar nicht gemerkt hatten, daß er mitmarschiert war, und nun raten Sie mal wer's war? Mein Valentin.«
»So was«, sagte Madame Panigère, die, etwas schwerfällig, die Komik der Sache nicht so recht durchschaute.
»Na? Ist das nicht toll?«
»Muß man schon sagen«, gab Madame Panigère zu.
»Danach gehn wir alle einen trinken, nich? Wir setzen uns gemütlich auf eine Terrasse, als der Kellner doch anfängt, mich zu beleidigen. Mein Blut kommt in Wallungen und ich sage: Ich bleibe keinen Augenblick länger in einer solchen Spelunke, ziehen wir Leine! Ob Sie's nun glauben oder nicht, der einzige, der wirklich Leine gezogen hat, war mein Valentin. Finden Sie das nicht nett?«
»Und ob«, sagt Madame Panigère.
»Und das um so mehr, als er der einzige war, der gegangen ist.«
»Er hat eben den Mut zu seiner Überzeugung gehabt«, sagt Madame Panigère.
»Oh, oh, oh!« macht Madame Brü, »sagen Sie mal,

Madame Panigère, Sie haben sich wohl von meinem Valentin schon einseifen lassen? Ich erkenne da einen von den Witzen, wie er sie von Zeit zu Zeit von sich gibt. Hüten Sie sich, Madame Panigère! Hüten Sie sich! Oder ich strecke meine Krallen aus. Was wünschen Sie eigentlich, Madame Panigère?«
»Ich hätte gern Knöpfe für meine pastellfarbene Bluse gehabt, Mademoiselle Ségovia.«
»Ich hab grad kürzlich wunderschöne reingekriegt. Eine Neuheit aus Paris. Aus Glas. Rosa, mit einem Silberfädchen. Ich werde sie Ihnen zeigen.« Sie ging sie holen.
Madame Panigère untersucht sie stumm und sehr aufmerksam. »Die sind hübsch«, sagt sie schließlich, »aber ich habe geglaubt, Sie wollten sie nicht verkaufen?«
»Ich? Nicht verkaufen?!«
Eine solche Vorstellung ließ sie schamrot werden.
»Das hat Meussieu zu mir gesagt«, versicherte Madame Panigère und zeigte mit dem Kopf auf Valentin, wobei sie Sorge trug, ihn nicht anzuschauen.
»Er? Aber das weiß er doch nicht.«
»Er will sie sogar alle behalten.«
Madame Panigère fügt etwas verächtlich hinzu:
»Er will eine Sammlung draus machen.«
»Wenn du nichts dagegen hast«, sagt Valentin.
»Wenn ich nichts dagegen habe? Und ob ich was dagegen habe! So was hätte die Welt noch nicht gesehen, ein Geschäftsmann, der sich weigert, das zu verkaufen, was er in seinem Laden hat.«
»Glaubst du?« fragte Valentin, nicht ganz überzeugt.
»Ob ich das glaube? Ja und ob ich das glaube! Außerdem wirst du dir keine Knöpfesammlung zulegen, überhaupt keine Sammlung wirst du dir zulegen.«
»Och, weißt du«, sagte Valentin, »das war nur so eine Idee, an der ich nicht besonders klebe.«

»Sehen Sie?« sagte Julie zu Madame Panigère. »Sehen Sie, wie nett er ist und gar nicht rechthaberisch. Ein richtiger kleiner Ehemann. Und wieviel wollen Sie?«
»Die ganze Schachtel«, antwortete Valentin.
»Das wären ziemlich viel für eine Bluse«, bemerkte Julie und ging an die Kasse.
»Madame nimmt auch welche für ihre apfelgrüne Bluse«, sagte Valentin.
»Sieh an, die hab ich ja noch gar nicht an Ihnen gesehen«, sagt Julie, die mit dem Einpacken der Knöpfe beschäftigt war.
Plötzlich ging sie in die Luft.
»Und Ganière? Wo ist diese Schlampe? Achtzehn Francs, Madame Panigère, aber eine ganze Schachtel, wissen Sie, das ist eben ein Luxus, den sich nicht jeder leisten kann. Sie werden aber bestimmt sehr zufrieden damit sein, und vor allem: ein garantiert Pariser Artikel. Bitte schön, Madame Panigère. Ich habe zu danken. Auf Wiedersehen, Madame Panigère. Und holen Sie Ihren Mann nicht allzu sehr ran, Madame Panigère. Sagen Sie nicht nein, sagen Sie nicht nein. Ja, wo ist denn bloß Ganière, diese Schlampe? Läßt sich wohl wiedermal die Röcke hochheben, die kleine Hure. Erzähl mir, wie es dir ergangen ist? Bist du mit dem nächsten Zug heimgefahren? Darauf hätte ich wetten mögen. Dann bist du also um elf Uhr angekommen. Du hast auf dem Bahnhof geschlafen? Hattest kein Geld mehr, um dir ein Zimmer zu nehmen? Und dein Koffer? Den hast du abgeholt? Wunderbar. Na ja denn.«
Sie setzte sich mit gespreizten Beinen auf einen Stuhl und lächelte zufrieden. Nachdem die alte Dame die Moneten- und Möpselmaschine mit ergreifender Sicherheit in Tätigkeit gesetzt hatte, folgte sie wieder den Bewegungsabläufen der Fliegen an der Decke. Valentin spielte zerstreut mit einem hölzernen Metermaß, das auf der Theke lag.

»Was meinen Sie?« fragte die alte Dame.
»Es fehlen zwei Zentimeter«, antwortete Valentin sofort. Julia warf ihm einen ungläubigen Blick zu.
»Nanette«, sagte sie, »laß dich nicht beeindrucken. Ich habs ihm gesagt. Übrigens«, fügte sie hinzu und reckte sich, ohne von ihrem Stuhl aufzustehen, »ihr kennt euch ja noch gar nicht.«
Mit lässiger Gebärde streckte sie den linken Arm aus:
»Mein Mann, Valentin Brü, Ex-Soldat und Landser.« Dann den rechten Arm:
»Meine Mutter, Nanette. Die Witwe von gestern.« Gähnend fügte sie hinzu:
»Und von morgen.«
Dann wechselte sie das Thema:
»Ich bin müde. Ich kann im Zug nicht schlafen. Bist du nicht müde?«
»Nein«, antwortete Nanette freiweg.
»Na schön, ich werde jedenfalls andere Schuhe anziehen und bis zum Mittagessen ein Nickerchen machen. Wenn Kundschaft kommt, schmeißt sie raus. Und wenn Ganière zurück ist, sagt, daß sie auf mich warten soll, ich hab ein paar Wörtchen mit ihr zu reden.«
Nachdem sie so ihre Befehle verteilt hatte, ging sie nach oben, um zu schlafen.
Nanette und Valentin wandten sich schweigend wieder ihren Beschäftigungen zu: diese den Fliegen, jener den Zentimetern. Von Zeit zu Zeit sah er die Alte von unten herauf an, mit einem schnellen Blick, wobei er die mächtig vom Schweiß gebeizten Unterarme bemerkte, den ganzen Klimbimladen, der auf der Brust hing, schwere, schillernde Ringe an allen Fingern.
Eine Dame trat ein. Überrascht, die Inhaberin nicht anzutreffen, schwang ihr Blick von der Kassiererin zu dem Kerl, der das Metermaß in der Hand hielt. Schließlich ent-

schied sie sich für den Kerl, einen jungen Mann, der sehr liebenswürdig aussah.
»Ich«, sagte sie zu ihm, »möchte gern fünfundsiebzig Zentimeter Reißverschluß.«
»Madame und ich«, antwortet Valentin liebenswürdig, »sind nicht dazu qualifiziert, Sie zu bedienen. Die Geschäftsführerin des Unternehmens hat nicht die Absicht, sich heute morgen irgendeiner kommerziellen Tätigkeit hinzugeben.«
»Was? Was? Wo ist M'moiselle Ségovia?«
»Sie schläft.«
»Das ist doch ein Witz.«
»Ehrenwort. Vielleicht kennen Sie ihre Mutter nicht? Es ist die Dame, die an der Kasse sitzt. Und ich bin ihr Mann.«
»Was? M'moiselle Ségovia hat sich verheiratet?«
»Ich bin der lebende Beweis dafür. Aber setzen Sie sich doch.«
»Sehr gern, mir zittern richtig die Beine. Dabei hat sie immer gesagt, die Männer seien alle Schmutzfinken, Zuhälter und Säufer.«
»Das denkt sie immer noch«, sagt Valentin ernst. »Nicht wahr, Nanette?«

## 9

Nanette sah stattlich aus mit ihrem Kinnband. Man lud sie sorgfältig auf und brachte sie auf den Friedhof von Reuilly.
Man drückte den Geschäftsleuten aus dem Viertel, verschiedenen Anonymussen und, als die sich zerstreut hatten, Nicht-Familienangehörigen die Hand.
»Wenn ich überlege, daß es nicht einmal sechs Monate her sind«, seufzte Paul.

»Die Totengräber denken sicher, daß man hier nur noch uns und die kleinen Vöglein sieht«, sagte Valentin.
Um nicht dauernd nach einem Taxi suchen zu müssen, hatte man einen Wagen gemietet.
»Ich hab nicht geglaubt, als ich das letzte Mal hierhergekommen bin, daß ich so kurze Zeit danach schon wieder kommen würde«, sagte Paul zerknirscht.
»Erinnern Sie sich noch, was Sie an diesem Tag zu mir gesagt haben?« sagte Valentin. »Es kommt immer in Schüben.«
»Daß du solchen Blödsinn verzapft hast, wundert einen gar nicht«, sagte Julie, die hinzufügte:
»Viel Glück hast du ihr nicht gebracht.«
Paul sträubte sich:
»Du trägst wirklich etwas dick auf. Am Ende könnte man noch meinen, ich hätte sie umgebracht.«
»Warum nicht?« sagte Julie mit eindrucksvoller Unaufrichtigkeit. »Kann man das wissen?«
»Diese Anspielungen wären bei dir eher angebracht. Wer hatte denn ein Interesse daran, daß sie abschiebt? Wer hat sie denn in der letzten Zeit gepflegt?«
»Wir«, sagte Valentin und beantwortete damit die beiden Fragen unparteiisch.
»Siehst du«, sagte Julie zu Paul, »du gibst also zu, daß wir sie gepflegt haben. Wenn wir sie gepflegt haben, können wir sie auch nicht umgebracht haben.«
»Abgesehen davon«, sagte Chantal, »ihr habt uns ganz gehörig bedackelt.«
»Sprich nicht so ordinär«, sagte Julia.
»Was wahr ist, ist wahr«, entgegnete Chantal. »Ihr habt praktisch die Hand auf die ganze Erbschaft gelegt. Zunächst der Laden in der Rue de la Brèche-aux-Loups. Dann alles, was ihr nachher noch aus ihr rausgequetscht habt.«

»Reine Mutmaßungen«, sagte Julia ruhig.
»Das werden wir beim Notar sehen«, sagte Paul ruhig.
»Ihr werdet das beim Notar sehen«, sagte Julia ruhig.
»Vielleicht gibt's ein Testament, das die Gerechtigkeit wiederherstellt«, sagte Paul inbrünstig.
»Darauf kannste rechnen, Dicker«, sagte Julia ruhig.
Sie klettern aus dem Wagen, Valentin bezahlt den Fahrer, er hat den Preis vorher ausgemacht, der Leichenschmaus findet bei den Brüs statt, denn das Mal vorher war es bei den Bratugras gewesen. Julia geht in ihr Zimmer, um andere Schuhe anzuziehen, Valentin stellt fest, daß kein Aperitif mehr da ist und läuft welchen holen.
»Jedenfalls«, sagt Chantal halblaut, »haben sie uns ganz schön reingelegt.«
»Und wie«, pflichtet Paul bitter bei.
»Vor allem er«, sagt Chantal.
»Ja, klar, er hat die Alte eingewickelt, wie ich es nie fertiggebracht hätte.«
»Ach, du!«
»Hast du das gesehen? Sechs Monate Schmus nur und er hat ihr Laden und Kies abgezapft.«
»Er hat es eben verstanden.«
»Und dann verreckt das Weib auch noch, als er sie nicht mehr braucht.«
»Glaubst du, er hat ihr Gift gegeben?«
»Die Frage ist nicht unberechtigt.«
»Wir müssen eine Autopsie machen lassen.«
»Ist mit Unkosten verbunden.«
»Erst quatschst du dumm daher und dann machst du nen Rückzieher. Glaubst du nun, daß er sie umgebracht hat oder nicht?«
»Ich glaub nicht.«
»Siehste.«
»Was seh ich?«

»Daß du danebentappst mit deinem Geblubber. Valentin würde keiner Fliege was zuleide tun.«
»Och, du bist in ihn verknallt.«
»Das ist neu.«
»Ich meine nur, daß er dich um den Finger gewickelt hat, wie er Nanette um den Finger gewickelt hat. Im Grunde bewunderst du ihn, daß er uns ausgeschmiert hat. Dabei hat er dafür gesorgt, daß dir die Erbschaft deiner Mutter an der Nas' vorbeigeht. Das einzige, was du bekommst, ist das Hähnchen, das du nachher zu fressen kriegst. Und das wird bestimmt zäh sein, denn man spachtelt immer schlecht bei Julia.«
»Das stimmt«, sagte Valentin und stellte eine Flasche auf den Tisch. »Sie behält die Dienstmädchen nie lange genug. Die brauchen nur zu mir zu sagen: Mag Meussieu lieber Schwein oder Kalb, schon schmeißt sie sie raus. Sie ist furchtbar eifersüchtig«, schloß er mit amüsierter Nachsicht. »Scheiße, kein Korkenzieher da. Ich hol einen in der Küche. Habt ihr die Neue gesehen?« Er beugte sich zu ihnen herab und flüsterte:
»Ein Ungeheuer.«
Paul sah sich die Pulle an.
»Die lassen sich nichts abgehen«, sagte er verächtlich. »Portwein Sandeman«. Die sind einfach schamlos. Mit Nanettes Zaster haben sie ihn gekauft, diesen Portwein! Mit unserem Zaster! Ach, Himmel Arsch und Wolkenbruch, warum haben wir diese Heirat nicht verhindert! Ich habs wenigstens versucht. Aber du! Du hast alles getan, damit sie zustande kam! Hast sogar mit Hauptmann Bordeille geschlafen! Bei den andern war immer ein mehr oder weniger triftiger Grund vorhanden. Aber bei Hauptmann Bordeille! Damit wir uns, von hinten und von vorn eine Erbschaft an der Nase vorbeigehen lassen. Dazu muß man wirklich einen Sparren haben.«

»Ich möchte bloß wissen, warum dir Julia alles erzählen mußte.«
»Es bleibt mir nichts anderes übrig, als noch härter zu arbeiten«, deklamierte Paul. »Damit unsere Tochter eine Mitgift bekommt.«
»Bist du aber mal altmodisch«, sagte Chantal und zog in Erinnerung an Hauptmann Bordeille ihre Strümpfe glatt.
Paul bewegte die Schultern in alle Richtungen. Gerührt über die Selbstüberwindung, die er gerade gezeigt hatte, fummelte er zittrig an der Flasche Portwein herum.
»Was treibt er bloß?« schnarrte er.
»Er fickt das Ungeheuer«, antwortete Chantal.
»An was anderes kannst du nicht denken«, stellte Paul bitter fest. »Halt«, rief er, »ich hab eine Idee.«
Chantal sagte nicht: ›das würde mich wundern‹, sie hatte darauf verzichtet. Julia hingegen konnte dem nicht widerstehen. Aber sie war nicht da, um es zu sagen. Sie wechselte ihre Schuhe. Unter allgemeinem Schweigen also zog Bataga ein Schweizer Messer mit siebenunddreißig Klingen sowie einem Korkenzieher aus der Tasche. Sorgfältig schnitt er die Kapsel ab.
»Nur nicht geniert«, sagte Valentin, als er mit dem gewünschten Gegenstand zurückkam. »Korkenzieher ist Korkenzieher, nur die Pulle kostet's Geld. Stimmts?« Er setzte sich gemütlich hin und schaute zu, wie sein Schwager rot wurde bei dem Versuch, die Flasche zu meistern.
»Die sind gut verkorkt, die Dinger, wie?« sagte er besorgt.
Er wandte sich an Chantal.
»Er wird sich einen Bruch holen.«
»Nur keine Angst«, sagte Chantal. »Wenn der sich weh tut, dann bestimmt nicht, wenn er ne Flasche aufmacht.«

»Sagen Sie mal, Chantal, Sie haben eine fabelhafte Handtasche. Allerletzter Schrei.«
»Woher wissen Sie denn, daß das der letzte Schrei ist?« sagte Chantal lachend.
»Hab ich in *Marie-Claire* gelesen.«
»Was für eine Handtasche?« fragte Paul und unterbrach seine Extraktion.
Er warf einen Blick hin. Wieder eine neue. Er hatte nichts gemerkt. Er macht sich wieder an die Arbeit.
Chantal beugt sich zu Valentin herüber, wobei sie ihre Beine bis zu den Oberschenkeln zeigt. Sie säuselt ihm zu:
»Sie sind nicht fair zu uns gewesen.«
»Kann stimmen«, sagt Valentin behaglich.
»Ich frage mich, ob wir Ihnen nicht einen Prozeß anhängen können.«
»Teufel.«
»Wegen Erbschleicherei.«
»Das wäre lustig«, sagt Valentin. »Ich hab noch nie auf den Bänken eines Gerichts gesessen.«
»Auf der Anklagebank«, meinte Paul, während der Portwein gerade pp'aah sagte.
»Noch lustiger wär's natürlich als Richter«, räumte Valentin ein. »Obgleich ich ja als selbständiger Geschäftsmann eines Tages Geschworener werden könnte: hab's in der Zeitung gelesen.«
»Aber vorher könnten wir einen Prozeß anstrengen«, sagte Chantal.
»Müßte ich mir einen Anwalt nehmen?« fragte Valentin beunruhigt. »Ich würde meine Sache lieber allein verteidigen.«
»Das haben Sie bisher schon ganz schön getan«, sagte Chantal grollend.
»Wer will was haben?« fragte Paul, der als Kostprobe

schon ein volles Glas »Sandeman« getrunken und sich nun ein zweites Glas eingeschenkt hatte.
Denen werden wir die Flasche leermachen, sagte er wütend zu sich selber. Diese Rache gefiel ihm um so mehr, als es keine Schwierigkeiten gab, sie auszuführen.
»Selbstverständlich wollen wir«, sagte Chantal. Er hielt ihnen zwei volle Gläser hin, während er seines leerte, um für den Inhalt eines dritten Glases Platz zu machen.
Chantal und Valentin stießen an. Valentin lächelte Chantal zu:
»Sie werden mir doch keine Scherereien machen, was? Außerdem, wissen Sie, habe ich getan, was ich konnte, ehrlich. Was wollen Sie? Nanette konnte mich gut leiden, deshalb hat sie mir ihren Laden überschrieben.«
»Zu einem niederträchtigen Preis«, sagte Paul.
»Nicht niederträchtig, niedrig. Ja, wie das so ist, ich habe ihr keinen Kummer machen wollen. Sie war doch schon so traurig über den Tod ihres Kerls. Wie Sie sehen, hat sie ihn keine sechs Monate überlebt. Finden Sie das nicht schön?«
»Diese schönen Gefühle gehörten zu ihrem Alter«, sagte Chantal.
»Ich mache mir jedenfalls keine Illusionen, daß du über meinem Grab eingingest«, sagte Paul, der anfing, das Leben in portweinrosa Farben viel freundlicher zu finden als das in pernodgrünen, das immer eine gewisse Dosis Aggressivität enthält.
»Und Sie?« fragte Chantal Valentin.
»Ich glaube auch nicht, daß ich einmal über Pauls Grab eingehen werde.«
Über diesen kapitalen Witz lachweinte man Tränen.
»Und auf dem Julias?« fragte Chantal.
Valentin dachte nach.
»Was das betrifft«, sagte er, »sollt ihr wissen...«

»Wissen Kissen hissen«, sagte Paul abschweifend.
»Daß wir in unserem Heiratsvertrag, Julia und ich, festgelegt haben, daß der gesamte Besitz dem überlebenden Teil gehört. Falls ihr euch noch irgendwelche Hoffnungen gemacht habt.«
»Reden wir nicht mehr davon!« sagte Paul gutmütig. »Die Sache ist begraben. Das kann man wohl sagen«, fügte er maliziös hinzu.
Er goß sich ein fünftes Glas Portwein ein und stellte dabei glücklich fest, daß die Flasche vor dem Mittagessen vertilgt sein würde.
»Ist noch welcher drin?« fragte Julia, als sie hereinkam. Sie kippte das Glas runter, das Paul ihr hinhielt und setzte sich schnaufend mit gespreizten Beinen in einen Sessel.
»Worüber habt ihr gesprochen?« fragte sie uninteressiert.
»Über Mama natürlich«, sagte Chantal.
»Arme Mama«, sagte Julia zerstreut. »Arme Nanette«, fügte sie mit etwas mehr Wärme hinzu. »Arme Mama«, wiederholte sie mit unterdrückter Trauer. »Arme Nanette. Arme Mama.«
Sie schluchzte schließlich und stammelte: »Mama, Mama.«
»Na, na«, machte Chantal und setzte sich auf die Lehne des Sessels und drückte Julia an sich.
»Davon kommt sie bestimmt nicht wieder zu sich«, sagte Paul optimistisch.
»Das weiß man nie«, machte Valentin. »Wenn's bisher nie geklappt hat, so liegt's vielleicht daran, daß man nie lange genug geweint hat.«
»Schweigt mit euren dummen Witzen«, sagte Chantal. »Ihr setzt ihm womöglich noch Flötentöne ins Ohr, dem armen Mädchen.«

»Es ist soweit«, sagte das Ungeheuer und zeigte sich auf der Türschwelle.
»Ich bekomme langsam einen Mordshunger«, sagte Paul.
»Komm«, sagte Chantal zu ihrer Schwester, »das bringt dich auf andere Gedanken.«
Julia stand schniefend auf.
»Wir machen die Flasche noch leer«, schlug Paul vor. Er verteilte ringsum Portwein und behielt den Rest für sich, triumphierend. Er hatte sie drangekriegt, die Brüs, mit ihrem Aperitif, den sie von seinem Erbteil gekauft hatten.
»Auf unser Wohl«, rief er.
Man stieß an, und nachdem der »Sandeman« Julia aufgemöbelt hatte, ging man in das zwar kleine, aber im reinsten Null-Acht-Fuffzehn-Stil eingerichtete Eßzimmer. Als sie eingetreten waren, erblickte Valentin in der Mitte des Tisches einen Haufen, der ihn konsternierte. Es waren Austern.
Dank einer geschickten Politik des Schweigens war es ihm bislang gelungen zu verhindern, daß Julia während der ganzen Wintermonate nicht auf die Idee gekommen war, diese Austernzuchttiere auf den Speisezettel zu setzen. Aber das Ungeheuer, einmal sich selbst überlassen, hatte die Bestellung nicht verpaßt: sie hatte instinktiv das ausgesucht, wovor ihm am meisten grauste.
Er hatte kaum einen Aktionsplan skizziert, als die drei andern Tischgenossen bereits jeder ein halbes Dutzend Austern verschlungen hatten.
»Nimmst du keine?« fragte Julia, »sie sind köstlich.«
»Kein Hunger.«
»Man braucht doch keinen Hunger zu haben, um Austern zu essen.«
»Ist es nicht schon etwas reichlich spät in der Jahreszeit?«

»Wir haben noch April.«
»Es gibt keine guten Austernhändler im Viertel.«
»Diese kommen aus dem Bastille-Viertel.«
»Ich warte auf das Hähnchen.«
»Es gibt kein Hähnchen. Es gibt Zwiebelfleisch.«
»Prima«, sagt Paul und schlürft die Schalen aus. Er war glänzender Laune. Sein Geist schwebte voller Wohlbehagen über einem Ozean uneigennütziger Gedanken.
»Sag mal, Valentin, gibt es Rhododendron in Madagaskar?«
»Laß uns in Frieden mit deinem Rhododendron«, sagte Julia. »Sag du mir lieber, Valentin, ob du vielleicht zufällig keine Austern magst?«
»Nicht allzu sehr«, sagte Valentin feige.
»Das heißt also, daß du sie verabscheust.«
»Ich esse keine.«
»Und warum nicht?«
»Weil sie lebendig sind.«
Die drei andern wurden starr und hielten dabei ihre von einem weichen Spuckklötzchen durchbohrte Dreizackgabel in die Luft.
»Was sagst du da?« fragte Julia mit aufgelöster Stimme.
»Ich sage, daß sie lebendig sind. Und ich schlucke kein lebendiges Vieh, ich...«
»Du wirst mir doch nicht weismachen, daß diese Dinger lebendig sind.«
»Kaum lebendig«, sagte Paul.
»Lebendig wie du und ich«, sagte Valentin.
»Komische Vergleiche hast du«, sagte Julia.
»Es ist eben wahr, Mensch«, sagte Valentin, »eine Auster lebt. Genauso wie ich. Es gibt keinen Unterschied. Es gibt nur einen einzigen Unterschied: zwischen den Lebenden und den Toten.«

»Sie sind taktlos«, sagte Chantal.
»Ich frage mich nur«, sagte Paul mit Apropos zu Valentin, »warum ihr euch nicht duzt, Chantal und du.«
»Du machst mir doch nicht weis, daß das lebendig ist«, sagte Julia und betrachtete aufmerksam ihr Tier, »das hat doch gar keine Augen.«
»Die Seeigel auch nicht«, entgegnete Valentin.
»Das sind keine Tiere«, gab Julia zurück, »das sind Früchte. Bei jedem anständigen Austernhändler heißt das Meeresfrüchte.«
Sie verschlang ihre Auster.
»Auf jeden Fall«, fügte sie lachend hinzu, »ist es ein Viech, das sich nicht wehrt. Es geht durch wie ein Brief bei der Post.«
Chantal und Paul verschlangen ebenfalls ihre Austern, wenn auch mit weniger Überzeugung.
»Sehen Sie«, sagte Valentin und beugte sich zu Chantal herüber, die in diesem Augenblick eine Zitrone über dem Fleisch einer der Lamellibranchiaten, die auf ihrem Teller lagen, ausdrückte, »sehen Sie, sobald die Säure es trifft, zieht es sich zusammen.«
Entsetzt betrachtete Chantal das Phänomen.
»Es stimmt also«, murmelte sie.
»Ich möchte mit Valentin darüber nicht streiten«, sagte Paul und wahrte Abstand zu seinem eventuellen Opfer, »er hat völlig recht: es sind Tiere und sogar lebende Tiere.«
Er legte seine Dreizackgabel hin und stellte von neuem die Frage nach dem Vorkommen von Rhododendron in Madagaskar. Was meinte Valentin dazu?
»Ich glaube nicht, daß ich dort welche gesehen habe«, antwortete dieser.
»Was haben Sie dort gesehen? An Pflanzen?«
»Viele sind exotisch«, sagte Valentin.

»Sie erzählen nicht oft von Madagaskar«, bemerkte Chantal.
»Sag doch du zu ihm«, sagte Paul, »er ist dein Schwager. Ein Schwager ist ein Bruder.«
»Ja«, sagte Chantal zu Valentin, »du erzählst nicht oft von Madagaskar.«
»Wenn es dich interessiert«, sagte Valentin zu Chantal, »dann gern.«
Worauf beide, nachdenklich, verstummten.
»Ja, wie denn?« fragte Julia und sah auf, »eßt ihr keine Austern mehr?«
»Öh«, machte Paul.
»Valentins dummes Geschwätz wird euch doch nicht am Essen hindern?«
»Euer Weißwein ist fabelhaft«, sagte Paul.
»Nun mal keine Geschichten! Ihr werdet euch doch nicht wie Hinterwäldler ins Bockshorn jagen lassen. Meinetwegen, ist ja gut möglich, daß die Tierchen hier lebendig sind, aber trotzdem sind sie in ner halben Stunde alle tot. Denn die, die ich bis dahin nicht gegessen habe, und die, die auch das Dienstmädchen nicht gegessen hat, denn ich sag euch gleich, ein paar müssen wir ihr übriglassen, die also werfen wir sowieso in den Abfalleimer. Und dort brauchen sie dann noch viel länger zum Verrecken, die armen Kleinen. Ist das nicht grausamer?«
»An dieser Rede ist was Wahres dran«, sagte Paul, der leicht zu überzeugen war.
Chantal zögerte noch.
»Mach dich schon ran«, sagte Julia zu ihr. »Sie gehen sonst kaputt.«
Alle drei widmeten sich also wieder dem Verzehr der rohen Weichtiere. Während Valentin sich abzulenken suchte, indem er sich mit der Gabel an der Nasenspitze kratzte, legten die andern soviel Eifer in den Kannibalis-

mus, daß sie sich mächtig zurückhalten mußten, um dem Dienstmädchen ein paar übrigzulassen. Im Zimmer bildete sich wieder ein schwerer Nebel des Glücks.
Julia, die sich mit dem Fingernagel eines Zeigefingers in den Zähnen bohrt, fragt Batagra mit nachlässiger Stimme:
»Und Marinette? Was treibt sie? Immer noch so ein Luder?«

## 10

Man hatte einige Geschäftsleute aus dem Viertel zum Kaffee eingeladen, daß mußte man. Julia hatte sogar daran gedacht, den Leichenzug über einen langen, komplizierten Weg durch das ganze zwölfte Arrondissement gehen zu lassen, um etwas Reklame zu machen, aber man hatte darauf verzichtet, wegen dem Preis. Monsieur und Madame Panneton, Monsieur und Madame Balustre, Monsieur und Madame Verterelle, Monsieur und Madame Poucier pferchten sich ebenso wie Monsieur Houssette und Monsieur Virole, die allein gekommen waren und ihre, durch Wirtinnen- oder Hausfrauentätigkeit verhinderten Damen, im Wohnzimmer der Brüs zusammen.
Der Chor sang das Lob Nanettes und einige Böckeschießer jubelten auch noch das von Meussieu Chignole, aber die Familie stimmte kaum mit ein. Julia wurde wieder von Weinkrämpfen geschüttelt, die man dadurch zu beruhigen beschloß, daß man kein Wort mehr über die Verstorbene sagte und ihr Andenken mit dem Lehm diskreten Schweigens bedeckte.
Julia, die ihre Schluchzer mit der gleichen Entschlossenheit wie die Austern schluckt, macht den Vorschlag, ein Gläschen Cognac zu trinken.

»Wir haben keinen«, sagt Valentin, »ich werde welchen holen gehen.«
»Nicht nötig«, japst der Chor, der findet, daß die Brüs kein ordentlicher Haushalt sind.
»Doch, doch«, drängt Julia, die denkt: Man muß Opfer bringen.
»Ich laufe schon«, sagt Valentin.
»Ich gehe mit«, sagt Paul.
Sie nahmen ihren Hut, und auf der Treppe vertraute Valentin seinem Schwager an, in welcher Klemme er ist:
»Ich weiß nicht, ob ich zu Houssette oder zu Virole gehen soll. Auf jeden Fall werde ich den andern verärgern.«
»Kauf doch zwei Flaschen, du Tolpatsch, bei jedem eine.«
»Das ist sehr klug gedacht«, murmelte Valentin, »aber ich hab nicht genug Geld.«
»Willst du mich anpumpen?«
»Nein, wirklich. Ich hab nur für eine Flasche.«
»Gibt dir Julia dein Taschengeld jeden Morgen?«
»Jede Woche. Heute morgen habe ich einen Zuschuß bekommen für die Trinkgelder der Totengräber, für den Wagen, für die Flasche Portwein und für die Flasche Cognac. Aber nicht für zwei Flaschen Cognac.«
»Komm«, sagte Paul äußerst euphorisch, »ich spendiere eine.«
»Das ist eine Idee«, sagte Valentin.
Sie traten bei Madame Houssette ein, die sie sehr höflich grüßten und Paul kaufte eine Flasche Courvoisier, dann gingen sie zu Madame Virole, die außer dem Lebensmittelgeschäft auch noch einen Ausschank hatte. An Cognac hatte Madame Virole nur eine Marke anzubieten, die Paul nicht kannte. Er bestand darauf, sie zu versuchen. Obgleich sein Magen vom Wasser des Tsimanampet-

sotsa-Sees zugrunde gerichtet war, konnte Valentin nicht ablehnen, ihm Gesellschaft zu leisten.
»Sehr gut«, lobte Paul »Eine Flasche, Madame Virole, und schenken Sie uns wieder voll. Keinen Widerspruch, Junge. Stimmt ja eigentlich, ich könnte fast dein Vater sein.«
»Warum fast?« fragte Valentin.
Und sich an die Wirtin wendend:
»Man ist nie fast Vater, man ist es oder man ist es nicht, stimmts, Madame Virole?«
»Doch, das stimmt! Genau wie mit den Hörnern, man hat sie oder man hat sie nicht.«
»Oh, Moment mal«, protestierte Paul, »man kann sie auch nur fast haben.«
»Ach Sie«, rief Madame Virole, »ich weiß schon, worauf Sie hinaus wollen, Sie wollen mir wieder einige Schweinigeleien auftischen.«
»Schweinigeln gehört zum Leben«, erklärte Paul, »und ich halte daran fest, daß man auch Fast-Hörner haben kann.«
»Er ist ein Fastist«, warf Valentin ein, um sich von Madame Virole bewundern zu lassen.
Aber diese hörte nicht hin.
»Halt du's Maul«, sagte Broubaillat. »Du kannst noch nicht mitreden, du bist ja fast noch Jungfer.«
»Was sagte ich gerade«, murmelte Valentin.
»Ich zum Beispiel«, fuhr Paul fort, »habe manchmal ausgewachsene Hörner und dann wieder nur fast Hörner.«
»Ah, ah, ah«, sagte Madame Virole.
»Schenken Sie uns noch einen ein, Madame Virole.«
»Nicht für mich«, machte Valentin. »Ich nehme die Flasche und bringe sie nach Hause.«
»So eilig haben wir's doch nicht«, brummte Paul. Er leerte die beiden Gläser der dritten Runde.

»Was macht das?« stotterte er.
»Mit der Flasche?« fragte Madame Virole.
»Natürlich.«
Valentin erwartete ihn an der Tür.
»Jetzt beeil dich, Fast-Vater«, sagte Valentin und zog ihn hinter sich her.
»Hast du auf meine Frage bezüglich der Rhododendronisierung der madegassischen Hochebenen schon geantwortet?«
»Natürlich.«
»Dann bist du also meiner Meinung?«
»Völlig.«
»Bist du wirklich meiner Meinung?«
»Unbedingt.«
»Dann bist du ein Bruder.«
»Ein Schwager.«
»Ein Schwager ist ein Bruder. Ich bin für die Verwandtschaft durch Heirat.«
»Das hat was für sich.«
»Also gut, wenn du ein Bruder bist, dann ist Chantal deine Schwester.«
»Schwagerschwester«, antwortete Valentin, der durch die beiden Cognacs schon etwas verwirrt war.
»Siehst du«, sagte Paul, »und wenn du an Chantal herumknutschen würdest, wäre das Blutschande.«
»Davon kann keine Rede sein.«
Paul hielt Valentin fest, um weinend an seine Schulter zu sinken.
»Blutschände nicht zuviel, Valentin, blutschände nicht zuviel.«
Valentin machte ein paar Schritte und zog ihn mit.
»Wir sind da«, sagte Valentin.
Paul holte sein Taschentuch heraus und trocknete die Augen. Dann schneuzte er sich gründlich.

»Es geht schon besser«, sagte er.
Als sie ins Haus kamen, rief man:
»Ihr habt aber lange gebraucht«, sagte Julia, die ängstlich die Stirn runzelte, als sie die beiden Flaschen erblickte.
»Wir sollen auch schön grüßen von Madame Virole und Madame Houssette«, sagte Valentin zu Houssette und zu Virole. Diese verstanden sogleich die Anspielung und nahmen sich vor, ihre Kundschaft einem so wohlerzogenen jungen Mann wie diesem Meussieu Brü vorzubehalten. Meussieu Brü verkaufte Rahmen für Miniaturen und Photographien. Meussieu Chignole, sein Vorgänger, vertrieb nur Rahmen für Miniaturen; ein kleiner Handwerker aus dem Vorort Saint-Martin arbeitete ausschließlich für ihn. Der Niedergang dieser Kunst jedoch, der Porträtminiatur, ein Niedergang, der mit der Entdeckung der Buchdruckerkunst begann, deren Datum man nicht genau festsetzen kann, wenigstens für den Westen, die aber sicherlich vor der zweiten Häfte des fünfzehnten Jahrhunderts liegt und mit der Entdeckung der Photographie, im Jahre achtzehnhundertneununddreißig, vollendet wurde, hatte die Kundschaft von Meussieu Chignole ungemein beschränkt. Die Volksfront war für ihn das Ende vom Ende, da sein Handwerker der Gewerkschaft beigetreten war und ihm nun Preise berechnete, die eine beachtliche Erhöhung darstellten, gegenüber denen, die er seit achtzehnhundertzweiundneunzig beibehalten hatte. Dieser Verrat ekelte Chignole an und trug nicht wenig dazu bei, den Tod dieses Bürgers zu beschleunigen.
Als Valentin das Geschäft unter der Leitung Nanettes wieder eröffnete, übernahm er ohne viel Aufhebens auch Miniatur-Verfertigung und -Rahmung. Doch der Lieferant, der an fortgeschrittener Altersschwäche litt, stellte nur noch drei oder vier Rahmen pro Jahr her, was keineswegs ausgereicht hätte, drei Personen und die eventuellen Kin-

der zu ernähren. Daraufhin riet Nanette, sich auf die Modernität zu werfen, das heißt auf die Rahmen für Photographien. Mit den Rahmen für Photographien durfte man in der Tat eine weitaus größere Kundschaft erwarten als die es war, die sich weiterhin miniaturisieren ließ. Valentin wandte sich also an die besten Fabrikanten, wie etwa die Leon Leville-Werke, worauf es ihm möglich war, den Liebhabern die vollkommensten Muster Pariser Qualitätsarbeit anzubieten. Bald ließ das ganze zwölfte Arrondissement seine Liebe und seine Erinnerungen bei Valentin Brü in der Rue de la Brèche-aux-Loups einrahmen.

Er stand um sechs Uhr morgens auf und machte sich sein Frühstück, denn um sechs Uhr war die Dienstmädchen genannte Zugehfrau noch nicht da. Dann ging er hinunter und nahm die Holzläden von den Fenstern, ohne jedoch den Laden aufzumachen. Er beobachtete ein wenig die Leute, die zur Arbeit gingen, dann stieg er wieder hinauf und machte Toilette. So wurde es langsam halb acht. Dann legte er sich angezogen aufs Bett und schlief bis acht Uhr wieder ein. An den Tagen, an denen sie früh zu sich kam, öffnete Julia halb die Augen. Sie verlangte ihr Frühstück, das ihr das inzwischen eingetroffene Ungeheuer brachte. Dann begab sich Valentin nach unten, ging ins Blumengeschäft nebenan, um sich eine Rose oder einen Strauß Veilchen zu kaufen, für die kleine, glasierte Vase neben der Kasse, das machte sich immer gut, und nun öffnete er, wahrhaft und wirklich, punkt neun Uhr, seinen Laden für Miniatur- und Photorahmen.

Allen heute anwesenden Personen hatte er das nötige geliefert, um die Visagen ihrer Vorfahren oder ihrer Gören zur Geltung zu bringen. Selbst die Babagras konnten sich die verschiedenen Lebensetappen Marinettes, verewigt zwischen zwei Glasscheiben, die von einer Metallklam-

mer zusammengehalten wurden, ansehen. Hingegen hingen die Pannetons und die Pouciers noch an reichverzierten Bronzerahmen, die den Porträtierten mit unmittelbarer künstlerischer Atmosphäre umgaben.
Nachdem sie ihren Fünfundvierzigprozentigen getrunken hatten, zogen sich die Geschäftsleute aus dem Viertel allmählich unter großen Höflichkeitsbezeigungen zurück, die sie aber nicht daran hinderten, sich ihre Gedanken zu machen. Dank Julia brachten sie allerhand nach Hause, was dem Klatsch so mancher Abende ausreichend Stoff lieferte. Ihre saftige Sprache und die zotige Beschaffenheit ihrer Geschichten hatten sie angenehm schockiert. Denn bis dahin hatten sie Julia kaum gekannt; sie kam nicht oft in den Rahmenladen; dieses neue Geschäft, das nicht das ihre war, interessierte sie nicht im geringsten.
Chantal und Paul, als Familienangehörige, gingen als letzte. Man gab sich das Versprechen, bald wieder miteinander zu spachteln. Bei den Batrugas.
»Und Marinette wird bei uns zu Abend essen«, sagte Julia. »Man könnte ja glauben, daß ihr sie vor mir verstekken wollt.«
Die Butragas widersprachen nicht, es war einfacher, am Abend selbst eine Ausrede zu finden. Dann schnäbelten sich alle. Als Paul sah, wie Valentin mit seinen bescheidenen, keuschen Lippen die rosigen, gepuderten Wangen Chantals berührte, trällerte er »nicht auf den Mund«, ein Schlager aus seiner Jugend, worüber Julia wohlwollend lachte.
Man hörte die Schritte der Butagras, die die Treppe hinuntergingen.
»Kommt nicht in Frage, kapiert?« sagte Julia und goß sich ein Glas Cognac ein.
Man hörte, wie die Bugratas die Haustür fest zuschlugen.
»Was kommt nicht in Frage?« fragte Valentin, der trüb-

sinnig die vielen Kaffeetassen ansah, die mit Lippenrot verschmiert waren oder deren Fuß in Asche stand.
Man hört die Schritte der Batratras, die sich entfernten.
»Daß du mit Chantal anbändelst«, sagte Julia.
»Oooh«, machte Valentin konsterniert. »Aber das kommt doch gar nicht in Frage, wie du sagst.«
»Wenn man ständig mit dir darüber spricht, setzt man's dir schließlich noch in den Kopf. Oder in den Schwanz. Ich wette, Paul wollte nur mit dir gehen, um mit dir darüber zu reden.«
»Das ist richtig«, gab Valentin überrascht zu.
»Was hat er denn gesagt?«
»Er war besoffen.«
»Erzähl schon.«
Valentin reibt sich eine Seite des Kopfes mit der flachen Hand.
»Er hat gesagt, daß er manchmal ausgewachsene Hörner habe und manchmal nur fast.«
»Siehst du, er drängt dich dazu.«
»Wozu drängt er mich?«
»Und was noch? Was hat er sonst noch gesagt?«
Valentin fragte es sich, er hatte es vergessen, aber um Julia eine Freude zu machen, gab er zur Antwort:
»Er hat noch gesagt, Chantals Titten seien sooo.« Und er machte eine Gebärde der Festigkeit.
Julia schlug sich auf die Schenkel:
»Denkste, sie hängebaumeln ihr bis auf den Nabel.« Sie lachte höhnisch. Dann, plötzlich:
»Apropos, und die Cognacflaschen? Hast du sie bezahlt?«
»Jeder eine«, antwortete Valentin, der sich vornahm, sich ein Sparschwein zu kaufen oder ein Sparkassenbuch anzulegen. Aber für das Sparbuch brauchte er vielleicht die Erlaubnis der Ehefrau.

»An was denkst du?«
Julia beobachtete aufmerksam seine Physiognomie. Sie schloß:
»Er hat sie wohl alle zwei bezahlt, wie?«
»So besoffen war er auch wieder nicht.«
Wie häßlich ist es doch, zu lügen, dachte Valentin, während Julia mit andern Problemen beschäftigt schien.
»Glaubst du an das Tischrücken?« fragte sie plötzlich.
»Ich weiß nicht.«
»Madame Verterelle hat mir gesagt, daß es kein Scherz sei.«
»Und was kommt dabei raus?«
»Man kann mit den Toten in Verbindung treten.«
»Ah.«
Valentin schrumpfte zusammen.
»Man könnte mit Nanette in Verbindung treten«, fuhr Julia fort. »Sie würde dir Ratschläge geben.«
Sie sah ihn an:
»Gefällt dir wohl nicht?«
»Nicht sehr.«
»Und warum?«
»Es gefällt mir nicht. In Madagaskar zum Beispiel...«
»Du gehst mir auf den Wecker mit deinem Madagaskar. Wir sind nicht in Madagaskar, sondern in Paris. Wir werden es versuchen. Das kannst du doch für mich tun?«
»Natürlich«, sagte Valentin, dem Tischrücken immer noch lieber war als Austern.
»Dann hol mal das Tischchen, das im Schlafzimmer steht. Madame Verterelle sagt, es sei genau das richtige.«
»Glaubst du nicht, daß es etwas zu früh nach dem Tode Nanettes ist? Vielleicht stört es sie?«
»Im Gegenteil, ganz frisch ist es doch nur um so netter.«
Valentin holte das Tischchen und machte aus eigener Initiative die Fensterläden zu.

»Was muß man machen?«
»Man legt die Hände so. Und wartet dann ab.«
Valentin legte die Hände so und wartete ab.
»Ist jemand da?« fragte Julia mit etwas beunruhigender Stimme.
Das Tischchen hob sich und gab ein Klopfzeichen.
»Siehst du, es ist jemand da«, flüsterte Julia ganz aufgeregt. »Wir werden ihn fragen. Wir müssen die Anzahl der Klopfzeichen zählen, das ergibt die Buchstaben des Alphabets.«
»Das hört sicher gar nicht mehr auf«, sagte Valentin.
»Schweig.«
Den Kopf zur Decke hebend, die Augen geschlossen, sagte sie mit tiefer Stimme: »Geist, wie heißt du?«
Vier Klopfzeichen antworteten.
»D«, sagten Valentin und Julia zusammen, nachdem sie an den Fingern abgezählt hatten.
»Das ist aber kein Name«, fügte Valentin hinzu.
»Schweig.«
Fünf Schläge folgten.
»E«, stellten sie fest.
Dann achtzehn.
»R.«
Dann acht.
»H.«
Dann einundzwanzig.
»Ich glaubte schon, es würde gar nicht mehr aufhören«, sagte Valentin.
Das Tischchen trippelte.
»Du siehst doch, du machst es ganz ungeduldig mit deiner Ungeduld«, sagte Julia.
»Auf jeden Fall ist sie es nicht.«
»Das werden wir sehen.«
Mit einer Ausdauer, die sie für kein anderes Unternehmen

je aufgebracht hätte, erhielt Julia endlich den Namen von Nanettes Ersatzmann: Der Husar Brü.
»Bestimmt ein Vorfahre von mir«, sagte Valentin.
»Dann frag du ihn doch«, sagte Julia, die sich ärgerte, daß das Tischchen die Familie der Brüs der ihren vorgezogen hatte.
»Bin ich einer deiner Nachfahren?« fragte Valentin.
»Der Sohn meines Urenkels.«
»Guten Tag, Großvater«, sagte Valentin.
»Guten Tag, Filius«, antwortete das Tischchen.
»Er hat einen elsässischen Akzent, dein Vorfahre«, flüsterte Julie.
»In welchem Regiment bist du Husar gewesen?« fragte Valentin.
»Zuerst im neunten. Ich habe bei Jena in der Armee von Marschall Lannes, unter dem Befehl des Generals Treilhard gekämpft.«
»Und was hast du an jenem Tag getan?«
»Ich habe mit gezogenem Säbel den Ernst in die deutsche Philosophie gebracht.«
»Wenigstens das«, sagte Valentin.
»Guten Abend«, sagte das Tischchen, aus dem hierauf nichts mehr herauszuholen war.
Valentin machte die Fensterläden wieder auf.
»Ich wußte nicht, daß ich einen Vorfahren hatte, der am 14. Oktober 1806 in Jena mitgekämpft hatte.«
»Woher weißt du denn, daß es an jenem Tag war?«
»Ich hab's auf einem Abreißkalender gelesen«, antwortete er vorsichtig.
»Auf jeden Fall, mit deinem Urahn, mit dem wird nicht mehr geredet«, erklärte Julia.
»Oh, weißt du, ich«, sagte Valentin.
»Ich weiß«, sagte Julia. »Was könnten wir jetzt wohl tun?« fügte sie gähnend hinzu.

»Ich würde ja gern den Laden aufmachen, aber dann kämen wir in schlechten Ruf. Sollen wir ins Kino gehen?«
»Um uns da irgendeinen Blödsinn anzusehen? Danke. Wie dieser Schinken, in den du mich das letzte Mal geschleppt hast, und der so dämlich war. Wie hieß er noch gleich?«
*»Les temps modernes.«*
»Richtig. Dein Chaplin hängt mir zum Halse heraus. Außerdem wär's an einem Trauertag auch nicht schicklich.«
»Dann sehen wir uns eben einen traurigen Film an«, schlug Valentin vor.
»Wenn im Viertel bekannt wird, daß ich am Tag der Beerdigung meiner Mutter im Kino war, gibts nur Gerede.«
»Dann lieber nicht«, sagte Valentin einlenkend.
»Die Leute aus dem Viertel? Die können mich am Arsch lecken. Zu Fuß, zu Pferd und im Wagen. Sehen wir uns also was Zünftiges an. Wird nicht irgendwo *›Die drei Geliebten der Kantinenwirtin‹* gespielt?«
»Nein«, sagte Valentin fest.
»Gib mir mal die Zeitung. Na? Was hab ich dir gesagt? Sogar ne große Anzeige! Im Rex! Das Rex ist prima, mit seinen Orgeln und dem Himmel und allem. Man fühlt sich wie in einem Schaumbad.«
»Siehst du dir gern Soldatenfilme an?«
»Du bist aber lustig. Platzt vor Stolz, weil dein Methusalempa ein Säbelschlepper war und willst dir die von heute nicht ansehen.«
Valentin gab nach und ging sich kämmen: Immerhin das Rex.
Julia zog wieder ihre Schuhe an.
In der Diele entdeckte sie einen Schal. Einer der Honoratioren oder seine Frau hatte ihn vergessen.
»Weißt du nicht, wem er gehört?«
»Nein«, sagte Valentin. »Vielleicht Madame Verterelle.

Richtig, Madame Verterelle.«
»Wir bringen ihn ihr zurück«, sagte Julia. »Das macht einen guten Eindruck.«
»Keine schlechte Idee.«
Julia nahm den Schal, und dann sah sie eine Straße, die eine Pariser Straße sein mußte, aber sie kannte Paris sehr schlecht. Eine Dame ging vor ihr, ohne jeden Zweifel Madame Verterelle. Plötzlich wurde sie ohnmächtig. Leute liefen herbei. Und Julia wußte, daß sie tot war. Valentin drehte sich nach ihr um:
»Was hast du?«
Sie gab keine Antwort.
»Willst du vielleicht doch daheimbleiben? Und nicht ins Rex gehen?« fragte er hoffnungsvoll.
»Wir werden bei Madame Verterelle vorbeigehen und ihr das Tuch zurückbringen und dann werden wir uns *Die Geliebten der Kantinenwirtin* ansehen. Ich bin sicher, es ist ein Film, der Nanette sehr gefallen hätte.«

## 11

»Guten Tag, Madame. Schönes Wetter, nicht wahr? Na ja, ist ja auch schon bald Sommer. Solls für eine Miniatur oder für eine Photographie sein? Photographie? Und welches Format? Haben Sie das Photo dabei? Nein? Aber, aber, wie soll ich Ihnen da einen Rahmen verkaufen, liebe Frau. Sie wollen ihn so aussuchen? Nach Augenmaß? Was für ein verhängnisvoller Irrtum, Madame. Sie werden ihn zu groß oder zu klein wählen. Es ist mir ein inneres Bedürfnis, Madame, meine Kunden zufriedenzustellen. Ich mache keine Pfuscharbeit. Der Rahmen soll eine echte Ergänzung der Photographie sein. Es wäre ein Verbrechen, das Bild eines lieben Menschen in etwas Beliebiges hin-

einzustellen. Denn es ist doch ein lieber Mensch, den... Ihr Sohn? Sehen Sie. Wenn wir das genaue Format hätten, würde ich Ihnen diesen hier vorschlagen, der sehr jugendlich wirkt. Denn es ist doch ein sehr junger Sohn, nicht wahr? Eine junge Mutter kann nur einen jungen Sohn haben... aber doch, aber doch... Dreizehn Jahre alt? Weiß er schon, was er mal werden will? Ach, Ingenieur. Ein schöner Beruf. Fahrräder konstruieren, Korkenzieher, Talsperren. Es scheint, daß man am Pazifik viele Talsperren braucht. Möchten Sie diesen Rahmen? Sehr modisch. Wenn er nicht zum Photo Ihres Pierre, Verzeihung Jean, paßt, können Sie ihn zurückbringen. Ich werde ihn umtauschen. Aber wieso denn, Madame, das ist doch selbstverständlich. Macht neunzehn Francs fünfundneunzig. Wollen Sie mir Ihre Adresse dalassen, Madame? Ich werde Ihnen meinen Katalog schicken und Ihnen Bescheid geben, wenn ich etwas Neues hereinbekomme, das Sie interessieren könnte. Ich notiere: Madame Lormier, 12, Rue de Madagascar, ah, kenne ich. Liegt hier ganz in der Nähe? Kommt drauf an, wie man's nimmt. Ich habe zu danken. Auf Wiedersehen, Madame.
Guten Tag, Madame Foucet. Ich wette, es ist für das Kommunionbild Ihres Fräulein Tochter. Sehen Sie, ich hatte es gleich erraten. Ich sage Fräulein Tochter, weil sie so schrecklich groß ist für ihr Alter. Hat sie schon Formen? Aha, so so. Ist alles gut verlaufen? Sie war sehr aufgeregt? Sie hätten sie vorher aufklären sollen, Madame Foucet, das ist die Pflicht einer Mutter. In jeder Nummer von *Marie Claire* wird man darauf hingewiesen. Das sind eben die kleinen Unannehmlichkeiten des zweiten Geschlechts. Haben Sie das Photo nicht bei sich? Aber Madame Foucet, ich will Ihnen doch keinen Rahmen über Daumen und Zeigefinger verkaufen! Das hieße, meinen Beruf schlecht ausüben. Sie glauben, daß Sie das Format

im Kopf haben, aber Sie werden's sehen, Madame Foucet, Sie wählen den Rahmen entweder zu groß oder zu klein. Zu groß, schwimmt das Photo, zu klein, muß man's beschneiden und das ist ein Verbrechen. Kommen Sie doch morgen mit einem Abzug wieder, Madame Foucet. Ach, Sie hätten es gern schon heute abend gehabt? Ich verstehe Ihre Eile. Wollen Sie nicht lieber zwei nehmen? Einen großen und einen kleinen? Den anderen können Sie immer mal brauchen. Oder ich könnte ihn umtauschen. Diese beiden Modelle? Ganz Ihrer Meinung: sie wirken rein und strahlend. Macht einundvierzig Francs und fünf Centimes, die fünf Centimes laß ich Ihnen! Ich habe zu danken.
Guten Tag. Meussieu. Soll's für eine Miniatur sein oder ein Photo? Ein Photo. Eltern? Schwester? Braut? oh doch, das geht mich was an, aber sicher, Meussieu, geht mich das was an, ich will Ihnen doch nicht irgend etwas verkaufen. Sie sind jung. Sie sind neunzehn Jahre alt. Zwanzig, Verzeihung. Seit dem vierzehnten April. Aber... sind Sie nicht der Neffe von Meussieu Houssette? Kam mir doch gleich so vor. Die Ähnlichkeit. Ihre Mutter ist die Schwester von Meussieu Houssette? Ah! sie hat seinen Bruder geheiratet. Ja, dann heißen Sie ja auch Houssette. Ein hübscher Name, nicht sehr verbreitet. Haben Sie Brüder, Schwestern? Eine Schwester. Großartig. Ihr Onkel ist ein Freund von mir. Sie können volles Vertrauen zu mir haben. Ist es für das Photo einer kleinen Freundin? Nein? Wie bitte? Verstehen Sie, Meussieu Pierre, Verzeihung, Jean, daß ich Sie nur dann wirklich gut beraten kann, wenn ich weiß, wen der Rahmen rahmen wird. Einen Radrennfahrer? Lapébie? Ein Ass. Ganz große Klasse. Der Junge hat Zukunft. Fähig, die Tour de France zu gewinnen. Haben Sie sein Photo? Sehr gut. Sie sind der ideale Kunde. Sehen Sie, hier ist ein exklusives Modell der Leon Leville-Werke, das sehr gut passen würde: ein Fahr-

rad aus weißem Metall. Das Photo kommt in das für diesen Zweck eingerichtete Vorderrad, der Preis für das Glas ist einbegriffen, das Hinterrad bleibt Rad. Gefällt es Ihnen? Vielleicht etwas teuer? Wir werden uns schon einigen, ich pack's Ihnen ein. So, bitte schön, macht dreißig Francs, zu teuer? Zahlen Sie mir bitte die Hälfte heute und bringen Sie mir den Rest morgen oder übermorgen. Aber nein, das macht doch gar nichts. Fünfzehn Francs, ich habe zu danken. Aber da haben Sie ja noch fünfzehn Francs. Um heute abend auszugehen? Glauben Sie mir, man muß immer seine Schulden bezahlen, nur so wird man reich. Hinterher werden Sie nicht mehr dran denken. Und fünfzehn macht dreißig. Ich habe zu danken. Auf Wiedersehen, Meussieu Pierre. Hoch Lapébie!
Guten Tag, Madame. Madame? Madame Gache. Ach ja, wunderbar. Der hier ist also zu groß? Nichts einfacher als das, wir werden ihn umtauschen. Und das Photo? Sie haben es drin gelassen. Verflucht, was für ein hübscher Kerl. Ein Adonis. Ihr Herr Gemahl? Werden Sie nicht rot, Madame. Ich bin, was man einen Beichtvater nennen könnte, stumm wie ein Grab und diskret wie ein o.b. Dieses Photo schwimmt tatsächlich etwas. Aber ich werde schon etwas Passendes für Sie finden. Dieser zum Beispiel ist in *Marie-Claire* sehr empfohlen worden. Erlauben Sie, daß ich Ihren Gentleman zwischen die beiden Glasscheiben schiebe? Na, wie wirkt das? Nehmen Sie ihn? Er ist allerdings etwas teurer als der andere, aber das erschreckt Sie doch nicht? Ob ich den andern zurücknehme? Aber gewiß. Zweiunddreißig Francs fünfundneunzig für diesen abzüglich sechzehn Francs zehn, das macht... Sie haben fünfundzwanzig Francs dafür bezahlt? Aber ich bitte Sie, Madame, schauen Sie her, er hat einen Kratzer. Sehen Sie nicht? Dabei ist er sehr deutlich. Da. Hier. Dieser Gegenstand ist leicht beschädigt. Ich

würde ihn nur zurücknehmen, um Ihnen einen Gefallen zu tun, aber in Ihrem eigenen Interesse möchte ich Ihnen raten, ihn zu behalten. Sie haben bestimmt einmal ein größeres Photo, das hineinpaßt. Ich glaube, dieser Rat ist Gold wert. Sagen wir also zweiunddreißig Francs fünfundneunzig. Schön, ich verzichte auf die Centimes und lasse Ihnen den Rahmen für dreiunddreißig Francs. War natürlich nur ein Witz. Und fünf Centimes macht dreiunddreißig und zwei fünfunddreißig und fünfzehn fünfzig, ich habe zu danken.«

Es gibt auch Augenblicke der Flaute, die völlig ausreichen, um zu wischen, zu säubern, zu ordnen. Valentin macht alles, sogar die Schaufensterscheiben. Und dabei bleibt ihm immer noch genug Zeit. Die Pflege- und Säuberungsarbeiten (Fingernägel, Ohren) können auf eine Weise in die Länge gezogen werden, von der Personen, die diese Frage nicht genügend untersucht haben, sich keine Vorstellung machen. Trotz allem gibt es auch hier eine Grenze. Valentin bedauert manchmal, daß er sich nicht pediküren kann; er hat es zweimal versucht, aber er hat festgestellt, daß ihm beide Male kauflustige Kunden durch die Lappen gingen. Zwar darf man keine voreiligen Verallgemeinerungen anstellen, aber es scheint doch, daß ein Geschäftsmann, der Schuhe und Strümpfe ausgezogen hat und über seine Quanten gebeugt ist, sich dem Publikum gegenüber in eine schlechte Lage bringt. Darauf hat Valentin zu lesen versucht. Aber was? Und wie? Es macht einen schlechten Eindruck, wenn man mit der Nase in der Zeitung auf die Kundschaft wartet. Und die Nase im Buch wirkt noch komischer. Valentin entscheidet sich für den bekannten Ausweg: das Werk oder die Veröffentlichung in einen Einband zu schieben, auf dem in schöner Rundschrift das Wort »Rechnungen« steht. Bloß darf man sich nicht allzu sehr in die Lektüre vertiefen.

Wäre damit auch die Frage des Wie gelöst, so bleibt immer noch die Frage des Was. Valentin fühlt sich von nichts Besonderem angezogen. Es gibt zwar die von den Gazetten empfohlenen Bücher, aber sie sind im Preis ziemlich teuer und kosten bis zu zwölf und fünfzehn Francs. Dann die alten Autoren, die findet man leicht in der Stadtbücherei, aber es sind so furchtbar viele. Mit welchen beginnen? Die Jahrhunderte zurückgehen oder die Generationen hinaufgehen? Valentin entscheidet sich für eine konkrete Methode: er wählt die greifbar nächsten, das heißt jene, die eine Straße im zwölften Arrondissement haben: Charles Baudelaire, Taine, Diderot, Ledru-Rollin zum Beispiel. Die Stadtbücherei des zwölften Arrondissements besitzt leider kein Buch von Ledru-Rollin, ein Fehlschlag, der Valentin entmutigt. Unterdessen hat er was anderes gefunden: er will sich aufs Abitur vorbereiten. Nicht durch einen Fernkurs, das würde Kosten verursachen, sondern ganz allein. Er teilt Julia seinen Plan mit, die sofort die siebzehn notwendigen und hinreichenden Gründe findet, um die Nutzlosigkeit eines solchen Unterfangens zu beweisen. Valentin erkennt es an.
Bleiben die handwerklichen Arbeiten. Er könnte schreinern, schlossern – rahmen! Er würde einen Stil kreieren, er würde Modelle haben, die kein anderer hat, er würde auf Bestellung anfertigen. Nur ist kein Platz da. Er nimmt umso leichter Abstand von diesem Plan, als er es schon wußte. Das Problem bestand also weiter. Er hatte es eines Tages mit einer Lösung versucht, die darin besteht, den Laden dicht zu machen, ein kleines Schild anzubringen: »Bin in fünf Minuten zurück« und dann eine Stunde lang Maulaffen feilzuhalten, aber er hatte erfahren, daß Madame Mentonnet, von der Kleiderreinigung nebenan, eine, die man nicht zum Kaffee eingeladen hatte, während seiner Abwesenheit an der Tür gewesen war und verkün-

det hatte, daß sie sich nicht noch einmal für nichts und wieder nichts herbemühen werde und daß er lange warten könne, der Brü, um sie, Madame Mentonnet, als Kundin zu bekommen.
Um sieben Uhr wird dichtgemacht. Valentin montiert die Klinke ab und putzt die Platte. Die Holzläden legt er erst gegen neun Uhr vor, nach dem Abendessen. Um sieben Uhr fünf geht er ins »Café zur Freundschaft« in der Rue de Wattignes. Er zieht es allen andern Kneipen des Viertels vor, wegen des Namens. Er setzt sich nicht, er stellt sich an die Theke, er drückt Pfoten und er bekommt seinen Dubonnet, ohne daß er bestellt. Er hat sich vom sirupversetzten Weißwein auf dieses Getränk umgestellt, das ebenso gesund, aber tonischer ist. Man erzählt, er hört zu. Er erzählt auch ein wenig, um nicht zu zurückhaltend zu erscheinen. Man spricht über die Expo 37, die vielleicht gar nicht eröffnet wird, wegen dem Streik, die aber den Handel belebt, wenn sie eröffnet wird. Man spricht, mäßig, über Spanien und die Volksfront. Man spricht vor allem über den Radsport, über Fußball und die Höherzüchtung der Pferderassen. Valentin schüttelt den Kopf, lächelt, gibt einen Satz zum besten, den er in der Zeitung gelesen hat und der in der Regel ganz besonders gewürdigt wird, was Valentin immer wieder überrascht, denn die andern lesen sie auch, die Zeitung. Schließlich spricht man über die kleinen Begebenheiten im Viertel, es sind die einzigen, die Julia interessieren.
»Wieviel heute?« fragt sie ihn.
»Zweihundertvierunddreißig Francs. Ein sehr guter Tag.«
»Was ist nur in die Leute gefahren, daß sie sich so einrahmen lassen?« schnurrt sie und legt die Einnahme beiseite.
»Das ist noch gar nichts. Du wirst erst mal sehen, wenn die Expo eröffnet ist.«

»Auch so ein Krampf, diese Expo, die wird nie eröffnet werden.«

»Es heißt, sie wird doch.«

»Du wirst schon sehen. Du bist genauso ein Gimpel wie deine Kneipenkumpanen alle. Was erzählen sie denn heute?«

Valentin löffelt seine Gemüsesuppe rein, eine anständige Menge, dick wie Leim. Er leckt sich die Finger, fängt an, sein Brot in Würfel zu schneiden.

»Madame Verterelle hat ins Gras gebissen«, verkündet er. »Auf der Straße. Sie ging spazieren, als sie auf einmal, peng, einen Herzanfall bekam, sie hat sich hingelegt, man hat sie vom Bürgersteig aufgehoben, sie war tot.« Valentin schafft die Teller weg und holt die Fortsetzung, die Reste vom Ragout von mittags.

»Ich frage mich, ob sie sich jetzt in ein Tischchen verkriechen wird, um zu einem Schwätzchen zu uns zu kommen.«

Es macht Valentin nichts aus, am Abend dasselbe zu essen wie am Mittag. Im Gegenteil. Am Abend ist es durchgekochter, gebrutzelter. Kurzum, mehr nach seinem Geschmack. Er verschlingt abwechselnd Hammelstückchen und kleine, in Soße getunkte Brotkuben. Von Zeit zu Zeit bringt ein guter Schluck Wein Vielfalt in die Geschmäkker. Warum delektiert er sich eigentlich gerade heute abend so ganz besonders? Er stellt sich die Frage so obenhin und findet glücklicherweise erst dann eine Antwort darauf, als sein Teller so vollkommen ausgetunkt ist, daß es Wasserverschwendung wäre, ihn zu spülen.

Als er aufblickt, steht ihm angesichts des merkwürdigen Schauspiels, das er erblickt, für ein paar Augenblicke der Mund sperrangelweit auf. Julia beköstigt sich nicht. Das Ragout stagniert auf ihrem Teller, anstatt in ihre Speiseröhre zu wandern.

»Magst du das nicht?« fragt Valentin ungläubig. Und da sie keine Antwort gibt, strahlt er eine andere, ebensowenig wahrscheinliche Hypothese aus:
»Es ist doch wohl nicht der Tod der alten Verterelle, der dich in einen solchen Zustand versetzt hat?«
»Du kannst das nicht verstehen«, antwortet sie abrupt und stürzt sich auf den Fraß, den sie in Nullkommanichts verschwinden läßt. »Erzähl mir noch mehr«, sagt sie und wischt sich den Mund ab, während Valentin den Käse und das Gebäck bringt.
»Ich weiß nicht mehr darüber. Übermorgen wird sie beerdigt.«
»In Reuilly?«
»Nein, in Bagneux.«
»Wir werden natürlich mitgehen.«
»Es muß aber jemand im Laden bleiben. Geh du allein.«
»Das paßt mir nicht.«
»Ich will nicht noch einmal einen ganzen Morgen zumachen.«
»Du könntest einen Lehrling nehmen. Unbezahlt. Wir würden ihm nur das Mittagessen geben.«
»Ich weiß nicht, ob wir das bei den neuen Sozialgesetzen noch können.«
»Die sind uns wurscht, die Volksfront und ihre Gesetze.«
»Jedenfalls brauche ich niemanden.«
»Wieviele Leute waren heute da?«
»Vier. Madame Foucet, der Neffe von Houssette, eine Dame, die in der Rue de Madagascar wohnt, ein komischer Zufall.«
»Wieso?« sagt Julia.
»Nur so. Und dann eine Madame Gache, die mir einen Rahmen zurückgebracht hat, zum Umtauschen.«
»Ich hoffe, du hast nichts umgetauscht.«

»Nein, natürlich nicht.«
»Und was haben sie alle gesagt?«
»Der Neffe von Houssette ist zwanzig Jahre alt, hat eine Schwester und ist Radsport-Anhänger. Er hat mir das Porträt von Lapébie gebracht.«
»Wer ist das?«
»Ein Radrennfahrer, den er einrahmen lassen wollte. Kein übler Junge das, kastanienbraun, braune Augen, ovales Gesicht. Besondere Kennzeichen: das erste Glied des linken Zeigefingers ist deformiert. Interessiert dich das?«
»Vielleicht. Und die Foucet?«
»Ach, die, ihre Kleine ist zur ersten Kommunion gegangen. Sie hat schon Formen, die Kleine.«
»Der Foucet fehlts eher an Formen«, meinte Julia gehässig.
»Madame Gache hat mir das Bild ihres Scheichs gebracht. Ein Gigolo.«
»Und wie ist sie?«
»Oh, sehr gut.«
Valentin hütete sich vor allzu lyrischen Beschreibungen; andernfalls hätte er gesagt: eine dufte Puppe, vollreif und allerhand Holz vor der Hütten.
»Das ist zu allgemein: ›sehr gut‹.«
»Sie war blond. Aber künstlich, meiner Meinung nach, das Blond.«
»Wie alt?«
Valentin kratzte sich an der Nasenspitze. Die Altersfrage war bei Julia immer ein heikles Problem.
»Dreißig Jahre«, sagte er aufs Geratewohl.
»Wie war sie angezogen?«
»Sie hatte einen Mantel an, glaub ich.«
»Was für eine Farbe?«
»Ich hab nicht aufgepaßt. Sie hatte einen Ring mit einem Rubin und trug einen Ehering.«

»Das genügt nicht, daß ich sie wiedererkenne«, sagte Julia nachdenklich.
»Warum mußt du sie denn wiedererkennen?« fragte Valentin erstaunt.
Julia gab keine Antwort.
Valentin tauchte seine Biskuits in seinen Wein; die große Kunst besteht darin, sie solange drin zu lassen, bis sie vollgesaugt sind, ohne im Moment des Herausziehens auseinanderzufallen. Diese aufreibende Beschäftigung hielt Valentin davon ab, das bezaubernde Lächeln zu sehen, das Julia ihm schenkte. Ein Tritt ans Schienbein erinnert ihn an größere Aufmerksamkeit.
»Ich hab es gern, wenn du mir Geschichten über die Leute erzählst«, sagte Julia. »Du machst das so nett.«
»Ja? Langweilt es dich nicht?«
Er sah voller Verzweiflung, wie sein Keks in voller Auflösung begriffen war.
»Du müßtest mir nur mehr Einzelheiten bringen, Genaueres. Die Leute exakt beschreiben. Kannst du keine Photos von deinen Kunden bekommen?«
»Ich wüßte nicht wie?«
»Und die Kumpanen aus der Kneipe, erzählen die dir nichts Vertrauliches?«
»So gut kenne ich sie auch wieder nicht.«
»Ein oder zwei Aperitifs mehr und sie kommen ins Reden. Aber du darfst nicht reden. Vor allem, rede nie!«
»Dann animierst du mich also zum Trinken?«
»Aber nein, mein Mäuschen, du mußt das verstehen.«
»Was verstehen?«
Julia gab keine Antwort.
»Was hast du eigentlich hinter deinem Schädel?« fragte Valentin sie.
»Die Lehne meines Stuhls«, antwortete Julia, die nicht sehr groß war und in einem Lehnstuhl saß.

## 12

Der Sonntag war der schwierigste Tag; man hatte sich mit dem Kino abgefunden, und um nicht lange zu diskutieren, in welches man gehen sollte, ging man immer ins gleiche; um so lieber, als der Besitzer, Meussieu Crampon, ihnen immer zwei Plätze freihielt.

»Was ist denn in Chantal gefahren?« schnarrte Julia. »An einem Sonntag! Uns zum Tee einzuladen! Die ist wohl auf den Kopf gefallen. Und gerade an einem Tag, an dem *Tarzan* gespielt wird.«

»Wir haben doch wirklich kein Glück«, gab Valentin zu, der allerdings sehr glücklich war, zum Tee zu gehen. Er glaubte, daß es das nur in *Marie-Claire* gab, die Tees.

In drei Metroschüben kamen sie bei den Butugras an.

»Da stimmt was nicht«, sagte Julia. »Du wirst sehen.«

»Tee ist mal was andres«, sagte Valentin konziliant. »Dann haben wir heute abend auch noch Hunger auf die Gänseleber.«

»Am Auge«, sagte Julia. »Was die mir anbieten, wird alles aufgefuttert.«

»Dann esse ich die Gänseleber eben allein auf«, sagte Valentin.

»Sie wollen uns vielleicht anpumpen.«

»Sie machen den Eindruck, als gings ihnen gut.«

»Trau dem nicht. Die Beamten nagen am Hungertuch. Und die Beamtenfrauen noch mehr. Ich kenne meine Chantal.«

»Was tun wir denn, wenn sie uns anpumpen wollen?«

»Na, das ist doch nicht schwer: Steuern und Wechseltermine lassen uns keinen roten Heller mehr.«

»Das Gas muß auch bezahlt werden«, bemerkte Valentin.

»Wirf nicht alles durcheinander. Steuern und Mieten genügen. Verstanden?«

»Was haben wir dieses Jahr an Steuern zu bezahlen, es ist noch schlimmer als letztes Jahr. Wo führt das noch hin!«

»Sehr gut. Die Sozialgesetze sind ja ganz schön, aber die Beamten profitieren davon und die Geschäftsleute müssen blechen.«

»Sehr gut. Ich glaube, wir sind gewappnet«, sagte Valentin optimistisch.

»Und laß dich nicht weichmachen mit deiner Verknalltheit.«

»Welcher Verknalltheit?«

Sie klingelten. Eine junge, hübsch als Soubrette verkleidete Person öffnete ihnen. Julia sah sie streng an:

»Das ist neu«, sagte sie. »Sind Sie schon lange hier, mein Kind?«

»Seit acht Tagen, Madame.«

»Die sind wohl auf den Kopf gefallen«, seufzte Julia.

Nachdem sie ihnen Kluft und Deckel abgenommen hatte, öffnete ihnen die junge hübsche als Soubrette verkleidete Person eine Tür und zeigte ihnen den Weg.

»Kennen wir, kennen wir«, brummte Julia. »Ich bin schon vor dir hier gewesen.«

Chantal erwartete sie, allein. Valentin versuchte mit einem schnellen Blick die Teetassen und das Gebäck zu erhaschen, aber er sah nichts dergleichen. Zweifellos würde man sie später bringen. Es gab auch keine anderen Gäste, so wenig wie einen Bridgetisch. Er hatte versucht, sich Bridge beizubringen, doch es war ihm nicht gelungen, und als er merkte, daß in seinem Viertel niemand dieses Spiel kannte, hatte er es aufgegeben.

»Bist du auf dem Mond, Valentin?« sagte Chantal und küßte ihn.

Sie mimte heute das brave Mädchen und so gar nicht den Vamp.

»Sag mal«, fragte Julia sie, »was ist denn das für eine

Schickse, die du da angestellt hast, um uns die Tür zu öffnen?«

»Das ist ein Dienstmädchen.«

»Du wirst schon sehen, was dich das kosten wird. Nicht nur die Löhne. Tt, tt, ich will nicht wissen, wieviel du ihr zahlst. Außerdem sieht sie gradso aus wie eine gewerkschaftlich organisierte. Das wird dich manchen Schwänzelpfennig kosten.«

»Ach weißt du, es ist so bequem.«

»Deine Zugehfrau hat dir wohl nicht mehr genügt?«

»Die habe ich auch noch.«

Mit verdattertem Gesicht und Augen, die nahe daran waren, aus den Höhlen zu treten und mit schlaffem Geräusch auf den Fußboden zu fallen, wie Kugeln in Kalbslunge, wendete sich Julia gegen Valentin und brüllte:

»Die Halunken! Die ham in der Lotterie gewonnen!«

Chantal lachte gutherzig, ohne Bosheit.

»Aber nein«, sagte sie, »aber nein.«

Sie nahm vom Tisch ein kleines Kupferglöckchen mit einem langen Stiel aus dem gleichen Metall und bewegte es mit anmutiger Gebärde. Der muntere, perlende Ton, der folgte, entzückte Valentin, der wieder Hoffnung schöpfte.

Die junge, hübsche als Soubrette verkleidete Person erschien illico; und immer noch gleicherweise lächelnd:

»Cathérine, haben Sie Meussieu Bescheid gesagt, daß unsere Gäste da sind?«

»Ja, Madame.«

»Dann können Sie den Tee und das Gebäck bringen, Cathérine. Und Portwein für die Herren, falls sie Portwein vorziehen.«

»Welche Portweinflasche soll ich denn nehmen, Madame?«

»Na ja, Cathérine, bringen Sie den Sandeman 1878.«

»Sehr wohl, Madame.«

Julia hatte diesen Dialog schweigend und mit halb offen stehendem Mund angehört. Ihr Gesicht war gezeichnet von allen Stigmata entsetzlichster Verblüffung.

»Na, Valentin, geht das Geschäft?« fragte Chantal unbeschwert und wendete sich ihm zu.

Valentin, den der Dialog mit Chantal–Cathérine im Gegenteil in Fahrt gebracht hatte, antwortete hochgestimmt:

»Großartig! Großartig! Gestern habe ich zweihunderteinundsechzig Francs gemacht, dazu noch ein falsches Fünf-Francs-Stück. Kommt selten vor, daß ich mir eins andrehen lasse. Ach, ich hätte es Paul zeigen können, es hätte ihn vielleicht interessiert.«

»Ich glaube, das gehört nicht zu seinem Ressort«, sagte Chantal mit einem sehr gütigen Lächeln, »auf jeden Fall bräuchte er sich nicht mehr lange dafür zu interessieren.«

Julia, die all diese Auslassungen durch dicke Wände aus Watte und Nebel erfaßte, zog, als sie die letzten von ihrer Schwester hervorgebrachten Wörter hörte, sehr langsam die Augenbrauen hoch. Da trat Paul ein, fein geschniegelt und gestriegelt.

»Guten Tag, liebe Schwester«, rief er mit heuchlerischer Stimme, »guten Tag, mein lieber Valentin.«

Unterdessen brachten Cathérine und die Zugehfrau gemeinschaftlich vier Platten mit Kuchen. Menge und Vielfalt des Gebäcks sowie die Stoffqualität von Pauls neuem Anzug vergrößerten die Verwirrung Julias, die verrückt zu werden glaubte.

»Ich werde den Tee probieren«, antwortete Valentin auf eine der Fragen, die an ihn gerichtet wurden, »ich hab nämlich noch nie welchen getrunken.«

Ein Stückchen Gebäck vielleicht? Und ob er wollte! Das

erste Stück, das ihm im Mund zerging, bestätigte ihn in seiner Hochstimmung. Er suchte sich unaufhörlich neue aus, denn jedes Stück war anders und gerade das war amüsant.

»Und wie gehn die Geschäfte?« fragte ihn Paul.

»Einfach doll! Gestern habe ich zweihunderteinundsechzig Francs gemacht sowie ein falsches Fünf-Francs-Stück. Ich habe Chantal gerade gefragt, ob es Sie nicht interessieren würde, es sich mal anzusehen.«

»Nein. Die Münze ist der einzige Teil des metrischen Systems, der nicht zu meinem Ressort gehörte. Denn ich muß hinzufügen, daß ich seit vierzehn Tagen nicht mehr zum Eichamt gehöre.«

Julia, die bis dahin das Verhalten eines geprügelten Hundes angenommen hatte, Julia ergriff jetzt das Wort und mit dumpfer Grabesstimme fragte sie, voller Hoffnung:

»Haben sie dich vor die Tür gesetzt?«

»Nein, ich habe gekündigt.«

Sie nahm eine Handvoll Gebäck und fing an, es zu vertilgen; die trockenen Stücke zerbröselte sie geschwind, von den andern schlürfte sie zuerst die Kremfüllung, dann verschlang sie den Teig, indem sie ihn mit einem kleinen Zungenschlag in den Schlund schoß.

»Und Marinette«, fragte sie, fest entschlossen, sich nicht mehr um Paul zu kümmern, »man sieht sie ja gar nicht?«

»Sie ist mit ihrer Nörs ausgegangen«, antwortete Chantal lässig. »Eine reizende Dänin, die kein Wort französisch spricht. Wirklich charmant.«

»Du wirst ihn überfordern, deinen Mann, wenn du ihm soviele schöne Mädchen besorgst«, sagte Julia, die sich nicht länger beeindrucken lassen wollte.

»Wenn man einen Mann nur mit Ungeheuern umgibt,

dann ist es kein Kunststück, ihn sich treu zu halten«, sagte Chantal.
»Jeder seine Methode«, entgegnete Julia.
Valentin sah Paul verlegen an und lächelte albern zu ihm hin.
»Machen Sie sich nichts draus«, sagte der andere unberührt. »Das sind Weibergeschichten, die uns nichts angehen! Eine Zigarre, Valentin?«
Julia ergriff unterwegs das Etui, betastete innig das Leder und sah plötzlich eine Werkstatt in voller Arbeit, Transmissionsriemen, Werkbänke, fleißige Arbeiter, ein Bild aus dem Buch *Die Frankreichtour zweier kleiner Elsässer*, das sie in ihrer Kindheit gelesen hatte, vor dem Krieg 14; aber die Räder drehten sich, die Männer regten sich, sie glaubte sogar den Lärm dieser Betriebsamkeit zu hören. Und alles verschwand, als Valentin sagte:
»Danke. Wissen Sie, ich rauche höchstens zwei bis drei Zigaretten pro Tag.«
Julia gab Paul das Etui zurück und sagte zu ihm:
»Na, dann erzähl schon, was du uns zu erzählen hast. Man sieht dir doch an, wie es dich juckt. Du hast also deine Entlassung eingereicht.«
»Ja, ich kehre der Behörde den Rücken.«
»Und gehst zur Industrie«, sagte Julia.
Fassungslos sah Paul sie an und sagte unsicher:
»Woher weißt du denn das?«
»Ich weiß es nicht.«
»Du hast es doch gerade gesagt.«
»Ich habe es erraten.«
»Sag mir, woher du es weißt«, fuhr Paul fort und versuchte, seiner Stimme Autorität zu geben.
»Himmeldonnerwetter«, rief Julia, »hat man denn kein Recht mehr, etwas zu erraten?«
Chantal sah ihre Schwester neugierig an. Valentin hinge-

gen hatte gerade eine neue Gebäcksorte entdeckt, die er noch nicht versucht hatte.

»Na schön«, sagte Paul verstört, »du hast richtig geraten. Ich bin in der Industrie. Ich habe eine Stelle als stellvertretender Direktor angenommen...«

»Nur?« sagte Julia.

»In einer Gewehrkolbenfabrik.«

»Gewehrkolben?« rief Valentin entzückt aus.

»Ja, Gewehrkolben. In Châtellerault.«

»Wer wird sich schon einen Gewehrkolben kaufen?« fragte Valentin.

»Wir verkaufen sie an Gewehrfabrikanten«, antwortete Paul.

»Können die ihre Kolben nicht selber machen?«

»Wir sind spezialisiert.«

»Na ja«, rief Valentin, »jetzt, wo's bald Krieg gibt, werdet ihr gute Geschäfte machen.«

»Sprich nicht von Dingen, die du nicht kennst. Es wird keinen Krieg geben, und die Gewehrfabrikanten werden bald auf dem Hund sein und Paul auch.«

»Du vergißt«, sagte Paul zu ihr, »daß es auch außerhalb Europas Kriege geben kann und daß andererseits ein Gewehr auch ohne Kriege bei verschiedenen unveränderlichen Tätigkeiten wie der Jagd und der Gendarmerie Verwendung findet.«

»Trotzdem«, sagte Valentin hartnäckig, »werdet ihr vor allem im kommenden Krieg gute Geschäfte machen.«

»Geschäfte machen wir jetzt schon«, sagte Paul geckenhaft. »Wenn du den Frieden willst, bereite den Krieg vor. Wir rüsten wieder auf.«

»Dann ist es was andres«, sagte Julia etwas dunkel. Wie Valentin glaubte sie, daß man Gewehre erst fabriziert, wenn der Krieg schon erklärt ist.

»Werdet ihr eure Kolben auch dann verkaufen, wenn es

keinen Krieg gibt«, fragte sie, da sie immer noch nicht ganz verstanden hatte.
»Natürlich: wir haben feste Aufträge.«
Zufällig gelang es Paul in diesem Moment, einen Rauchkringel zu machen. Er triumphierte auf allen Ebenen.
»Und wie hast du dir diesen Posten ergattert?«
»Es ist nicht das erste Mal, daß Industrielle, die meinen Wert schätzen, mir Angebote machen. Bis jetzt habe ich immer abgelehnt. Aber diesmal war die Braut zu schön, um sie zu verschmähen.«
Er lacht wohlgefällig.
»Genau wie bei mir«, sagt Valentin wichtig. »Als man mir ein Weißwarengeschäft angeboten hat, habe ich auch nicht nein gesagt.«
»Du hast eine schöne Stelle für ihn gefunden«, sagte Julia zu Chantal. »Was verdient er denn da?«
»Wenn ich's euch sagte«, sagte Paul, »würdet ihr's nicht glauben.«
»Sag's nur.«
»Der einzige Haken dabei ist«, sagte Chantal, »daß wir nach Châtellerault ziehen müssen.«
»Damit weiß ich immer noch nicht, wieviel er verdient«, sagte Julia.
»Aber wir werden oft nach Paris kommen. Mit dem Wagen ist es ja nicht weit.«
»Was für ein Wagen?« fragte Julia.
»Ein Auto«, antwortete Paul so gleichgültig er nur konnte.
»Wollt ihr euch einen Schlitten kaufen?«
»Zuerst haben wir zwischen einem Citroen und einem Renault geschwankt, aber jetzt haben wir uns doch für einen Delage entschieden.«
Julia hebt die Arme zum Himmel.
»Die sind wohl auf den Kopf gefallen! Willst du mal se-

hen, was es heißt, sein Geld zum Fenster rauszuschmeißen, Valentin? Na, dann schau sie dir an. Es werden noch keine sechs Monate vergehen, bis sie ihr Brot vor unserem Laden betteln.«

»Ich hoffe, daß du uns nicht verjagen wirst«, sagte Chantal.

»Nein«, sagte Julia. »Es wird mir ein solches Vergnügen bereiten, euch so zu sehen, daß ich euch ein ganz tolles Festessen servieren werde, von dem ihr platzen werdet mit euren zusammengeschrumpften Bettlermägen, die den Fraß anständiger Leute nicht mehr vertragen können.«

»Bis dahin«, sagte Paul, »lade ich euch zum Abendessen ein.«

»Wir lehnen nicht ab«, sagte Julia. »Wir lehnen nicht ab.«

»Hast du keine Angst, daß die Gänseleber von heute mittag schlecht wird?« fragte Valentin sie.

»Ist mir doch wurscht. Eine Einladung wird nicht abgelehnt. Umso weniger, als Meussieu Brebragra uns an einen schicken Ort führen will. Stimmts nicht, Paul?«

»Ganz genau. Ich hatte die Absicht, euch ins Restaurant des Deutschen Pavillons auf der Ausstellung zu führen.«

»Sie kohlen«, sagte Valentin. »Es ist das teuerste. Ich hab's in der Zeitung gelesen.«

»Laß ihn doch«, sagte Julia. »Er muß schließlich seine Moneten verjubeln, er hat zuviel. Außerdem bekomme ich auf die Tour die Expo zu sehen.«

»Bist du noch nicht dort gewesen?« fragte Chantal.

»Glaubst du vielleicht, ich hätte Zeit dazu!«

Valentin sieht sie neugierig an: Tatsächlich fragt er sich seit einiger Zeit, was sie wohl den lieben langen Tag treiben mag.

»Nimmt dich dein Geschäft sehr in Anspruch?« fragt Chantal.
»Glaubst du vielleicht, es läuft alles von allein? Ein Laden ist keine Fabrik, wo die Arbeiter sich abschinden, während die Chefs Däumchen drehen.«
»Julia als Volksfront-Agitatorin«, sagt Paul und muß schallend und herzlich lachen. Cathérine nahm die geplünderten Kuchenplatten weg.
»Holen Sie uns doch bitte ein Taxi«, sagt Chantal zu ihr.
»Und euer Schlitten«, sagt Julia, »der Delachinbums?«
»Wir haben ihn noch nicht«, sagt Chantal.
»Siehst du«, sagt Julia zu Valentin. »Sie fangen schon an, Luft abzulassen.«

## 13

Valentin betrachtete aufmerksam diesen Soldaten, der ihm die nahen und fernen Ursachen seines Erscheinens erklärte.
»Verstehst du«, sagte dieser Soldat, »ich wollte nicht zur Expo gehen, ohne meinem alten Kameraden guten Tag zu sagen. Das gehört sich nun mal so.«
»Das ist nett von dir«, sagte Valentin bedachtsam. »Ich bin froh, daß du mich nicht vergessen hast.«
»Einen Kumpel wie dich? Nie!«
Valentin schlug bescheiden die Augen nieder. Der andere musterte den Laden mit anerkennendem Kopfnicken.
»Es ist adrett hier.«
»Ich kehre jeden Tag«, sagte Valentin stolz.
»Das hast du ja immer gern getan. Du wolltest sogar Straßenkehrer im Zivilleben werden.«
»Ich wienere soviel wie möglich.«

»Seh ich. Das glänzt. Du hast immer noch alle Eigenschaften eines Landsers.«
»Die werde ich bald wieder gebrauchen können.«
»Wieso denn das?«
Bourrelier sah überrascht aus.
»Na ja, für den nächsten«, antwortete Valentin.
»Du bist wohl meschugge? Mit wem sollen wir uns denn schlagen?«
»Weißnich«, sagte Valentin vorsichtig. »Aber ich spüre ihn kommen.«
»Was? Den Krieg?«
»Ja, und wie!«
»Sag mal, es bekommt dir wohl nicht gut, daß du jetzt nen Beruf hast?«
»Oh, das hat damit gar nichts zu tun! Das hat damit gar nichts zu tun!«
Er lachte unbeschwert.
»Hör mal zu«, sagte Bourrelier, »wir haben uns in Spanien nicht ins Wespennest gesetzt. Eine Kriegsursache weniger, nicht? Außerdem ist Hitler nicht verrückt, er weiß genau, daß es bei ihm ne Revolution gäbe, wenn er nen Krieg anfinge, verstehste, der ist doch nicht verrückt. Eines Tages wird er Stalin die Ohren langziehen, aber das kann uns egal sein. So stehts. Und glaub mir, der dir das gesagt hat, ist einer, der an der Quelle sitzt, um's zu wissen.«
Und er hielt dem ehemaligen Soldaten Brü seinen Ärmel unter die Nase.
»Sieh an«, sagte der, »du hast ja ne Litze weniger.«
»Ja, Alter, gerade zum Feldwebel befördert.«
»Da bist du ja mächtig froh, wie?«
»Das will ich meinen.«
»Siehst du, soweit hätt' ich's nie gebracht«, sagte Valentin.

Bourrelier versetzt ihm einen kräftigen Schlag aufs Schulterblatt.
»Das glaube ich dir gern! Aber man braucht ja auch einfache Schützen, um Frankreich zu schützen!«
Diese Maxime schien Valentin einer Betrachtung wert, aber Bourrelier läßt ihm keine Zeit dazu.
»Apropos, du bist ein richtiger Glückspilz. Du hast doch den Feldzug gegen die Hain-Tenys Merinas mitgemacht, da kommst du an den Reserveübungen vorbei. Steht im Staatsanzeiger. Wenn sie dich dazu ranholen wollen, kannst du dagegen angehen.«
»Du weißt aber ne Menge Zeug«, sagt Valentin. »Du verdienst wirklich, noch weiter befördert zu werden. Im nächsten Krieg wirst du vielleicht General.«
»Es wird keinen nächsten geben, sage ich dir!«
Valentin fragt nicht weiter und Bourrelier sieht aus, als wüßte er nicht mehr recht, was er noch sagen soll.
»Und«, fügt er hinzu. »Und.«
»Ja«, sagt Valentin.
»Bist du ganz allein im Laden?«
»Wie du siehst.«
»Und. Und.«
»Ja?« sagt Valentin.
»Und Madame Brü?«
»Madame Brü ist zu Hause.«
Valentin zeigt mit dem Finger zur Decke.
»Wir haben die Wohnung obendrüber«, erklärt er. »Sie hat keine Zeit, sich um den Laden zu kümmern. Übrigens mach ich jetzt dicht. Komm, wir gehen einen trinken.«
»Ich sag nicht nein«, sagt Bourrelier.
»Du wirst sehen, wir gehen in eine Kneipe, die du kennst.«
»Ganz bestimmt nicht«, sagt Bourrelier. »Ich bin nie hier gewesen. Ist eine abgelegene Kante hier, wie? Ich hab nen

Kumpel, der ist Pariser, und wie ich ihm gesagt hab, daß ich einen Kumpel besuchen will, der in Paris in der Rue de la Brèche-aux-Loups wohnt, hat er's nicht glauben wollen.«

»Jetzt ist er schön bestraft«, sagt Valentin.

»Mensch, Valentin, du Sack. Komm, erzähl mal. Deine Ehe. Dein Laden. Alles das. Hauts hin? Klappts?«

»Es geht. Es geht.«

»Das ist dürftig: es geht.«

»Du hast bemerkt, daß ich kein Weißwarengeschäft mehr habe.«

»Hab ich gesehen. Hab ich gesehen. Ich verstehe ja nicht viel vom Handel, aber reicht das zum Leben, wenn du nur Rahmen verkaufst?«

»Du siehst, ich lebe, nicht? Warte, ich werde dir einen schenken, einen Rahmen.«

»Ich danke dir.«

»Du siehst: ›Café zur Freundschaft‹. Wie in Bouscat.«

»Gewiß. ›Café zur Freundschaft‹, wie in Bouscat. Aber es ist nicht dasselbe. Dies hier kenne ich nicht. Was erzählst du denn da?«

»Du bist verdammt knifflig, seit du Feldwebel geworden bist«, bemerkt Valentin.

»Apropos ›Café zur Freundschaft‹«, sagt Bourrelier, »Didine sucht 'ne Stelle in Paris. Hättest du nicht was für sie?«

»Olala, meine Olle hätte das gar nicht gern.«

»Warum denn nicht?«

»Die ist furchtbar eifersüchtig.«

»Trotzdem, wenn du was für Didine tun kannst, sie ist ein braves Mädel.«

»Na gut, schick sie her. Vielleicht im Viertel.«

Sie setzen sich hin und bringen ihre Wünsche vor.

»Mensch«, bemerkt der Feldwebel, »du hast dich auf

Dubonnet umgestellt. Du wirst sehen, du landest noch beim Pernod. Aber kommen wir auf die Hauptsache zurück. Los, erzähl mal von deiner besseren Hälfte. Bist du zufrieden mit dem Ehekraal?«

»Es geht«, sagt Valentin.

»Na ja, das ist ja die Hauptsache.«

Vierzig Sekunden Schweigen.

»Na«, sagt Valentin, »dann bist du also hergekommen, um dir die Expo anzusehen?«

»Ich wollte das nicht verpassen. So was sind bleibende Erinnerungen.«

»Was hast du Schönes gesehen?«

»Moment mal: ich war ja noch gar nicht dort.«

»Ich bin vor nem Monat dort gewesen, man hatte mich eingeladen.«

»Na, dann kannst du mir ja sicher n paar Tips geben, was man alles sehen muß.«

»Es gibt da soviele Dinge, weißt du. Der Pavillon der Miniaturmalerei ist von Interesse. Die Abteilung Photomontage verdient auch einen Besuch. Dann gibts noch den Palast der Rahmen, aber das wäre vielleicht etwas zu technisch für dich. Ich hab natürlich den Pavillon von Madagaskar nicht ausgelassen, aber ich habe nichts wiedererkannt. Ich hab mich sogar gefragt, ob ich je dort gewesen bin. Du wirst ja sehen. Natürlich hab ich zu den Leuten, die bei mir waren, gesagt ›genauso ist es‹ oder ›das erinnert mich an manches‹, obgleich mein Schwager mir weisgemacht hat, es sei schlechtes Französisch, zu sagen ›sich was erinnern‹. Wußtest du das, Feldwebel?«

»Natürlich. Mit wem glaubst du denn, daß du redest?«

»Siehst du, mein Schwager würde dir klarmachen, daß es heißen muß ›mit wem du sprichst‹.«

»Sag mal, dein Schwager ist ja ein Arschloch.«

»Reg dich nicht auf wegen dem, er ist Industrieller geworden. Pinkepinke mehr als genug. Er ist der Mann von der Dame, die dich damals über mich interviewt hat.«

»Ich weiß Bescheid.«

»Was habe ich noch gleich gesagt? Ach ja, wir waren also alle vier auf der Expo, Paul, Chantal, niedlicher Name wie, und Julia, was meine bessere Hälfte ist, und natürlich wollten die Erklärungen von mir haben. Zum Beispiel, was der Unterschied zwischen einem Sakalaven und einem Hova ist. Weißt du es?«

»Hab's mal gewußt.«

»Na ja, ich nicht. Zum Glück hat es alle gelangweilt, darauf sind wir weitergegangen. Hinterher haben wir uns den russischen Pavillon angesehen, der majestätisch ist und sehr interessant. Die haben dort zum Beispiel ein Auto, das sie ganz allein gebaut haben.«

»Wirst du Kommunist?«

»Wenn ich dir sage, du wirst es selbst sehen: ein richtiges Auto.«

»Hast du es fahren sehen?«

»Nein.«

»Siehst du. Das ist Tineff. Nur Blech. Wenn du glaubst, daß die bei ihrem Regime auch nur zwei Schrauben zusammenbringen.«

»Wie tut man das?« fragte Valentin.

Bourrelier rückte leicht ab, um auf den Gesichtszügen seines ehemaligen Untergebenen die Verheerungen des Bolschewismus zu suchen.

»Bist du ganz sicher, daß du nicht doch ein wenig Kommunist bist?«

»Ich«, antwortete Valentin, »ich bin Kommerzist.«

»Gewiß. Aber um deinen Kunden zu gefallen?«

»Ich brauche nicht zu gefallen, meine Artikel gefallen für mich. Hinterher sind wir in den deutschen Pavillon zum Abendessen gegangen.«

»Was?«
»Wir sind in den deutschen Pavillon zum Abendessen gegangen.«
»Du hast bei den Boches zu Abend gegessen?«
»Mensch, was haben wir da in uns reingefressen«, seufzte Valentin.
»Du bist nicht wählerisch. Mir müßte man schon 'ne ganze Stange Geld geben, bis ich da den Fuß reinsetzte. Und was hast du gespachtelt?«
»Es war ein Übersauerkraut zu einem Überpreis. Obgleich Paul im Augenblick voll Zaster hängt, hat er doch 'ne Grimasse geschnitten, als er die Preise auf der Speisekarte gesehen hat. Haste schon mal Kaviar gegessen?«
»Kenn' ich nicht.«
»Wir wollten mal versuchen, Julia und ich. Julia ist meine Frau. Sie heißt Julia Julie mit Vornamen. Bald ruf ich mal so, bald so. Das bringt Abwechslung in die Bude. Ich sagte also, daß Julie und ich Kaviar versuchen wollten. Es reizte uns umso mehr, als die Portion soviel kostete, wie ich einen ganzen Tag brauche, um in meinem Geschäft zu verdienen.«
»Du kohlst.«
»Wenn die Steuern ab sind? Der Reinverdienst? Das ist so doll nicht. Kurz, Paul hat zu uns gesagt, daß nur Russen diese Schweinerei essen können. Schließlich haben wir dadrauf verzichtet, sogar Julia, und dabei genügt es bei Julia schon, daß Paul etwas behauptet, damit sie auf dem Gegenteil besteht. Beim Kaviar hat er sie schließlich aufs Kreuz gelegt, da hab ich ihn bewundert. Aber es hat lange gedauert! Unterdessen hat der Serviettenschwenker, der auf deutsch Maître d'hôtel hieß, mit einem Notizblock und einem Bleistiftstummel gewartet. Ich weißnich, was er von unsrem Gequassel kapiert hat, auf jeden Fall hat er sich nicht gemuckst, steif wie 'n Straßenbahngleis und

ernst wie 'n Uhrzeiger, ich mein' den Minutenzeiger. Der Stundenzeiger ist lustiger, er ist kleiner und dicker, er regt sich nicht auf, er holt den andern in der Kurve immer ein. Von meiner Kasse aus sehe ich immer die Zeiger des Uhrmachers über seinem Laden. Wenn ich nicht viel zu tun habe, betrachte ich sie.«

Er schwieg.

»Jetzt bist du auf einmal gesprächig geworden«, sagte Feldwebel Bourrelier.

»Wo war ich stehengeblieben?«

»Immer noch beim Kaviar.«

»Ja, der Kerl rührte sich nicht, war sicher ein Spion, Julia wollte ihn fragen, aber auch da ist es Paul gelungen, sie abzuhalten. Ich hab vergessen dir zu sagen, daß dieses Restaurant das bonforzionöseste und mondänste und überhaupt picobello ist, mit Weibern, die so ein tiefes Dekolleté haben wie man nur kann und Kerlen, die sich extra geschniegelt und gestriegelt haben, um futtern zu gehen, du weißt ja, wie im Kintopp, mit Schmetterlingskrawatte, damit keine Soße drauf spritzt. Also wir, muß ich schon zugeben, sahen ein bißchen abgebrannt aus, vor allem die arme Julia, muß zugeben, daß sie nicht die Eleganz in Person ist, hab schon einen Moment geglaubt, daß man uns gar nicht haben wollte, aber dann haben sie einen Tisch für uns gefunden, wo wir ganz für uns wären und unsre Ruhe hätten und man hat uns in eine Nische gestubbst, die so versteckt lag, daß die Kellner manchmal eine halbe Stunde brauchten, um uns dort zu finden.«

»Und was hast du dann so Gutes gegessen?«

»Ein Sauerkraut.«

»Hab ich doch gesagt!«

»Paul bestellte eine Languste auf amerikanische Art, Chantal eine englische Wurstplatte und Julie Rindfleisch

in Burgunder, da hab ich gefürchtet, die Boches zu verärgern, wenn ich ihr Nationalgericht nicht bestelle.«
»Ich hätte von ihrer Schweinerei nichts genommen, allein schon, um sie auf die Palme zu bringen. Solange die uns Elsaß-Lothringen nicht zurückgegeben haben!«
»Haben wir ihnen das 1918 nicht abgeholt?«
»Stimmt, hatte ich ganz vergessen. Ja, aber sie wollen es uns wieder abholen.«
»Und du behauptest, daß es keinen Krieg geben wird?«
»Du hast immer noch nicht kapiert. Die Elsässer sprechen doch deutsch, nicht wahr? Wir behalten die Lothringer. Das wird friedlich geregelt, hat Hitler gesagt.«
»Du weißt aber allerhand«, murmelte Valentin.
»Und nach dem Sauerkraut?« fragte Bourrelier, der seinen Sieg auf der diplomatischen Ebene nicht ausnützen wollte.
»Danach? Hab ich gerülpst. Das hat so fein geschmeckt, daß ich mich bis oben hin vollgestopft hab.«
Er hielt seine Hand in Höhe des Adamsapfels.
»Vor allem, weil's so ne Portion davon gab.«
Er hielt die andere Hand dreißig Zentimeter über den Tisch.
»Hinterher«, fügte er hinzu, »hab ich grad noch mit Mühe und Not so'n Stück Sahnetorte reinschieben können.«
Er beschrieb schnell mit beiden Händen einen Kreisausschnitt von zehn Zentimetern Dicke und zwanzig Zentimetern Radius bei einem Mittelpunktswinkel von hundertzwanzig Grad.
»Zum Glück«, schloß er, »hatten wir einen prima Wein, einen deutschen, um die Fourage runterzuschaffen. Johannisberger, wie sie sagen.«
»Puh«, machte Bourrelier, »Propaganda. Der kann doch nicht an unsern Beaujolais tippen. Die Boches verstehen doch nichts vom Trinken.«

»Wir waren sehr lustig, als wir dort rausgingen, sogar Paul, der immerhin die Zeche geblecht hatte.«
»Wieviel kostet sowas?«
»Über hundert Francs pro Kopf.«
»Das gibts doch nicht.«
»Paul hat mir die Rechnung gezeigt. Da er uns eingeladen hatte, wollte er nicht, daß wir glauben sollten, er hätte uns in eine Kaschemme für arme Schlucker geführt. Er hat annähernd fünfhundert Piepen hingeblättert.«
»Was es nicht alles gibt! Es ist doch wirklich eine Schande, den Boches seinen Kies in den Rachen zu werfen.«
»Hinterher sind wir in den Vergnügungspark gegangen. Da gibt's was zu sehen. Zum Beispiel den Turm, wo man von oben mit dem Fallschirm runterspringt.«
»Und der ist wie hoch, dein Turm?«
»Zwanzig, dreißig Meter, scheint mir.«
»Und da bricht sich keiner den Hals?«
»Die Leute werden an Seilen gehalten.«
»Und die Seile reißen nicht?«
»Nicht, solange wir geguckt haben.«
»Bist du raufgegangen?«
»Julia hätte mich nicht gelassen.«
»Ich geh rauf.«
»Du hast recht, ein schöner Zeitvertreib und nicht gefährlich. Hinterher bin ich einmal mit der Berg- und Talbahn gefahren. Prima Sache, um das Sauerkraut zu verdauen. Solches Gefälle...«
Mit dem Arm deutet er eines von fünfundneunzig Prozent an.
»Und es gibt keine Unfälle?«
»Nicht, solange ich drauf war. Aber das ist noch nicht alles.«
»Erzähl schon.«
»Also, stell dir vor, muß dir zuerst noch sagen, daß Chan-

tal und ich, daß wir Paul und meine Frau verloren hatten. Chantal ist meine Schwägerin, die du kennst, – die Dame, die dich interviewt hat über mich.«

»Das haste schon einmal gesagt«, sagt Bourrelier ungeduldig. »Erzähl schnell, ich spüre, daß es interessant wird. Ich errate schon die Fortsetzung.«

»Was errätst du?« fragt Valentin und sieht mit erstaunten Augen zu dem Feldwebel auf.

»Sag ich dir nachher. Erzähl schon.«

»Julie errät auch immer alles: wieviel Aperitifs ich getrunken habe, wieviel Kunden da waren, wieviele Zeitungen ich gelesen habe.«

»Liest du viele?«

»Hauptsächlich Wochenzeitschriften, *Marie-Claire*, da kommt man nicht dran vorbei, wegen dem Geschäft. Und dann vor allem *Hoppla* und *Robinson*. An Tageszeitungen kaufe ich den *Petit Parisien* für Julia und *Auto* für mich.«

»Bist du jetzt Sportler geworden?«

»Muß man schon, wegen der Kundschaft.«

»Was für 'n Sport treibst du denn?« fragte Bourrelier.

»Keinen! Nein, ich halte mich nur auf dem laufenden. Eigentlich haste recht, am Sonntag wär's ein guter Zeitvertreib.«

Nachdem er diese Möglichkeit überdacht hatte, graste Valentin träumerisch die Weiden der Phantasie ab.

»Jetzt komm schon zu deiner Geschichte zurück«, sagte Bourrelier.

»Ich hab dir also gesagt, daß Julia alles errät. Selbst wenn sie sich irrt, hat sie trotzdem irgendwas erraten. Dann wieder errät sie nichts.«

Und von neuem trabte er durch den Klee des Traumes.

»Moment mal«, sagte Bourrelier zu ihm, »du bist mit

der andern noch nicht fertig. Mit deiner Schwägerin in der Berg- und Talbahn.«

»Richtig. Ich werde dir alles erzählen, he?«

»Mach schon.«

»Also, wir hatten die andern verloren und dann haben wir 'ne Runde in der Berg- und Talbahn gedreht, Chantal und ich. Sind verdammt eng, die kleinen Wägelchen, weißt du, dazu wird man noch so gerüttelt, das rückt einen dicht aneinander, wenn du verstehst?«

»Verstehe.«

»Wir machen noch eine Fahrt. Das hat uns noch dichter zusammengerückt. Hinterher sind wir bummeln gegangen, wir haben viel gelacht und uns überhaupt nicht mehr darum gekümmert, ob wir die andern treffen. Die Expo ist voller dunkler Ecken, ich warne dich gleich, und komischerweise stießen wir immer auf dunkle Ecken. Darauf habe ich meine Hände ein wenig um sie gelegt.«

Forschend sah er den Feldwebel an und fragte:

»Kapierst du?«

»Mach weiter, mach weiter.«

»Und dann habe ich sie geküßt.«

»Ich hatte es erraten!« rief Bourrelier triumphierend.

»Ist das wirklich das, was du erraten hast?«

»Ge-nau.«

»Es ist nämlich noch nicht zu Ende.«

»Mach weiter, mach weiter.«

Valentin blieb einige Augenblicke stumm, hob dann die Augen zur Decke und erklärte mit gespreizter Betonung:

»Sie benutzt eine gute Zahnpasta.«

Mit sandigen Lippen, stieren Augen und entgleitender Stimme flehte Bourrelier:

»Mach weiter, mach weiter.«

»Hinterher taten uns die Latschen weh, vom vielen Rumlaufen, und da haben wir was gesucht, wo man sich setzen kann und da sind wir auf die Magische Gondel verfallen. Da wirste in eine Gondel gesetzt, die ganz von alleine fährt, auf dem Wasser natürlich, und dazu noch in der Dunkelheit. Du bist da, sagen wir, wie auf einem unterirdischen Kanal. Ab und zu kommt man an einem beleuchteten Ding vorbei, das Venedig darstellt, aber ansonsten bleibt man immer im Dunkeln. Und man ist allein in der Gondel. Kannste dir das vorstellen?«

»Und ob!« stammelte Bourrelier und tupfte sich die Rübe ab.

Als Feldwebel hatte er eine stark entwickelte visuelle Phantasie und so muß Chantal in seiner Vorstellung häufig allzu miese Mädchen ersetzen.

»Und? Und?«

»Na ja, da hab ich meine Kähne ausgezogen, weil sie mir verdammt weh taten.«

»Ist das alles?«

Valentin kam schon ans Ende seiner Geschichte.

»Dann ist was ganz Komisches passiert.«

»Was ist denn passiert?«

»Es muß da ein technischer Fehler gewesen sein, die Gondel ist plötzlich in einen hell erleuchteten Saal eingefahren, wo ein ganzer Haufen Leute gestanden hat, die sich schief lachten, als sie uns sahen.«

»Was habt ihr denn getan?«

»Jeder hielt seinen Fuß.«

»Sowas!« sagte Bourrelier verwirrt.

»Darauf haben wir unsere Schuhe wieder angezogen«, schloß Valentin, »und sind rausgegangen und die Leute haben applaudiert. Wir haben uns köstlich amüsiert. Etwas später haben wir die beiden andern wiedergefunden, die uns suchten. Das ist alles. Du wirst sehen, daß du einen angenehmen Abend auf der Expo verbringen

wirst.« Valentin zog seine Brieftasche und rief den Wirt.
»Ich bin froh, daß ich dich wiedergesehen habe, aber jetzt muß ich essen gehen. Madame Brü wartet auf mich, sie wird ganz schön meckern, daß ich so spät bin. Aber sie wird auch gleich erraten, warum. Vielleicht. Mensch, am Tag, als wir in der Magischen Gondel waren, hatte sie nichts erraten.«
»Aber deine Schwägerin und du, habt ihr?«
»Och, weißt du, ich hab sie seitdem nicht wiedergesehen. Einen Monat später ist sie mit Paul nach Châtellerault gezogen. Nein, nein, laß. Alles auf meine Rechnung, Wirt. Die Soldaten zahlen nicht. Ach, schau dir das an, einen Prospekt, den ich im Deutschen Pavillon mitgenommen habe.«
Bourrelier liest ihn laut:
»Komitee für die deutsch-französische Verständigung. Abteilung Tourismus. Die napoleonischen Schlachtfelder in Deutschland zu ermäßigten Preisen in luxuriösen Autobussen. Ausschließlich die französischen Siege: Ulm. Eckmühl. Lützen. Auerstädt. Jena.«
»Das werde ich mir eines Tages leisten«, sagte Valentin. »Das Dumme ist nur, daß mich einzig und allein Jena interessiert.«

## 14

Als er angefangen hatte, Filme zu verkaufen, war der Photograph aus der Rue de la Durance zu ihm gekommen, um ihm klarzumachen, was für ein unlauterer Wettbewerb das sei, und Valentin wollte gegen niemanden einen unlauteren Wettbewerb führen. Dann hatte er den Plan ins Auge gefaßt, seinem Geschäft eine Abteilung mit

Reinigungsmitteln anzuschließen, aber Balustre, der Drogist, hatte nicht versäumt ihm zu sagen, welchen Kummer er ihm damit mache, und Valentin wollte niemandem Kummer machen. Und als er die Absicht hatte, es mit Pariser Andenken und Kunstdrechslerei zu versuchen, hatte ihn Meussieu Panneton, der den Reuilly-Bazar leitete, mit dem Hinweis davon abgebracht, welche Verwirrung er im Wirtschaftsleben des Viertels damit anrichtete, und Valentin wollte nirgendwo Verwirrung anrichten.
Er mußte also darauf verzichten, sein Geschäft zu vergrößern, und dies war der letzte Versuch, seinen Müßiggang zu überwinden. Ihm blieb nur mehr das Vakuum der Zeit.
Er versuchte nun zu sehen, wie die Zeit verging, ein ebenso schwieriges Unterfangen wie das, sich beim Einschlafen zu ertappen. An seiner Kasse sitzend, betrachtete er die große Uhr über dem Laden von Meussieu Poucier und folgte dem Gang des großen Zeigers. Es gelang ihm zu sehen, wie er einmal sprang, zweimal, dreimal, dann stellte er fest, daß auf einmal eine Viertelstunde vergangen war und der dicke Zeiger höchstselbst die Gelegenheit genutzt hatte, sich weiter zu bewegen, ohne daß Valentin was davon gemerkt hatte. Wo war er in der Zwischenzeit gewesen? Manchmal war er nach Madagaskar zurückgekehrt, manchmal erlebte er ein Abenteuer von Guy dem Blitz oder Mandrake, seinen Lieblingshelden, und manchmal hat er ganz einfach mehr oder weniger fragmentarisch eine Mahlzeit wieder abgehalten oder einen Film wiedergesehen.
Nach zwei Monaten Fleiß und Ausdauer gelang es ihm, drei Sprünge des großen Zeigers mitzubekommen, aber nie erreichte er die Zahl vier, da er sich an *dieses* Vorhaben erst viel später erinnerte, nachdem er zuvor in einen Gedankenurwald geraten war oder sich wie ein ausgeleiertes Grammophon ein Gespräch wiederholte, das er mit Hous-

sette, mit Virole oder sonst einem Nachbarn geführt hatte. Es gelang ihm nicht, seinen Kopf zu entleeren.

Natürlich kam es vor, daß gerade in dem Augenblick, in dem die Minute zu sterben und in den kleinen weißen Raum zu verwandeln sich anschickte, den ein begabter Maler zwischen zwei gleichmäßigen schwarzen Strichen auf dem Zifferblatt der Uhr eingeschlossen hatte, ein Quidam oder eine Qui-Dame mit einem einrahmenden Anliegen hereinkamen und Valentin zwangen, den Rahmen seiner eigenen zu verlassen. Die Sorgfalt, die er darauf verwendete, ihren Wünschen zu entsprechen, hatte ihm eine seriöse Kundschaft gesichert, aber er bemerkte, daß sie sich nach und nach in eine immer noch seriöse teilte, die kaufte, und eine nicht minder seriöse, die nicht kaufte. Diese letztere, die folglich überhaupt keine Kundschaft war, kam, um ihm ihr Herz auszuschütten.

Zuerst hatte man ihn sehr gesprächig, sehr angenehm, sehr geschäftstüchtig gefunden. Als er auf die ausdrücklichen Befehle Julias hin damit angefangen hatte, die Leute, sehr diskret selbstverständlich, über ihren Beruf, ihre Kinder und ihre Nöte, dann über ihre Liebschaften und ihre finanzielle Lage auszuhorchen, hatte er sofort Widerhall gefunden, und bald brauchte er sich nicht mehr abzumühen, um Geständnisse herauszulocken, die Vertraulichkeiten flossen ganz von selbst und Frauen, die zum ersten Mal zu Valentin kamen, gaben ihm gleich die Liste ihrer Geliebten und den Stand ihrer Finanzen. In der Kneipe raunten ihm selbst die zähesten Kneipbrüder ihre kleinen Probleme in die Ohrmuschel, und bevor sie eine schwerwiegende Entscheidung trafen, erklärten sie ihm die Sache in allen Einzelheiten, ohne allerdings so weit zu gehen, ihn um Rat zu fragen. Er machte sogar die Feststellung, daß sich, je besser er dem Lauf der Zeit auf der öden Scheibe der Uhr folgte, desto besser die banalen Alltags-

geschichten, Zwischenfälle oder Geheimnisse in ihn ergossen, die Julia dann gierig und gefräßig wieder schluckte. Denn er mußte nicht nur zuhören, sondern auch wiederholen.
Am Abend, wenn die Überreste des Mittagessens vertilgt waren, trug Valentin die Reste der Reste in die Küche zurück, und Julia begann Kaffee zu trinken, eine Substanz, die die Eigenschaft hatte, sie einzuschläfern. Und während Valentin sprach, schlürfte sie geräuschvoll zwei oder drei Tassen, die sie sehr stark zuckerte. Er goß sich Branntwein in ein kleines, konisches, dickes, schweres Glas, das er sehr liebte und das er erst dann in einem Zug leerte, wenn die Sitzung beendet war.
»Bei Viroles stimmt was nicht«, sagte Valentin.
»Nein! Was ist denn?«
»Da ist Krawall in der Bude. Virole hat es mir vorhin erzählt.«
»Hat er sein Dienstmädchen geschwängert?«
»Nicht ganz. Das heißt: es stimmt schon, aber früher. Er hat eine sechzehnjährige Tochter, von deren Existenz seine Alte nichts wußte. Er hat sie bekommen, da war er noch keine drei Jahre verheiratet. Sie kriegt eine gute Erziehung und soll bald das Abitur machen. Auch die Mutter hat er nicht im Stich gelassen, er hat ihr eine kleine Rente ausgesetzt.«
»Das war also das Loch in ihrem Budget, das Madame Virole sich nicht erklären konnte.«
»Woher weißt du das?«
Immer häufiger wurden die Monologe bisweilen Dialoge und Valentin fragte sich, wo Julia diesen oder jenen Klatsch herhaben konnte, sie ging nie aus und sah niemanden. Die Antwort war immer die gleiche:
»Erinnerst du dich nicht mehr? Du hast es mir doch selbst gesagt.«

Diesmal erinnerte er sich gut. Nie hatte er so was erzählt. Und außerdem hatte er diesmal genau aufgepaßt:
»Aber warum hast du gesagt: das war *also?* Warum *also?*«
Er wagte sogar, sie hartnäckig und inquisitorisch anzuschauen. Sie wußte genau, daß er eines Tages verstehen oder erraten würde, aber es amüsierte sie ungemein, diesen Augenblick hinauszuzögern. Außerdem würde er nicht *alles* auf einmal zu wissen bekommen, und was er erfahren würde, könnte ihn eine gewisse Zeit zufriedenstellen, der Rest würde ihm bis zu einem bestimmten Vorfall oder vielleicht gar für immer verborgen bleiben. Sie dachte plötzlich, daß sein Immer zweifellos länger wäre als das ihre, wenn dieses Immer im jetzigen Augenblick anfinge. Sie sah, wie jung er noch war und Furcht und Neid und Mitleid packten sie und ihr Herz begann langsamer zu schlagen, im langsameren Rhythmus des Unglücks.
»Na?« machte Valentin.
Zum ersten Mal seit sie ihn kannte, war in seiner Stimme eine Nuance Gereiztheit und ein gebieterischer Ton, was sich sehr »ehemännisch« anhörte. Und da sie gerade so ernsthaft über ihre Beziehungen zueinander nachgedacht hatte, fand sie *das* komisch.
»Was stellst du dir denn vor?« gab sie ihm lachend zur Antwort.
Da er sich über den »ehemännischen« Ton, in dem er seine Frage gestellt hatte, sehr schämte, guckte er unter sich und gab zur Antwort:
»Nichts.«
Julia kam wieder auf Madame Virole zu sprechen:
»Wie hat sie es denn herausgebracht?«
»Madame Saphir hat sie auf die Fährte gesetzt.«
»Wer?«

»Madame Saphir, die Hellseherin aus der Rue Taine. Sie hat sich vor etwa sechs Monaten hier niedergelassen und alle alten Weiber aus dem Viertel rennen zu ihr. Warst du noch nicht dort?«

»Ich bin kein altes Weib«, sagte Julia.

»Auf jeden Fall«, fuhr Valentin fort, ohne weiterzufragen, »wird ihr die alte Virole das ganze Viertel schicken. Sie wollte auch mich zwingen, zu ihr zu gehen.«

»Wozu denn?«

»Für alles. Gesundheit, Geschäfte, Liebe, Glück. Aber ich glaube nicht dran und außerdem ist es mir wurscht.«

»Du hast recht.«

»Warst du noch nie dort?« fragte er schüchtern von neuem.

»Ich glaube, ich hätte es dir gesagt.«

Valentin schien diese Antwort, der Julia, nicht ohne Anstrengung, einen pikierten Unterton beigegeben hatte, nicht gehört zu haben. Gedankenverloren erklärte er:

»Was mich verblüfft, ist, daß die Leute nicht müde werden, mir ihre kleinen Probleme zu erzählen. Als ich erfuhr, daß diese Hellseherin sich im Viertel niedergelassen hat; habe ich gedacht, daß man mich jetzt nicht mehr brauchte, aber das Gegenteil ist der Fall. Es kommen immer mehr Leute, manchmal frag ich mich, ob sie sich nicht in der Adresse geirrt haben.«

»Du sagst ihnen doch wohl nicht die Zukunft?«

»Natürlich nicht.«

Er fügte hinzu:

»Doch würde es mich nicht wundern. Es ist nicht dasselbe. Bei mir merken die Leute gar nicht, daß sie selber ihr ganzes Privatleben vor mir ausbreiten.«

Er dachte weiter nach:

»Es stimmt schon, bei der Alten in der Rue Taine wollen sie alles von ihr vorgelegt bekommen. Ihre kleinen Probleme packen sie nicht bei einer Hellseherin aus, von der erwarten sie, daß sie sie ihnen erzählt.«

Er schloß:

»Nein, es ist ganz und gar nicht dasselbe.«

»Natürlich nicht«, bestätigte Julia schnell, die ängstlich dem Gang der Überlegungen Valentins folgte.

Sie erriet nicht, daß er von diesen nur das preisgab, was er wollte, und daß er mit seinem Experiment ziemlich weit gekommen sein mußte, um über diesen Punkt einige genaue Aufschlüsse erlangt zu haben. Wenn es ihm auch nicht gelang, ihr falsche Angaben über den Gang der Geschäfte oder die Anzahl der Runden zu machen, die er bezahlte oder sich bezahlen ließ, so war er schließlich doch zu der Überzeugung gekommen, daß sie nicht ins Innere seines Kopfes dringen konnte und daß, wenn die kleine Stimme, die ohne durchs Ohr zu gehen direkt aus der Kehle ins Gehirn steigt, schwarz sagte, die laute Stimme weiß sagen konnte, ohne daß Julia es merkte.

»Und was noch?« fragte sie. »Es waren doch heute sechs Leute bei dir?«

Es stimmte genau, daß es sechs Leute gewesen waren.

Er setzte sie einen um den anderen wieder in den Korb seines Gedächtnisses, schüttelte sie, um das Kleingeld ihrer Existenz aus ihnen herausfallen zu lassen und wirft sie dann in den Brunnen der Erinnerung zurück.

Seine Aufgabe ist beendet. Julia kann schlafen gehen. Er auch.

Er raucht langsam die zweite Zigarette des Tages zu Ende.

Er fragt:

»Hast du nicht ne Idee, wo wir dieses Jahr in Ferien hinfahren werden?«

»Nein. Ist mir wurscht.«

»Im ersten Jahr bin ich allein nach Brügge gefahren.«

»Das waren keine Ferien.«

»Du hast keine gemacht. Das letzte Jahr sind wir wegen der Expo daheimgeblieben. Sollen wir nicht mal zusammen wegfahren?«
»Aber doch, mein Schatz. Hast du eine Idee?«
Sie erriet genau, daß er eine Idee hatte, aber nicht, was für eine, und wie immer, wenn er dieses Phänomen feststellte, schmeichelte es seiner Eitelkeit.
»Warum sollten wir nicht nach Deutschland fahren?«
»Ich mach gern mit«, antwortete Julia sofort. »Mir ist es wurscht: ob hier oder dort.«
»Es gibt eine interessante Rundreise für Touristen«, sagte er und zog ein Stück Papier aus der Tasche. »Acht Tage in einem luxuriösen Reisebus und gar nicht teuer. Wäre dir das recht?«
»Ich sage dir doch: mir ist es wurscht. Wenn's in meiner Preislage ist, leisten wir uns das.«
»Ich bin sehr froh«, sagte Valentin. »Es ist also abgemacht?«
»Ja, Schatz.«
»Obwohl«, sagte Valentin, »ich ja nicht dran glaube, daß wir hinkommen. Es wird vorher bestimmt Krieg geben.«
»Aber nein, du Dummkopf. Ich sage dir doch, daß es keinen Krieg gibt. Warum kommst du immer auf solche dummen Gedanken?«
Diese Einschränkung war Valentin nur so rausgerutscht, er enthielt sich neuerdings jeglicher Anspielung auf dieses Thema, gleichgültig, gegenüber wem. Er machte sich dadurch nur noch beliebter.
Auf dem Rücken liegend, versuchte er jetzt herauszufinden, welcher Unterschied darin besteht, mit geschlossenen Augen an nichts zu denken und traumlos zu schlafen. Wie gewöhnlich hat diese Anstrengung zur Folge, daß er alsbald wach wird, neun Stunden später, und den ganzen

Morgen steht er im Laden und fegt, wienert, schrubbt und verkauft manchmal sogar. Vorwiegend am Nachmittag kann er sich, den Kopf frei von den Bildern, die das Alltagsleben darin herumliegen läßt, darauf konzentrieren, dem Gang der Zeiger zu folgen. Valentin, den Blick fest auf die staubige Uhr gerichtet, fühlt sich nicht leer. Wortgarben zischen aufplatzend über eine Heide automatischer Gebärden oder verwaschener Gegenstände, und das ergibt keine Wüste. Der Tonfall, in dem Balustre heute morgen zu ihm gesagt hatte, »ich hab Novémail für Ihre Silberrahmen«, bewirkt, daß dieser Satz sich mit der wahnwitzigen Unerbittlichkeit der Holländerinnen, die für Kakao Reklame machen, pausenlos in seinem Innern wiederholt. Und Valentin fängt an, diese Echolalie zu beobachten, welche soeben, er weiß nicht warum, von einer ernsten, unpersönlichen Stimme verjagt wird, die gebieterisch »Gummi, Gummi, Gummi« verlangt und sich zwischen zwei Reihen völlig gleichausschauender Balustres entfernt, um in der Ferne mit dem schlaffen Geräusch eines Stückes Leinwand, das in einen leeren Eimer fällt, zu verschwinden. Doch die Stimmen werden mitsamt ihren Schatten aufgesogen und die Balustres verblassen mitsamt den Ansichten von Paris oder den Zeitungsphotos, die nun überlagert werden von gleichgültigen, aber unbekannten Landschaften in bleifarbener Beleuchtung: Wälder in hellen Nächten oder Meere vor dem Sturm. Valentin bemerkt, daß es dort nie regnet. *Im Augenblick selbst* bemerkt er nichts. Er starrt auf einen Zweig, einen Kieselstein, aber er verliert die Zeit aus den Augen. Die Zeit hat den Zeiger zehn Minuten weitergestoßen, ohne daß Valentin sie dabei ertappt hätte. Und seit dem Zweig, seit dem Kieselstein ist *nichts* passiert. Und das eine Mal findet er wieder zu sich, an die Uhr gebannt, das andere Mal läßt er vernehmen, daß er sich wieder einmal

für das Opfer von Wahnideen und Wiederholungen hält.
Außer den Kunden, die kaufen und denen, die nicht kaufen, und diese zweite Kategorie nimmt von Tag zu Tag auf Kosten der ersteren zu, gibt es noch Handelsvertreter, Paketträger, Beamte verschiedener Verwaltungen und schließlich Bettler, eine Bezeichnung, unter der Valentin Nonnen, Almosensammler, Funktionäre diverser Organisationen, Bibel- und Bleistiftverkäufer, Teppichhändler und Vermittler arabischer Dienstmädchen versteht. Er kauft nichts, aber er will gern geben. Der Bibelverkäufer wird wütend, er kommt regelmäßig vorbei und es ist ihm noch nicht einmal gelungen, ein Evangelium an den Mann zu bringen. Er hat sogar das Angebot gemacht, es unter Vorbehalt zu verkaufen; er will es zurücknehmen, wenn Valentin nicht die Lösungen aller seiner Probleme darin findet. Aber Valentin will von nichts wissen, er hält ihm einen Franc hin; der andere schmollt und geht weg, ohne das Geld anzunehmen. Der Araber hat auf die oratorischen Zweikämpfe verzichtet; manchmal kommt er nicht herein und lächelt bloß noch, wenn er vorbeigeht. Die Bettler des Viertels hingegen kommen regelmäßig; sie sind vier an der Zahl und hüten sich wohl, die gute Kunde unter ihren Kollegen in der Rue Picpus oder der Place d'Aligre zu verbreiten. Ihr Lokalpatriotismus setzt Valentins Großzügigkeit Grenzen. Er weiß gar nicht so genau, daß er dem alten Pommier, Hat-nur-einen-Knochen und Timothée täglich von montags bis freitags einen Franc und samstags zwei Francs gibt, indes Miß Pantruche sich mit fünf Francs begnügen muß, die sie auf einen Schlag und zwar freitags gegen fünfzehn Uhr kassiert. Dafür kümmert sich Miß Pantruche um Valentins musikalische Ausbildung; da sie vierzig Jahre früher einmal hinreißend gesungen hat, kann sie ein Repertoire herun-

termeckern, dessen letzte Echos vermutlich am elften November neunzehnhundertachtzehn zerbröckelt sind. Valentin langweilt das gewaltig, aber er dachte bei sich, daß es wohl in allen Vierteln von Paris das gleiche sei; wenn man den Zeitungen Glauben schenken wollte, endeten Operettenkünstler immer so. Er hatte versucht, Miß Pantruche von der Gewöhnlichkeit ihres Falles zu überzeugen, aber er hatte es aufgegeben, als er merkte, daß er ihr Kummer bereitete.
Als Mittelding zwischen dem totalen Bettler und dem Verkäufer unnötiger Dinge gab es noch Hans-ohne-Kopf, den Valentin sehr gern mochte. Hans-ohne-Kopf, von menschenscheuer Veranlagung und leicht fremdenfeindlich, liebte neue Gesichter im Viertel nicht. Valentin kramladete schon seit über einem Jahr in der Rue de la Brèche-aux-Loups, ohne daß ihn Hans-ohne-Kopf mit seinem Besuch beehrt hatte. Jetzt erlaubte ihnen eine gegenseitige Sympathie, rückhaltlos miteinander zu sprechen.
So kam es, daß er, je weniger Kunden, um so weniger Muße hatte. Um sich also die notwendige Muße zu bewahren, beschloß er, sein morgendliches Aufstehen zu reformieren. Er erhob sich um fünf Uhr, öffnete um sieben Uhr seinen Laden und gewann so zwei Stunden, um in der Reinheit des Morgens oder im Nebel der Frühdämmerung die Zeit zu überwachen.

## 15

Hans-ohne-Kopf kam herein, mit Binsenbesen beladen. Er stellte sie sorgfältig auf die Ladentheke und streckte Valentin die Hand hin.
»Zigarette«, sagte er, ohne zu spezifizieren, ob es sich um einen Befehl oder eine Bitte handelte.

Valentin gab sie ihm und fügte eine Schachtel Streichhölzer hinzu.
Hans-ohne-Kopf stieß den ersten Rauchschwaden durch die Nase und schaute aufmerksam das brennende Ende an.
»Pra, pra, pra, pra, pra, pra«, machte er. »Pra, pra, pra, pra, pra, pra, pra.«
»Was hast du heute zu Mittag gegessen?« fragte Valentin.
»Urst«, antwortete Hans-ohne-Kopf. »Urst, pra, pra.«
»He, he«, machte Valentin, »da hast du ja gut gelebt.«
Hans-ohne-Kopf klopfte sich auf die Schenkel.
»Gelatzt«, sagte er und erstickte vor Lachen. »Gelatzt.«
Er hob einen Finger in die Luft, hob ein Bein und ließ einen Furz. Dann drückte er seine Zigarette zwischen zwei Fingern aus und kaute sie langsam.
»Du wirst gleich sehen«, sagte er und ließ etwas Tabaksbrühe auf seinen Pfeffer- und Salzbart fallen.
Er durchsuchte eine seiner Taschen und zog ein an beiden Enden abgeknabbertes Stück Blutwurst heraus.
»Urst!« sagte er. »Urst!«
Mit den auseinandergehaltenen Händen gab er eine Länge von ungefähr fünfundsiebzig Zentimetern an; durch eine halbe Drehung der einen, daß er sie geklaut hatte; mit dem Daumen, daß das Opfer ganz einfach Verterelle war, der Metzger drei Läden weiter oberhalb.
»Hast du Zeit gehabt, sie zwischen hier und dort zu essen?« fragte Valentin.
Der andere machte ein Zeichen: natürlich, selbstverständlich.
»Und keiner hat dich gesehen?«
Hans-ohne-Kopf zwinkerte mit einem Auge. Er nahm

einen seiner Besen, tat, als knabberte er am Stiel, dieweil er das übriggebliebene Stück Blutwurst gefräßig verschlang.
»Du bist ein alter Gauner«, sagte Valentin entzückt zu ihm. Genau das dachte auch Hans-ohne-Kopf, der nickt und sich setzt, fast satt.
»Meussieu Brü, wie gehts, Meussieu Brü, wie gehts, Meussieu Brü, wie gehts, wie geht, wie geht.«
»Es gelingt mir immer noch nicht, dem großen Zeiger länger als vier Minuten zu folgen«, sagte Valentin und zeigte mit dem Blick auf die Uhr von Poucier.
Der andere, der Bewegung der Augen folgend, sperrte Mund und Nase auf; aber er drehte sich lebhaft nach Valentin um, als dieser wieder das Wort ergriff:
»Nach vier Minuten ist mir entweder, als schliefe ich ein, ich weiß nicht mehr, was ich denke, und die Zeit vergeht, sich meiner Kontrolle entziehend, oder aber ich werde von Bildern überfallen, meine Aufmerksamkeit wird abgelenkt und wieder ist die Zeit verronnen, ohne daß ich sie zwischen meinen Fingern dahinfließen gespürt habe.«
Hans-ohne-Kopf nickte verständnisvoll mit dem Kopf.
»Pra, pra, pra, pra«, machte er, »pra, pra, pra, pra, pra, pra, pra, pra, pra.«
Nachdenklich wiederholte er diesen Satz sogar noch einmal.
»Ich überwache die Zeit«, sagte Valentin, »aber manchmal schlage ich sie tot. Und das will ich doch eigentlich nicht.«
Der andere hob die Arme in die Luft und läßt sie ermattet und mitleidend wieder sinken.
»Es sind vor allem die Bilder, die stören«, fuhr Valentin fort. »Sie kommen von überall. Es gibt Bilder darunter,

die ich überhaupt nicht kenne. Länder, in denen ich nie gewesen bin, Länder, die vielleicht gar nicht existieren.«

»Einsteigen«, sagte Hans-ohne-Kopf, »einsteigen, einsteigen.«

Er stand auf, lief mehrere Male um seinen Stuhl und spielte Zug. Dann brach er diese Tätigkeit plötzlich ab und setzte sich hin, um wieder zum schweigsamen Zuhörer zu werden. Gerührt durch dieses Zwischenspiel, das das tiefe Interesse seines Gesprächspartners an seinen Zeitversuchen bezeugte, fuhr Valentin fort:

»Da sind auch Laute, Geräusche, Worte, alles, was durchs Ohr eintritt. Es gibt welche, die kommen von sehr weit, wie von Radios, die auf der andern Seite eines Berges brüllen. Da sind ganze Sätze, die sich geradezu idiotisch immer wiederholen.«

Er hielt ein, er wollte keinen Bock schießen.

Hans-ohne-Kopf schüttelt den Kopf und steht auf.

»Zigarette«, sagt er.

Das hieß, daß er gehen wollte.

Er stieß einen Tabaksschwaden aus der Nase und hielt Valentin einen Besen hin.

»Kauf«, sagte er. »Kauf.«

Valentin nahm ihn und fragte:

»Hast du ihn gemacht?«

Der andere machte ein Zeichen, ja.

»Weit«, sagte er. »Weit.«

»Wieviel?« fragte Valentin.

»Zwanzig Francs.«

»Sag mal, das ist ja ein Besen für Milliardäre.«

»Zwanzig Francs.«

Valentin fragte sich, ob Julia erraten würde, daß er einem Schwachsinnigen einen Binsenbesen für zwanzig Francs

abgekauft hatte. Das war nicht sicher. Der Besen gehörte wohl nicht zu dem Bereich, den sie enträtselte.
Er gab Hans-ohne-Kopf, der keinen Unterschied zwischen zwanzig Francs, zwanzig Centimes und zwanzig Milliarden sah, die zwanzig Francs. Wenigstens einmal wollte Valentin nicht zum richtigen Preis kaufen. Die zwanzig Francs wurden würdig eingesteckt. Hans-ohne-Kopf entfernte sich, seine Besen auf der Schulter, um irgendwohin zu gehen.
Valentin betrachtete seinen Erwerb voller Rührung. Ein Köter, der vorbeikam und was fallen ließ, gab ihm die Möglichkeit, sein Gerät auf dem Stück Bürgersteig auszuprobieren, das er für das seine ansah und wegen dessen Sauberkeit er häufig mit den Angestellten der Stadt Paris, die beauftragt waren, für diese Sauberkeit aufzukommen, zusammenarbeitete. Das Ergebnis erwies sich als zufriedenstellend. Von der andern Seite der Straße aus, fünf Häuser weiter links, rief ihm Houssette von der Schwelle seiner Tür aus zu:
»Man müßte diesen dreckigen Viechern einen Stopfen reinstecken!«
Valentin verstand diesen Vorschlag nicht deutlich, dem er gewiß, wenn er seine Bedeutung erfaßt hätte, widersprochen haben würde, und gab ihm mit seinem Besen, den er fröhlich wie eine Fahne schwang, Antwort. Worüber Houssette, der wie übrigens auch die andern Geschäftsleute des Viertels Valentin gegenüber große Nachsicht an den Tag legte, lachen mußte.
Nachdem er seine Straßenarbeit erledigt hatte, ging Valentin in seinen Laden zurück und zog seinen Besen hinter sich her, wobei er sich etwas weitläufigen Überlegungen über die Identifizierung der Hunde des Viertels nach Farbe und Beschaffenheit des Fallengelassenen hingab. Er stellte seinen Neuerwerb in den Wandschrank hinter dem

Laden, setzte sich dann an die Kasse und die Augen auf die Poucier-Uhr gerichtet, lauerte er auf das Gehopse des großen Zeigers, das ihm ermöglicht, mit ihm zu starten, er zur Regungslosigkeit, der Zeiger zu seinem nächsten Ziel.
Wie immer ist die erste Minute die einfachste. Aber von der zweiten Minute an steht die Bedeutung von Houssettes Satz da. Was hat er eigentlich herübergerufen, der Lebensmittelhändler? Valentin hört darauf deutlich eine dünne Puppenstimme, die artikuliert: »Man müßte diesen dreckigen Viechern einen Stopfen reinstecken.« Arme Hunde. Wenn er Houssette das nächste Mal trifft, wird er zu ihm sagen: »Man sollte ihnen keinen Stopfen reinstekken, sondern ein Körbchen unter den Schwanz hängen.« Das ist hündischer und außerdem wird Houssette darüber lachen. Valentin folgt immer noch dem Gang des großen Zeigers, aber er spürt, daß er nicht weit kommen wird, erdrückt vom Gewicht der Worte und der Bilder. Aber als Houssette auftaucht, schwankend, wie er ihn am letzten vierzehnten Juli gesehen hat, begreift Valentin, warum Hans-ohne-Kopf ihm dieses Geschenk gemacht hat. Er weiß jetzt, daß es ein Geschenk war, die zwanzig Francs hat der andere nur aus Feingefühl verlangt.
Ohne die Uhr aus den Augen zu lassen, sieht er, wie er den Besen aus dem Wandschrank nimmt. Er kommt zurück und mit einem einzigen Streich fegt er Houssette hinweg. Er stößt ihn in die Gosse und die Flut trägt den lächelnden Lebensmittelhändler davon. Valentin fegt darauf die Häuser, dann die Bürgersteige, dann die Gossen selber. Er erreicht die vierte Minute, ist sich des Falls der Stunde deutlich bewußt. Ein Gendarm fährt auf dem Rad vorbei. Er fegt ihn hinweg. Ein anderer kommt zu Fuß vorbei. Er fegt ihn hinweg. Houssette kommt zwischen zwei Gendarmen wieder zurück. Warum muß der arme Houssette

zwischen zwei Gendarmen herumlaufen? Hinter ihnen taucht Houssette auf, zwischen zwei Gendarmen marschierend und dahinter wieder Houssette, von zwei Gendarmen eingerahmt. Valentin vergißt sie hinwegzufegen und schon haben sie sich vermehrt wie Ungeziefer. Dieser Fährte folgend, erblickt er eine Armee von Hans-ohne-Kopfs, die einen Hügel stürmen, den eine Armee Kopfloser verteidigt. Valentin fährt kräftig mit dem Besen dazwischen, aber zu spät, an den Besenreisern bleiben Bilderfetzen hängen, er fährt noch einmal dazwischen, jetzt ist es eine Bilderkloake. Er kommt nicht mehr davon los. Unter großen Anstrengungen, mit Methode und Muskelkraft, gelingt es ihm, die Wüste wieder herzustellen, aber nun stellt er fest, daß fünf Minuten vergangen sind, über die er keine Rechenschaft abgeben könnte.
Es glückt nicht immer beim ersten Anlauf. Er kennt jetzt die Theorie, es fehlt ihm noch eine gewisse Geschmeidigkeit in der Anwendung und vor allem mehr Geschwindigkeit, mehr Beharrlichkeit. Er muß sofort hinwegfegen. Eine zittrige Stimme singt ihm in den Nacken: »C'était la fauvette du«, er verfehlt sie nicht, er legt sie mit einem schnellen Streich flach, sie macht pschtt und aus ist es. So hätte er auch vorhin vorgehen sollen. Er steckt sich den Besen hinters Ohr und nimmt sich vor, es das nächste Mal besser zu machen.
Ein Gendarm kommt herein. Warum nicht zwei? Auf Anfrage des besagten antwortete Valentin Brü, daß er wirklich Valentin Brü ist. Man bringt Valentin Brü seinen neuen Mobilmachungsschein fürs Soldbuch. Der neue Mobilmachungsschein ist rosa, rosa in einem recht lustigen Farbton. Mit trüben Augen erfährt Valentin, daß er sich am zehnten Tag nach der Mobilmachung im zehnten Koloniallager in Nantes melden muß.
»Diesmal ist es soweit«, murmelt Valentin.

»Was ist so weit?« fragt der andere.
Die Betroffenheit des Händlers in Miniatur- und Photorahmen freut den Gendarmen.
»Der Krieg«, antwortet Valentin.
Der andere lacht.
»Er ist noch nicht soweit«, sagt der Gendarm.
»Auf jeden Fall ist er nicht mehr weit.«
»Ich bin nicht hierhergekommen, um mit Ihnen über Politik zu diskutieren.«
Der Gendarm wird auf den zukünftigen Landser wütend.
»Außerdem«, fügt er zänkisch hinzu, »haben Sie sich gar nicht zu beklagen. Sie rücken erst am zehnten Tag ein, dazu noch nach Nantes! Wissen Sie auch, daß es ältere gibt als Sie, die an die Maginotlinie kommen, und das schon am ersten Tag?«
Valentin wußte es genau. Er sucht einen Grund für diese Ungerechtigkeit, die ihn begünstigt.
»Vielleicht, weil ich den Feldzug gegen die Hain-Tenys Merinas mitgemacht habe«, legte er ihm nahe.
»Ist mir wurscht«, sagt der Gendarm. »Aber Sie müssen mir den andern zurückgeben.«
»Er ist oben. Ich wohne hier obendrüber.«
»Können Sie ihn nicht holen?«
»Aber ich hab niemand, der den Laden bewacht.«
»Ich warte auf Sie. Sie brauchen ja sicher nicht lange.«
Valentin schien die Lösung nicht zu schätzen. Ein Polizist im Laden, fand er, macht einen schlechten Eindruck. Und wenn er ihn in einen Kunden verwandelte?
»Brauchen Sie keinen Rahmen?« fragte er ihn.
»Es ist nicht der richtige Augenblick, Witze zu reißen«, sagte der Gendarm. »Gehen Sie mir den andern Schein holen, ich warte hier auf Sie.«
Valentin hatte das Soldatenleben vergessen. Daß ein

Mensch ihm so Befehle gab, fand er hinterfotzig. Wirklich, der Krieg nahte mit Riesenschritten.
»Ich gehe schon«, sagte er knapp.
Er ging die Treppe hinauf, betrat seine Wohnung, die Tür war offen, wie er sich dachte, aber es war niemand da, außer dem Ungeheuer, das in der Küche speicheldöste, das hieß, daß Julia, wie er vermutet hatte, ausgegangen war. Er fand mühelos sein Soldbuch, das sorgfältig unter einem Stapel Wäsche lag, und ging hinunter. Die Scheine wurden ausgetauscht.
»Das hätten wir also«, sagte der Gendarm geistvoll.
»Ist niemand während meiner Abwesenheit da gewesen?« fragte Valentin.
»Niemand.«
»Das Geschäft geht im Augenblick nicht sonderlich«, seufzte Valentin. »Bei all diesen Kriegsgerüchten.«
Der Gendarm grüßte schweigend und ging. Er begab sich darauf zu Houssette, und Valentin wartete geduldig, bis es sieben Uhr war, um dem Kolonialwarenhändler in aller Herzlichkeit den Vorschlag zu machen, im »Café zur Freundschaft« einen zu trinken.
»Haben Sie auch Ihren neuen Mobilmachungsschein bekommen«, fragte Valentin.
»Oh, das will nichts heißen«, antwortete der Kolonialwarenhändler.
»In welchem Sinne?«
»Daß es nicht unbedingt einen Krieg geben wird.«
»Natürlich nicht.«
»Wenn man so dächte, könnte man nicht mehr leben.«
»Gewiß«, sagte Valentin. »Ich kann mich nicht beklagen, ich komme nach Nantes.«
»Das will nichts heißen«, sagte der Kolonialwarenhändler. »Man kann Sie nachher woanders hinschicken.«
»Natürlich.«

»Und wenn es wirklich zu einem Krieg kommt, werden wir überall bombardiert werden. Sie werden schon sehen, was man in Paris alles einstecken wird.«
Er lachte optimistisch.
»Bleiben Sie in Paris?« fragte Valentin kühn.
»Machen Sie sich um mich keine Sorgen«, antwortete Houssette mit einer Zurückhaltung, die Valentin traurig machte.
»Na ja«, sagte Valentin, »da hat die Polizei wenigstens Arbeit.«
»Es war schönes Wetter heute, wie?« sagte Houssette.
Valentin war es nicht besonders aufgefallen. Im Monat Juni fand er es normal. Er antwortete aufs Geratewohl:
»Prachtvoll.«
Die Zeit, die vergeht, die ist weder schön noch häßlich, immer die gleiche Zeit. Vielleicht regnet es manchmal für Sekunden oder die Vier-Uhr-Sonne hält sich für ein paar Minuten zurück wie ein aufbäumendes Pferd. Die Vergangenheit bewahrt vielleicht nicht immer die schöne Ordnung, die die Uhren der Gegenwart aufprägen, und die Zukunft stürmt vielleicht in wüster Unordnung herbei, wobei jeder Augenblick sich vordrängt, um als erster in Scheiben geschnitten zu werden. Und vielleicht liegt in den zuckenden Bewegungen dessen, was sein wird und dessen, was gewesen ist, Zauber oder Entsetzen, Anmut oder Verworfenheit. Aber mit diesen Mutmaßungen hat Valentin sich nie abgegeben. Er wußte noch nicht genug darüber. Er wollte sich mit einer in verschieden lange, aber stets gleichartige Stücke geschnittenen Identität begnügen, ohne sie mit den Farben des Herbstes zu tönen, sie in den Regenschauern der Märze auszuwaschen oder sie mit der Unbeständigkeit der Wolken zu marmorieren.
»Ist Ihnen nicht wohl?« fragte Houssette.

»Mir? Aber doch.«

Sie betraten das »Café zur Freundschaft« und setzten sich, nachdem sie alle Welt begrüßt hatten. Sie bestellten zwei Pernod.

»Hat Sie der Gendarm so aus dem Häuschen gebracht? Mir haben sie den Mobilmachungsschein schon zum dritten Mal umgetauscht, aber deshalb hat es noch lange keinen Krieg gegeben.«

»Der Kruckuck geht solange zum Wasser, bis er Schwimmhäute kriegt«, entgegnete Valentin.

»Pah! Trinken Sie lieber einen, das wird Sie wieder auf die Beine bringen.«

Sie stießen an und Valentin schnitt eine Grimasse.

»Sie sind wirklich der erste Franzose, den ich beim Pernodtrinken das Gesicht verziehen sehe«, sagte Houssette.

»Das kommt von den sechsunddreißig Krankheiten, die ich mir in den Kolonien geholt habe«, sagte Valentin.

»Dann hätten Sie sich was andres bestellen sollen.«

»Ich wollte nur sehen, ob es mir immer noch schlecht bekommt.«

Houssette sah ihn ernst an.

»Sie sind ein komischer Kauz«, schloß er.

Das war keineswegs das, wonach auszusehen Valentin Lust hatte. Er war enttäuscht.

»Nicht komischer als jeder andere«, entgegnete er mit leichtem Aufbegehren.

»Oh, ich habe das nicht gesagt, um Sie zu ärgern.«

»Ich auch nicht, ich auch nicht.«

Sie nahmen wieder einen Schluck Gift.

»Und wie gehn die Geschäfte?« fragte Houssette.

»Schlecht. Immer schlechter. Ich weiß nicht, wie ich noch klarkommen soll.«

»Sagen Sie es nicht zu laut«, riet ihm Houssette. Er hatte

recht. Und sagte Julia nicht immer wieder zu ihm: vor allem rede nicht! rede nie!
»Na ja, man darf sich nicht allzu sehr beklagen«, schloß er mit zufriedenem Gesicht.
Jetzt mußte er natürlich und in jeder Hinsicht die gleiche Frage auch an Houssette stellen. Das verstand sich von selbst.
»Und bei Ihnen?« fragte er.
»Die Fressalien«, sagte Houssette verächtlich, »die Fressalien gehen immer. Wenn die Geschäfte blühen, frißt man, weil man zufrieden ist, und wenn sie nicht mehr gehen, frißt man, um sich zu trösten.«
»Glauben Sie, daß man ißt, wenn man traurig ist?« sagte Valentin.
»Und der Leichenschmaus nach einer Beerdigung?«
»Vielleicht sind die Leute da froh.«
Diese Antwort zog wieder den forschenden Blick Houssettes auf Valentin.
»Glauben Sie, alle Leute seien Schweinehunde?« sagte der Kolonialwarenhändler.
»Das bestimmt nicht.«
»Also?«
Valentin wußte nichts zu antworten.
Houssette betrachtete ihn unentwegt, ohne daß er versuchte, seine Neugierde zu verbergen, und Valentin fragte sich, warum er ihn vorhin zwischen zwei Gendarmen *gesehen* hatte. War das so eine Prophezeierei, wie Julia sie liebte, oder reine Einbildung, die nichts mit dem hier und jetzt anwesenden Houssette zu tun hatte?
So saßen sie einige Augenblicke da, ohne etwas zu sagen. Dieses Schweigen schien sie nicht zu stören.
»Und Ihre Frau?« sagte der Kolonialwarenhändler schließlich, »man sieht sie nicht oft.«
»Nein«, sagte Valentin, der sich darüber wunderte, in die

Lage eines Verhörten geraten zu sein, er, der den Leuten im Viertel und sogar Unbekannten so viele Vertraulichkeiten aus der Nase gezogen hatte.
Er sagte sich zwar die juliakische Maxime »rede nie« vor, aber er fand, ein Nein könne etwas grob aufgefaßt werden.
»Sie geht nie aus«, fügte er hinzu.
»Leidet sie an Agoraphobie?« fragte der Kolonialwarenhändler mit Präzision.
Valentin erinnerte sich nicht, dieses Wort in seinem kleinen Larousse gelesen zu haben. Seit Diego-Suarez hatte er sicherlich vieles vergessen. Wenn ihn die Zeit nicht so sehr in Anspruch nähme, könnte er wieder mit der Lektüre anfangen.
»Ein wenig«, antwortete Valentin.
»Man hat das nicht ein wenig«, entgegnete Houssette. »Man hat es oder man hat es nicht. Alle Ärzte werden Ihnen das sagen.«
»Ja«, sagte Valentin. »Aber sie ist ein Spezialfall.« Er findet das sehr geschickt erfunden, aber er hatte vielleicht doch etwas zu viel geredet.

## 16

»Und natürlich laden wir euch ein«, sagte Paul.
»Immer seid ihr es, die uns einladen«, sagte Valentin.
»Immer? Doch nur zweimal in einem Jahr«, bemerkte Julia. »Seit der Expo hat er bestimmt soviel verdient, daß er uns mal Kaviar spendieren kann.«
Vor dem Laden erwartete sie ein Delage mit so einer langen Haube. Einige Geschäftsleute aus dem Viertel hatten sich sogar herbeibemüht, um ihn aus der Nähe zu untersuchen. Kinder neben ihm träumten.

»Da setz ich mich nicht rein!« rief Julia.
Valentin hingegen konnte nicht schnell genug hineinsteigen.
»Man wird uns Steine nachschmeißen«, fuhr Julia fort.
»Kannst du einen solchen Apparat überhaupt fahren?«
Paul würdigt sie keiner Antwort und klemmt sich hinters Steuerrad. Valentin setzt sich dahinter. Julia bleibt nichts anderes übrig, als einzusteigen.
In erhabenem Schweigen fährt man an und Valentin grüßt Freunde und Bekannte, die stumm sind, mit der Hand.
Als der Wagen verschwunden war, gingen dic Leute schweigend heim.
Während der Fahrt öffnet Julia nicht den Schnabel, dieweil Paul dann und wann ein paar Worte nach hinten rief, wie: »Und deine Reise nach Deutschland? Das mußt du uns erzählen! Wie geht das Geschäft? Wo wollt ihr hinfahren?«, aber Valentin, ganz der Freude des passiven Automobilismus hingegeben, antwortete nur mit Undeutlichkeiten.
Chantal erwartete sie im Paltoquet, einem tollen Restaurant auf den Champs-Elysées. Sie hatte soviele Einkäufe zu machen gehabt, die arme Babbserin, daß sie ihren Mann nicht in jene fernen, abgelegenen Viertel des zwölften Arrondissements hatte begleiten können.
»Und Marinette?« fragte Julia.
»Wir haben sie in eine Pension gegeben, in Bouffémont.«
Das haut Julia nicht um.
»Immer noch so ein Luder?«
»Sie bessert sich«, sagte Paul um so ruhiger, als er spürte, daß Julia es ohne Überzeugung sagt. »Was trinkt ihr?« fragt er in die Runde.
»Ein Koktäl«, sagt Julia.
Die Bubragas reagieren nicht, verblüfft.

»Was möchtest du?« fragt Valentin amüsiert, der diese Vokabel nur aus den Rezepten in *Marie-Claire* kennt.
»Manhattan? Rose? Dray?« zählt der Serviettenschwenker auf.
»Dray«, antwortet Julia ohne zu zögern.
»Vier«, fügt Paul schnell hinzu.
»Keineswegs«, protestiert Valentin. »Ich will einen Fruchtsaft.«
»Pampelmuse? Ananas? Tomate?« fragte der Serviettenschwenker, der, weil er glaubt, er hat es mit einem Spaßvogel zu tun, andeutend, jedoch komplizenhaft lächelt.
»Was ist denn im Augenblick am meisten gefragt?« fragt Valentin.
»Ich glaube Pampelmuse«, antwortet der Serviettenschwenker, entzückt über einen so geistvollen Gast.
»Dann geben Sie mir Pampelmusensaft.«
Er sieht die Butragas an, die wiederum ihn ansehen.
Er betrachtet die Lappohren des Schwagers, die Beine der Schwägerin, dann wendet er sich an Julia:
»Na, weißt du, was ein Dray ist?«
»Glaubst du etwa, du kannst mich reinlegen?«
Unterdessen kommt der Oberkellner mit der Speisekarte und alles fängt wieder von vorne an.
»Für alle Kaviar?« schlägt Paul vor.
Julia zögert. Bietet er an, damit man ablehnt? Und wenn er sich nicht darüber ärgert, wenn man annimmt, soll sie sich dann so was aufschwatzen lassen, das sie vielleicht gar nicht mag? Heikle Frage. Bei jedem Vorschlag Pauls versucht sie so, den Schlaueren zu spielen. Valentin hingegen sieht aus, als schrecke er vor nichts zurück. Man könnte meinen, daß er seit acht Tagen nur an sein Menü denkt. Und das stimmt.
Er betrachtet neugierig die Drays und trinkt seinen Pampelmusensaft, wegen des Experiments. Für einen

Fruchtsaft findet er ihn nicht süß genug. Chantal sieht aus, als langweile sie sich. Julia hat keinen Schwung. Jeder der drei andern stellt es fest und fragt sich insgeheim, was wohl der Grund sein mag. Der plötzliche Reichtum des Schwagers ärgert sie offenbar nicht mehr. Die Atmosphäre der Familienmahlzeiten hat sich geändert und niemand weiß warum.

»Und deine Reise nach Deutschland?« fragt Paul Valentin. Zum Glück gibt es diese Reise nach Deutschland, über was sollte man sonst reden? Wieder über die Politik: Innenpolitik, und Paul teilt jetzt Julias Meinung über die Beamten, die Steuern, die Sozialversicherung und das übrige; Außenpolitik, und da kam man, vom Gamaschenknopf zum Knopfbündel, immer wieder zu den geheimen Gedanken Hitlers zurück, die zu kennen jeder sich rühmte, und zu den Gewehrkolben, deren Verkauf sich unabhängig vom Zuwachs an Optimismus der einen und an Pessimismus der andern täglich besser anließ.

»Acht Tage im Autobus«, sagte Valentin zurückhaltend. Er wirft einen zärtlichen und dankbaren Blick auf Julia, die ihm diese Reise geschenkt hat. Als er im Juni seine Bilanz machte, hat er festgestellt, daß er im ganzen Jahr minus dreitausendfünfhundertsiebenunddreißig Francs und fünfzig Centimes verdient hat. Mit diesem fehlenden Geld konnte er vernünftigerweise nicht mit Julia in Ferien fahren. Aber Julia hatte die Frage ganz einfach gelöst, zunächst einmal, indem sie finanzielle Möglichkeiten hervorzauberte, deren Ursprung (die Erbschaft Nanettes vielleicht) sie nicht näher angab und dann, indem sie auf die Reise verzichtete: sie wollte in diesem Sommer so wenig wegfahren wie in den Jahren vorher. Nachdem er sich hatte überzeugen lassen, war Valentin im deutschen Reisebüro gewesen, wo er mit Ach und

Krach noch die letzte Fahrkarte bekam, einen solchen Erfolg hatte diese Rundfahrt.

»Die andern Reisegäste hatten alle weiße Bärte«, sagte Valentin, »und einige hatten ihre Frauen dabei.«

»Offiziere a. D. natürlich«, sagte Paul.

»Richtig«, sagte Valentin, »und alle Bonapartisten. Ich wurde nach ganz hinten gesetzt und wir sind über Straßburg gefahren. Dann über den Rhein. Schöner Fluß.«

»Hattest du einen Paß?« sagte Paul.

»Natürlich«, sagte Valentin.

»Wie hattest du das fertiggebracht?« sagte Paul.

»Hältst du ihn für nen Armleuchter?« sagte Julia.

Paul antwortete nicht.

Valentin lächelt und fährt fort:

»Zuerst kamen wir nach Elchingen und Ulm. Der Feldzug von 1805. Da war ein Kerl, der alles erklärte. Die alten Knacker guckten immer auf ihre Landkarten. Ich hatte keine, bekam aber eine geliehen, doch nachher, als wir wegfuhren...«

»Seid ihr in Berchtesgaden gewesen?« sagt Paul.

»Nein? Wozu?«

»Unterbrich ihn nicht«, sagt Chantal. »Hat dir Deutschland gefallen?«

»S' gibt alte Städte. Jena, Weimar. Aber vorher sind wir nach Eckmühl gekommen. Feldzug von 1809. Waren alles Siege gegen die Österreicher, daran möchte ich euch noch einmal erinnern.«

»Österreicher, Deutsche, ist doch jetzt alles dasselbe«, sagte Paul.

»Die Fahrt geht nicht über Austerlitz, weil das in der Tschechoslowakei liegt«, sagte Valentin.

»Wie dachten sie über das Sudetenland?« sagte Paul.

»Mit den Boches haben wir nicht geredet. Die alten

Knacker waren verdammt patriotisch und ich, weißt du, ich kann nicht deutsch.«

»Ist ja eine komische Idee von den Deutschen, daß sie eine solche Reise organisieren«, sagte Paul.

»Zur Völkerverständigung, sagen sie. Aber das hat überhaupt keine Verständigung gebracht. Du wirst gleich sehen.«

»Er kann nicht in Ruhe erzählen«, sagte Chantal.

»Man ißt verdammt gut hier«, bemerkte Julia nebenbei, deren Wohlwollen Paul sprachlos macht.

»Ja, ist nicht schlecht hier«, gibt er zu.

Er kann nicht umhin hinzuzufügen:

»Eines der besten Restaurants von Paris.«

»Wundert mich nicht«, sagt Julia, deren Freundlichkeit keine Grenzen kennt.

Paul verschlägt es fast den Appetit.

»Drüben ißt man schlecht«, sagt Valentin.

»Mensch«, sagt Paul, »man kann nicht gleichzeitig Butter und Kanonen haben. Hat Göring gesagt. Oder Goebbels.«

»Na, siehst du«, sagt Julia zu Paul, »wenn du zu viele Gewehrkolben verkaufen würdest, bekämen wir hier wie die Schweine zu fressen.«

»Nichts besagt, daß Valentin dort mit Kanonenhändlern gespeist hat«, erwiderte Paul.

»Ich glaube nicht«, sagt Valentin. »Außer in Regensburg vielleicht, wo es gut war und wo ich mit den Deutschen am gleichen Tisch saß. Nach Regensburg sind wir nach Bayreuth raufgefahren, wo man Musik macht und wir sind das Saaletal entlanggefahren, wie die Armee Napoleons. In Jena wurde uns das Haus eines deutschen Philosophen gezeigt, der ihn am Tag der Schlacht die Weltseele genannt hat.«

»Wen nannte er so?« fragte man.

»Napoleon.«
»Napoleon war schon jemand, – muß man zugeben«, sagte Paul.
»Man muß schon saublöd sein, einen solchen Zirkus zu machen, bloß um in Sankt Helena zu sterben«, sagte Julia.
Am nächsten Tag hatte man ihnen das Schlachtfeld gezeigt, wo Napoleon am 14. Oktober 1806 die preußische Armee vernichtet hatte. Dann wurden sie nach Auerstädt gefahren, wo Davout am gleichen Tag einen Parallelsieg errungen hatte. Und am Abend hatten sie in Weimar geschlafen. Am nächsten Tag Besuch von Goethes Haus.
»Ach ja, Goethe«, sagte Paul.
»Wer war denn das?« sagte Julia. »Du hast es mir schon einmal gesagt, aber ich vergesse es jedesmal.«
»Der Autor von *Faust, Werther* und *Mireille*.«
»Er hatte Talent«, sagte Paul.
»Scheint, daß er von Poesie allerhand verstand«, sagte Valentin. »Er sammelte auch Steine und Antiquitäten, er hat sein ganzes Haus damit gefüllt. Es wurde uns auch erzählt, daß er Napoleon bewundert und, als die Preußen geschlagen waren, erklärt hat, daß man sich beugen und sich mit den Franzosen gut halten müsse, weil sie die Schlaueren und die Stärkeren seien. Denn die Preußen hatten in Jena eine ganz schöne Schlappe erlitten, monumentale Sache. Das Königreich Preußen hatte sich in Wurstbrühe verwandelt und die dachten nur noch daran, sich an die Franzosen ranzuschmeißen.«
»Wieder mal typisch für den deutschen Charakter«, sagte Paul.
»Allerdings gabs trotzdem noch Preußen, die von den Franzosen nichts wissen wollten und die sich darauf vorbereiteten, über sie herzufallen. Goethe konnte sie nicht

riechen, diese Burschen. War übrigens ein persönlicher Freund von Napoleon, der ihm die Ehrenlegion verliehen hat.«

Paul wurde rot. Er würde sie bei der nächsten Verleihung bekommen.

»Der Kerl von Jena konnte sie auch nicht ausstehen, die Preußen, die sich fuchsten. 1813, als sie dann anfingen, aufzumucken, sagte er, der Kerl von Jena, die Deutschen würden lieber sechs Franzosen beherbergen als ein russisches Schwein und lieber drei Russen als einen deutschen Freiwilligen.«

»Warum haben sie euch das alles erzählt?« sagte Julie in dämmerhaft-gesundem Menschenverstand.

»Sicher wegen der deutsch-französischen Verständigung«, sagte Valentin. »Aber die alten Knacker fielen nicht drauf rein. Die hohnlachten nur und sagten unter sich, daß den Deutschen ihre Schriftsteller und Philosophen keine Männer wären und daß es in Frankreich nie solche Wichte gegeben hätte, nicht einmal zur Zeit des Hundertjährigen Krieges.«

»Damals hat es Cauchon gegeben«, sagte Chantal.

»Auf jeden Fall«, sagte Valentin, »haben sich die Deutschen geärgert und danach bekamen wir mit Ausnahme von Lützen nur noch Niederlagen zu sehen. Wir sind sogar durch Roßbach gefahren.«

»Was ist denn dort losgewesen?« sagte Paul.

»Die Franzosen wurden dort 1757 feste aufs Haupt geschlagen.«

»1757! Dann hätte es eigentlich nicht im Programm sein dürfen.«

»Es war ganz einfach eine komplette Schweinerei«, sagte Valentin. »Und aufgehört haben wir mit Leipzig, wo sie uns das Völkerschlachtdenkmal gezeigt haben. Diese Schlacht war vom 16. bis zum 19. Oktober 1813. Danach sind die Franzosen nie wieder über das rechte Rheinufer gekommen. Die alten Knacker heulten vor Wut.«

»Wenn es auf dem Programm gestanden hat«, sagte Julie in immer haarsträubenderem gesunden Menschenverstand, »dann brauchten sie sich ja nicht zu beklagen.«

»Die hofften immer noch, daß die Sachsen nicht das Lager wechselten und Napoleon schließlich doch noch den Sieg davontrüge.«

»Die reinsten Kinder«, sagte Julia.

»Na ja«, sagte Paul, »is ja alles sehr lehrreich.«

»Nicht so sehr«, sagte Valentin.

»Ja, warum hast du dann die Reise gemacht?« sagte Chantal.

»Bin ich euch auf den Wecker gegangen«, sagte Valentin, »mit meiner Reise?«

»Du hast uns mehr darüber erzählt als über Madagaskar«, sagte Chantal.

»In Madagaskar«, sagte Valentin plötzlich, »verpflanzt man die Toten.«

»Was?« fragten die drei andern.

»Man beerdigt sie«, sagte Valentin, »und nach einer gewissen Zeit holt man sie wieder raus und begräbt sie sonstwo.«

»Diese Wilden«, sagte Julia.

»Wie in der Geschichte«, sagte Valentin. »Siege und Niederlagen finden nie dort ihr Ende, wo sie sich zugetragen haben. Man gräbt sie nach einer gewissen Zeit wieder aus, damit sie sonstwo verfaulen.«

»Es ist ein Unglück, daß er nicht viel zur Schule gegangen ist«, sage Julia. »Er hätte in der Zeitung schreiben können.«

»Du hast ja nicht gewollt, daß ich versuche, das Abitur zu machen«, sagte Valentin.

»Du hättest nur deine Zeit verplempert«, sagte Julia.

»Jetzt bist du Rahmenhändler, bleib Rahmenhändler und verzapf dann und wann dummes Zeug, wenn du Lust dazu hast. Aber nicht allzu oft«, fügte sie hinzu.
»Ich finde euch beide verändert«, sagte Paul.
»Das stimmt«, sagte Chantal.
»Ihr auch«, sagte Julia.
Schweigend betrachteten sie sich alle vier, während der Oberkellner die Ente mit Chirurgengebärde zerlegte.
»Wenn Paul die Ehrenlegion hat«, sagte Julia, »sieht man sogar nicht mehr, daß er große Ohren hat.«
»Hast du das erraten?« fragte Paul errötend.
»Siehst du«, sagte Chantal zu Julia, »früher hättest du dich an die Kellner gewandt und hinzugefügt: nicht wahr, meine Herren?«
»Was willst du, man wird eben alt. Stimmts nicht?« fragte sie den Kellermeister, der ihr ein Schlückchen edles Naß mit bischöflicher Gebärde einschenkte.
»Oh, Madame!« antwortete dieser Mann.
»Ist das alles, was Sie zu sagen wissen?«
»Laß ihn doch«, sagte Chantal.
»Ich tu ihm ja nichts«, sagte Julia. »Ich hab nur festgestellt, daß er nicht sehr gesprächig ist.«
»Sag mal, Valentin«, fuhr Paul fort, der, abergläubisch, nicht wollte, daß wieder auf »seine« Ehrenlegion angespielt werde, »sag mal, was wolltest du vorhin mit deinen makabren Geschichten sagen?«
»Muß euch gestehen«, sagte Valentin, »manchmal spreche ich, ohne zu überlegen.«
»Bist du vielleicht zufällig ein Prophet?« fragte Paul.
»Ich hoffe doch sehr, du nimmst Valentin nicht auf den Arm«, sagte Chantal empört.
»Aber nein, ich meine das ganz ernst und um so ernster, als ich nicht an Propheten glaube.«
»Ich auch nicht«, sagte Valentin.

»Aber vorhin«, fragte Paul wieder, »wolltest du da nicht einiges zu verstehen geben, über die Zukunft?«
»Ich habe nicht ganz verstanden«, sagte Valentin.
»Worauf wolltest du eigentlich hinaus, mit Jena? Daß es Krieg geben wird und wir dann geschlagen werden?«
Als sie diese Worte hören, bleiben die Paslacks und die Serviettenschwenker, die um Meussieu Butagras Tisch herumschwirrten, entsetzt stehen.
»Wir sprechen von einem Film«, sagt Paul mit ausdruckslosem Lächeln ins Leere.
Die wieder aufgeheiterten Bediensteten stürzen sich von neuem in ihre Tätigkeiten.
»Ja«, sagte Paul zu Valentin. »Worauf willst du also hinaus? Was beweist das denn? Und siebzig? Und vierzehnachtzehn? Was machst du damit?«
»Du bist ein Haarspalter«, sagte Chantal.
»Er verliert die Nerven«, sagte Julia.
»Ein Gewehrkolbenhändler hat schließlich das Recht, die Nerven zu verlieren, wenn man seine Brötchen in Frage stellt«, sagte Paul.
Er richtete seinen Zeigefinger auf Valentin:
»Willst du etwa zu verstehen geben, daß meine Kolben nichts taugen?«
»Du hast mir ja nie einen geschenkt.«
Darauf wußte Paul nichts zu antworten.
»Mensch«, sagte Valentin, »das wäre eine Idee. Ein Medaillon in einen richtigen Gewehrkolben eingefügt. Ein hübsches Rähmchen für Soldatenphotos, findet ihr nicht?«
»Damit wirst du bestimmt kein Geld machen«, sagte Julia. Valentin lachte gutmütig, während Paul nachdenklich seine Ente zu Ende aß.

## 17

Nach München wurde der Verkauf von Rahmen immer unsicherer; er zog erst zu Weihnachten wieder an. Manchmal vergingen ganze Tage, ohne daß Valentin einen Kunden sah, und die Leute aus dem Viertel, die ihm keine neuen Geschichten mehr zu erzählen hatten, da sie jetzt an der großen teilnahmen, kamen nur noch selten, um ihm die immer kleiner werdenden Einzelheiten eines Lebens anzuvertrauen, das von den Schlagzeilen der Zeitungen zerhackt wurde. Außerdem hatte die Deutschland-Reise des Rahmers seine Nachbarschaft einigermaßen beunruhigt. Man erging sich in Mutmaßungen über die wahren Gründe einer solchen Exkursion und man hatte sogar das Wort Spion ausgesprochen. Das Geheimnis schien um so größer, als die Antworten Valentins auf die verschiedenen Verhöre die Verhörenden noch ratloser machten. Schließlich wußte man, obgleich Valentin viel Vorsicht walten ließ, daß er den Krieg als unvermeidlich ansah, und der sich dahinschleppende Friede hatte für manche das Interesse an seinen doch nur vagen Worten verringert; und manche unter diesen manchen meinten sogar, daß Valentin diese Meinung bewußt provozierte. Ohne die treue Freundschaft so ehrbarer Geschäftsleute wie Houssette, Virole, Crampon und Poucier hätte er sogar eine Feindseligkeit um sich herum gerinnen sehen können, die sein geschäftlicher Mißerfolg allein nicht abzubauen vermocht hätte. Die Hellseherin aus der Rue Taine hingegen, die ihrer ganzen Kundschaft den Frieden angekündigt hatte, hatte ihr Prestige derart gefestigt, daß Damen aus dem vornehmen sechzehnten Arrondissement die Reise nach Reuilly unternahmen, nur um sie zu konsultieren.

Nach dem Neujahrstag hörte der Verkauf der Rahmen

wieder völlig auf. Der erste Besucher erschien erst am fünften Januar. Hans-ohne-Kopf setzte sich und sagte: »Zigarette.«

Und Valentin gab ihm eine. Was ihn jetzt an der Existenz von Hans-ohne-Kopf entzückte, war die Tatsache, daß man ihn in den Tagen von München einberufen hatte. Hans-ohne-Kopf rückte ein, wie jeder andere auch, und er kam sogar zurück. Sein Aufenthalt bei der Armee schien idyllisch gewesen zu sein und man konnte aus seinen Worten schließen, daß er acht Tage lang nicht mehr nüchtern geworden war. Valentin hatte ihn jetzt im Verdacht, Komödie zu spielen oder besser, er sah sich selber als Geschäftsmann aus dem Viertel, der ihn, Valentin, über seine Reise nach Deutschland interviewte, wenn er Hans-ohne-Kopf über seine Tätigkeit als Reservist ausfragte.

»Prost Neujahr, und viel Glück im neuen«, sagte er zu ihm. Hans-ohne-Kopf schlug sich auf den Schenkel wie jemand, dem man einen saftigen Witz erzählt.

»Das stimmt schon«, sagte Valentin. »Dieses Jahr kommen wir nicht dran vorbei.«

Hans-ohne-Kopf, der genug vom Rauchen hatte, richtete sein Begehr sofort auf den Akt des Essens und da ihm nur Tabak zur Verfügung stand, machte er sich daran, ihn zu verschlingen.

Valentin sah ihm zu und bemerkte, daß er jetzt nur noch ganz kleine Kippen kaute.

»Rauchen ist doch besser, wie?« sagte er zu ihm.

Hans-ohne-Kopf war das gar nicht aufgefallen.

»Prost Neujahr«, sagte er. »Prost Neujahr. Prost Neujahr. Pra, pra, pra, pra, pra, pra, pra. Prost Neujahr.«

Valentin tat wie er und schlug sich lachend auf die Schenkel.

»Prost Neujahr«, fuhr Hans-ohne-Kopf fort und mit ge-

krümmtem Zeigefinger fügte er hinzu: tack tack tack tack, tack tack tack tack. »Bumm! Bumm!« brüllte er dann mit solcher Lautstärke, daß er sich selber Angst einjagte und sich hinter seinem Stuhl versteckte.
»Das wird lustig«, seufzte Valentin.
Hans-ohne-Kopf, in seinem Versteck, zitterte stumm, wie ein Hund.
»Und dann?« sagte Valentin.
Der andere stand langsam wieder auf und trat, die Handgelenke zusammengefügt, mit dem Gang eines Wolgaschiffers vor. Er blieb vor der Kasse stehen, hinter der Valentin saß und legte seine Hände auf die altmodische Kupferplatte, die zur Zeit Chignoles noch goldene Francstücke gekannt hatte und murmelte:
»Hunger! Hunger!«
Valentin schüttelte den Kopf.
»Wirst du das alles auch den andern Geschäftsleuten im Viertel erzählen?«
Hans-ohne-Kopf lächelte schlau und begann mit spitzer Stimme und in Windeseile zu rezitieren:

Die Grille, die sommerlang immer sang...
Sie schrie: oh, wie hungrig bin ich...
Bei der Ameise Nachbarin...
Schön, fangt jetzt zu tanzen an...

»Hast du nicht ein paar Zeilen übersprungen?« sagte Valentin.
»Bumm! Bumm!« machte Hans-ohne-Kopf wieder energisch und lief zitternd weg, um sich hinter einen Stuhl zu kauern.
»Ich hab heute nacht wieder Alpträume gehabt«, sagte Valentin. »Da war eine Art Heidelandschaft, ich ging auf ein in dichtem Gestrüpp liegendes Dorf zu und das Dorf stank. Man roch es schon von weitem. Als ich dort ankam, fand ich nur verlassene Baracken vor, und die Stra-

ßen waren mit Tierkadavern gepflastert. Ich hab solches Zeug schon ein paar Mal geträumt.«
Immer noch zusammengekauert, weinte Hans-ohne-Kopf still vor sich hin.
»Setz dich doch«, sagte Valentin.
Mit einer Gebärde bedeutete der andere, daß er es vorziehe, so hockenzubleiben.
»Dank deines Besens«, fuhr Valentin fort, »ist es mir gelungen, der Zeit, nichts als der Zeit, sieben Minuten lang zu folgen. Aber jetzt weiß ich, daß ich ihr nicht folgen darf, sondern daß ich sie totschlagen muß. Wenn ich, nach soviel Aufmerksamkeit, mir selbst entweiche und mich etwas später an der gleichen Stelle wiederfinde, von der ich ausgegangen bin, ohne mich doch von der Stelle zu rühren, ist das nicht dasselbe, wie wenn man traumlos schliefe?«
Hans-ohne-Kopf blieb stumm.
Ein Gendarm kam herein.
Er grüßte den Inhaber sehr höflich und informierte ihn über seine Mission: er kam, um den Mobilmachungsschein von Brü, Valentin, umzutauschen. Nachdem er sein Begehr vorgebracht hatte, das um so legitimer war, als es nicht von einer subjektiven Laune abhing, sondern von der Obrigkeit staatlicher Verteidigungspläne, bemerkte der Gendarm, als er einen zerstreuten Blick um sich warf, Hans-ohne-Kopf, der hinter seinem Stuhl alle Anzeichen abscheulichsten Schisses zu erkennen gab. Ziemlich überrascht, obgleich er schon ganz andere Sachen gesehen hatte, wollte der Gendarm vielleicht gerade eine methodische Untersuchung anstellen, als er sich gefragt werden hörte, ob er den alten wieder an sich zu nehmen wünsche. Und ob, natürlich wünschte er den alten wieder an sich zu nehmen, dies sei sogar der wichtigste Teil seiner Mission! Er zog aus seiner Jagdtasche den neuen Schein. Valentin erfuhr somit, daß er sich am elften

Tag nach der Mobilmachung beim zehnten Kolonialdepot in Nantes stellen mußte. Er gewann einen Tag, aber warum?
Ohne den Gendarmen absichtlich ärgern zu wollen, sagte er zu ihm: »Viel ändert sich nicht für mich.«
»Was glauben Sie, was mir daran liegt?« antwortete der Gendarm fröhlich.
Die hinter dem Stuhl versteckte Person trübte indes die reine Freude, mit der der Uniformierte seine Funktion erfüllte. Valentin bemerkte es.
»Stillgestanden!« schrie er.
Hans-ohne-Kopf schoß mit einem Satz hoch und gehorchte großartig, übrigens gleichzeitig mit dem Gendarmen.
»Rechtsum! Vorwärts Marsch! Eins zwei drei vier, eins zwei drei vier! Öffnet die Tür! Eins zwei drei vier! Eins zwei drei vier!«
Und Hans-ohne-Kopf ging, unter Vorantritt des Gendarmen, im Gleichschritt aus dem Laden.
Valentin sah zu, wie sie sich entfernten. Er wird wiederkommen, dachte er und hatte dabei den Gendarmen im Sinn. Er zog die Klinke aus der Ladentür und ging hinauf, um sein Soldbuch zu holen.
Die Wohnung war wie gewöhnlich oder, besser gesagt, wie in den seltenen Fällen, in denen er Nachschau gehalten hatte, leer. Er unterließ es, in die Küche zu gehen und einen Blick auf die Schläfrigkeit des Küchenungeheuers zu werfen und wollte ins Schlafzimmer, um im Schrank unter dem Stoß Bettlaken zu wühlen, als er plötzlich aufs Parkett flog. Er war gegen etwas Weiches gestoßen
Es handelte sich um Julia.
Sie lag dort in ihrer ganzen Länge, mit dem Aussehen einer Toten.
Auch das noch, dachte Valentin und blieb da stehen. Dann

dachte er: mein ganzes Leben wird sich ändern und fast gleichzeitig: das ihre auch. Woraus er sehr schnell schloß: ich bin doch nicht ganz so egoistisch, weil ich an sie denke. Dann, noch schneller, fragte er sich, warum das Wort egoistisch so in seine Überlegungen geraten war. Darauf sprang er über den Körper Julias und lief die Treppe hinunter. Unten stieß er gegen den Gendarmen, der ein wütendes Gesicht machte.

»Meine Frau ist tot«, sagte er zu ihm, »ich hole schnell einen Arzt.«

Er läßt den Uniformierten stehen, der sich fragt, ob jemand das Recht habe, ins Gras zu beißen, während man ein Soldbuch umtauscht.

Valentin läuft. In Wirklichkeit läuft er nicht zu einem Arzt, denn er kennt keinen. Julia war nie kränklich und er selber strotzte vor Gesundheit. Valentin läuft zu Poucier, um ihn um Hilfe zu bitten. Poucier und seine Frau rennen hinter Valentin her, und bald folgen ihnen Houssette und die Blumenhändlerin. Der Gendarm geht ebenfalls nach oben, um sich den Vorrang zu sichern. Es gilt jetzt zwei Dahinscheidenden zu helfen, denn das Ungeheuer, aus seiner Küche kommend, bekommt einen epileptischen Anfall und verrät damit eine Krankheit, die es zu verbergen gewußt hatte.

Valentin sieht viele Leute um sich herum, ein Pandämonium aktiver, wirkender Personen. Ein Arzt kommt, Valentin weiß nicht wie. Angesteckt von dieser utilitaristischen Raserei tauscht Valentin seinen Mobilmachungsschein um, und der Gendarm geht befriedigt weg. Valentin aber schätzt sich glücklich, daß er seiner Aufgabe einigermaßen gewachsen war.

Dann kommt der Doktor zu ihm und bringt ihm schonend bei, daß diese Dame keineswegs tot sei.

»Kleiner Schlaganfall«, sagte er. »Wird wahrscheinlich

gelähmt bleiben. Was Ihren Dienstbolzen betrifft, die ist ne Epileptikerin. Müssen jemanden anderes nehmen, um Ihre Mutter zu pflegen, mein Sohn. Macht zwanzig Francs, aber keine Angst, ich werde wiederkommen.«

»Verfluchte Geschichte«, sagte Julia, die sich ein paar Tage später wieder äußern konnte. »Jetzt bist du ganz schön aufgeschmissen, mein armer Liebling.«

»Ist nicht so schlimm«, sagte Valentin.

»Scheiße, wie schlimm muß es bei dir denn noch kommen«, sagte Julia, »ich bin doch ziemlich übel auf den Kopf gefallen.«

»Glaub mir, das ist nicht so schlimm.«

»Und diese blöde Kuh leistet sich die fallende Krankheit. Du mußt sie rausschmeißen und sonst jemanden finden, der mich pflegt.«

»Kann man sie nicht beide behalten?« meint Valentin, den der Gedanke quält, das arme Ungeheuer rauszuschmeißen und der sich unfähig weiß, ihren Rauswurf zu bewerkstelligen.

»Und womit willst du sie bezahlen?«

Valentin guckt unter sich.

Julia sieht ihn an.

»Armer Schatz«, seufzt sie. »Paß auf, was du tun mußt: du wirst Zettel in dieser Größe schreiben, auf denen du ein Dienstmädchen suchst und hängst sie dann bei den Geschäftsleuten im Viertel aus.«

»Das ist eine Idee«, sagt Valentin.

Und er macht sich gleich an die Arbeit.

»Sollen wir hinschreiben, wieviel wir ihr bezahlen?«

»Du bist wohl verrückt?«

»Es wird schwerfallen, sie zu bezahlen«, sagt Valentin, dessen Geschäft weiterhin defizitär ist.

»Ich hab etwas Geld auf der hohen Kante«, sagt Julia. »Aber damit werden wir nicht lange auskommen.«

Valentin kratzt sich am Kopf.
»Man könnte ja was andres verkaufen als Rahmen, sagt er. »Wenn ich es besser anfange, gelingt es mir vielleicht.«
»Du hast einen zu kleinen Kopf«, sagt Julia zu ihm und streichelt ihm übers Haar.
Sie sieht ihn wieder in Soldatenkleidern. Aber er geht nicht mehr an ihrer Tür vorbei, sondern er sitzt mit baumelnden Beinen auf einem Lastwagen, neben anderen Soldaten. War es gestern oder wird es für später sein?
»Ich könnte mich wieder zum Barras melden«, meinte Valentin, »da bekäme ich eine Prämie. Ob ich nun sofort wieder Soldat werde oder in drei Monaten...«
»Du bist dumm«, sagt Julia.
Valentin insistiert nicht. Er hat noch andere Vorschläge zu machen.
»Vielleicht hat Paul bei seinen Arbeitern eine Arbeit für mich. Obgleich ich keine Lust habe, zur Wiederbewaffnung der Welt beizutragen«, fügt er schnell hinzu.
»Siehst du.«
»Vielleicht hat er ne gute Stelle für mich. Einen Druckposten?«
»Zähl nicht drauf. Er tut zwar so, als sei er gut Freund mit dir, aber er ist ein falscher Hund.«
»Glaubst du?«
»Er kann dich nicht riechen, seit du Chantal auf der Expo geknutscht hast.«
»Hat er mich gesehen?«
»Chantal hat es ihm natürlich erzählt.«
»Und du, woher weißt du es?«
»Sie hat's mir natürlich erzählt.«
Daß man so viel von ihm reden konnte! Valentin war darüber ganz gerührt. Er hatte eine Hoffnung.
»Habt ihr uns gesehen?«

»Wir haben euch erst gesehen, als wir uns wiedertrafen.«
Valentin kratzte sich am Kopf.
»Hast du es erraten?«
»Vielleicht nicht einmal.«
Julia lächelte:
»Und du, was errätst du?«
»Wegen was?« fragte er überrascht.
Sie gab keine Antwort.
»Ich werde meine Zettel verteilen«, sagte Valentin.
Es dauerte eine Weile, wegen all der Auskünfte, die er über die Krankheit seiner Frau geben mußte. Als er zurückkam, etwas ermüdet von der ewigen Wiederholung seiner Rede, sagte Julia sogleich zu ihm:
»Sag mal, du kannst mir einen Gefallen tun.«
»Selbstverständlich.«
»Nimm ein Stück Pappdeckel in der Größe und schreib schön leserlich drauf: ›Bin morgen wieder da‹. Das heftest du dann mit vier Reißbrettstiften im Anwesen Nr. 12 der Rue Taine an die Tür im zweiten Stockwerk links, hinteres Treppenhaus, fest.«
»Wird sofort ausgeführt.«
Er malte die Inschrift und während er sein Werk bewunderte, sagte er:
»So, ich gehe. Rue Taine, Hausnummer 12, hinteres Treppenhaus, zweites Stockwerk links?«
»Ja. Aber. Wart mal. Du wirst jetzt durch den Hof rausgehen, ganz hinten ist eine Tür, die zu einer Sackgasse führt, die zwischen dem Holzplatz und dem Kupferschmied endet. Vor dem Kupferschmied, rechts, ist ein Durchgang Dort siehst du eine blau gestrichene Tür. Die stößt du auf und bist dann im Hof der Rue Taine Hausnummer 12. Der Schlüssel liegt hier in der Schublade, ein neuer Schlüssel. Verlier ihn nicht.«

»Nur keine Angst. Aber was soll ich sagen, wenn mich jemand sieht, wie ich das Schild anhefte und mich fragt, was ich da treibe?«

»Du wirst niemandem begegnen.«

»Ist doch bewohnt, das Haus.«

»Wenn man es geschickt anfängt, begegnet man niemand.«

»Ich kann das bestimmt nicht.«

»Versuch es, du kannst schon.«

»Ja und wenn, was soll ich anworten?«

»Dann antworte eben: Scheiße. Wir leben doch in einer Republik, mein ich.«

»Nicht mehr lange«, sagte Valentin.

»Hast du das erraten?«

»Ich habe nichts erraten. Das steht doch jeden Tag in der Zeitung.«

»Kannst du lesen, was den Leuten auf dem Gesicht geschrieben steht?«

Valentin gab keine Antwort.

»Das ist doch nicht schwer«, sagte Julia.

»Ich kann lesen, was nicht auf dem Zifferblatt der Zeit steht.«

»Das wird dir nichts nützen«, sagte Julia.

»Eines Tages«, sagte Valentin, »habe ich Virole zwischen zwei Gendarmen gesehen. Nein, es war Houssette. Ja, Houssette, nicht Virole. Auf jeden Fall ist das nie eingetreten.«

»Hinter der alten Virole steht der Tod«, sagte Julia.

»Hast du es ihr gesagt?«

»Sie ist gewarnt.«

»Ich würde mich nicht in das Leben der Leute einmischen«, sagte Valentin.

»Tu, was du willst.«

»Was willst du damit sagen?«

»Madame Saphir verdient Tausende und Hunderte. Du wirst an ihre Stelle treten, bis es ihr besser geht.«

»Aber ich glaube doch gar nicht an Wahrsagerinnen«, rief Valentin. »Und außerdem, glaub mir, ich hab keine Begabung dafür.«

»Du wirst irgend etwas sagen.«

»Aber die Leute kommen doch zu Madame Saphir. Sie werden nicht zu mir kommen.«

»Sie werden Madame Saphir sehen.«

»Du willst doch wohl nicht, daß ich mich als Weib verkleide?«

»Du wirst nicht verkleidet sein. Du wirst sehr hübsch aussehen.«

»Aber meine Stimme, meine Größe...«

»Du wirst dir einen Schleier vors Gesicht machen. Ich hab einen sehr schönen mit den Tierkreiszeichen. Du wirst dich auf einen Stuhl klemmen und deine Stimme so verändern, daß sie keinerlei Ähnlichkeit mehr hat.«

»Bei den neuen Kunden weiß ich nicht, ob es ginge. Aber die alten werden bestimmt Verdacht schöpfen.«

»Mach dir keine Sorgen«, sagte Julia, »wenn die Leute einmal entschlossen sind, zu marschieren, kann sie nichts mehr aufhalten. Es ist schon keine Dummheit mehr, es ist der reine Wahn.«

## 18

An der Tür ein Schild: *MADAME SAPHIR, Vergangenheit, Gegenwart, Zukunft. Bitte eintreten, falls die Tür nicht verschlossen ist. Man nehme auf dem Tisch eine magische Nummer und warte, bis man durch die Anzahl der Klingelzeichen, die der besagten Nummer entsprechen, aufgerufen wird. Humane Tarife.* Valentin reißbrettstiftete seinen Pappdekkel drüber, wobei er gleichzeitig die Klarheit der Anweisungen bewunderte und sich wunderte, daß Julia imstande gewesen war, sie aufzusetzen. Er wunderte sich außerdem, daß er sich noch wunderte.

Er ging wieder die Treppe hinunter, ohne jemandem begegnet zu sein, wie Julia es ihm vorausgesagt hatte, ging durch den Hof vom Haus Rue Taine Nummer 12 durch den Durchgang, durch den langen Schlauch, der am Holzplatz entlangführte, und schloß wieder ab.

Nachdem er so die Geheimnisse von Paris gekostet hatte, stand er wieder vor seinem Haus. Doch bevor er hinaufstieg, um Rechenschaft abzulegen über den Erfolg seiner Mission, beschloß er, sich einen zu genehmigen. Diesmal trat er ganz einfach durch den Korridor auf die Straße.

Er sah einen Menschenauflauf um einen Lieferwagen herum, der vor dem Anwesen Virole parkte und abfuhr, sobald er sich zu den Neugierigen gesellt hatte.

»Als ob man in den Zeiten, die wir durchmachen, nichts anderes zu tun hätte«, sagte jemand.

Valentin erblickte Houssette.

»Was ist denn los?«

»Virole hat seine Frau umgebracht«, sagte Houssette.

»Na ja«, sagte Valentin.

Sie gingen automatisch ins »Café zur Freundschaft«. Valentin fragte sich, wie er hätte wissen sollen, daß »Houssette zwischen zwei Gendarmen« bedeutete »Virole in einem Polizeiauto«. Er fragte sich auch, ob Madame Saphir, wenn Julia nicht gelähmt worden wäre, Madame Virole ihr Schicksal hätte ersparen können oder es ihr angekündigt hätte. Und schließlich fragte er sich – er hatte noch nicht daran gedacht – ob Madame Saphir die Krankheit, die ihre Laufbahn jäh unterbrach, vorausgesehen hatte.

»Na«, sagte Houssette, als er sich setzte, »der König von England wird uns einen Besuch abstatten.«
»Das ist ein Kriegszeichen«, murmelte Valentin. Aber sie wurden von der Flut der allgemeinen Unterhaltung mitgerissen. Wie war das bloß passiert? Auf welcher Seite lag die Schuld? Die Alte ging ihm zwar auf den Wecker, aber das war noch kein Grund, sie abzumurksen. Eine so ordentliche Frau! Ein so ordentlicher Mann! In welcher Zeit lebte man, daß ein so ordentlicher Mann eine so ordentliche Frau umbringt?
»Und dabei hatte die Wahrsagerin in der Rue Taine sie gewarnt, sie hat es Madame Balustre gesagt, und die hat es mir weitererzählt. Sie hat zu Madame Balustre gesagt: Madame Balustre, vor meinem Mann, da hab ich immer so eine fürchterliche Unruhe. Madame Saphir hat gesagt: ›Madame Virole, hat sie gesagt, passen Sie auf, Sie werden vielleicht in die Lage kommen, wegen Ihrem Mann nicht im Bett zu sterben.‹ Das hat Madame Saphir zu Madame Virole gesagt hat Madame Balustre gesagt.«
Valentin drehte sich nach dem so genau Informierten um. Es war Verterelle, den eine aufrichtige Witwerschaft lange von den Kneipen ferngehalten hatte. Julia hätte auch Madame Verterelle sagen können, daß sie in ihrem Bett sterben würde. Aber was hätte er, Valentin, Madame Virole oder Madame Verterelle sagen können? Daß sie in der Lotterie gewinnen würden und daß sie bis in's Alter von hundertzwanzig Jahren in einer Villa an der Côte d'Azur leben würden? Darüber hätten sie sich gefreut, aber nichts destotrotz wären sie doch abgekratzt.
Um ihn herum entwickelte sich die Unterhaltung zu einem fröhlichen Tohuwabohu, wie große Katastrophen es hervorrufen. Valentin sah sich wieder jene Tür öffnen, die er ohne Funktion geglaubt, durch jenen Durchgang schreiten, der ihm bis dato unbekannt, durch das Haus in

der Rue Taine geistern, als sei er unsichtbar gewesen. Ein Nasenstüber hatte genügt, ihn in eine Welt hintergründiger und pseudonymer Handlungen stürzen zu lassen. Er fühlte sich hier merkwürdigerweise wohl, und da Julia ihm einen neuen Beruf aufdrängte, fand er es eigentlich sehr geschmacklos, abzulehnen.

»Diese Geschichte macht Sie nachdenklich, wie?« fragte Houssette.

»Es ist nicht das allein«, sagte Valentin. »Es wird noch eine andere Veränderung im Viertel geben. Ich werde meinen Laden zumachen.«

»Nicht möglich?«

»Das Geschäft geht nicht mehr. Ich habe eine Stelle gefunden. Im Zentrum. Bis bessere Zeiten kommen.«

Er sah, daß Houssette es glaubte, Valentin war verstört und hätte ihn am liebsten von seinem Irrtum abgebracht. Er wunderte sich über die Leichtigkeit, mit der er in dem vernünftigen Geist des Lebensmittelhändlers eine kleine Zone des Irrtums geschaffen hatte. Bis jetzt dachte er immer, die Sprache müsse die Wahrheit ausdrücken, das Schweigen sie verbergen. Die Sätze, die er vor den Kunden und Kundinnen Madame Saphirs sprechen würden, die würden nicht einmal Zonen des Irrtums bilden, sondern Zonen der Verwirrung, in denen der Wahn bis ans Ende eines Lebens in der Luft hängen bleiben könnte.

Der ersten Person, die ihn aufsuchen würde, würde er ankündigen, daß sie einen indischen Prinzen heiraten werde. Nicht unbedingt in erster Ehe und auch nicht einmal in zweiter. Das eröffnete Möglichkeiten: sie könnte fröhlich auf die beschwerlichen Folgen der Altersschwäche warten. Die erste Kundin war eine junge Frau.

»Sie werden in Kürze heiraten«, sagte Valentin mit dünner Fistelstimme, die ihn beinahe zum Lachen gebracht hätte.

»Ich bin seit acht Tagen verheiratet«, sagte die Besucherin.
»Genau was ich sagte. Zeit zählt nicht für uns. Gestern, heute, was hat das angesichts der Ewigkeit schon zu bedeuten?«
Wenn ich ihr damit nicht die Augen zuschmiere, sagte Valentin zu sich selbst, recht zufrieden über seine Beredsamkeit. Aber das Mädchen war zäh:
»Madame, die Ewigkeit ist sehr schön, aber für mich zählt nicht das Gestern, sondern das Morgen.«
»Auch das Gestern zählt«, sagte Valentin. »Ohne das Gestern würde das Morgen nicht existieren.«
»Auf jeden Fall bin ich seit acht Tagen verheiratet.«
»Was möchten Sie wissen?«
»Alles.«
»Das ist viel«, sagte Valentin mit unheilverkündender Stimme.
»Madame, ich werde bezahlen, was Sie verlangen.«
Scheiße, sagte Valentin zu sich, das ist gar nicht so einfach. Julia übertreibt; sie hätte mit mir üben sollen, bevor sie mich in dieses Abenteuer stürzte. Arme Julia, das war wieder eine wunderschöne Idee, die sie da gehabt hat.
»Ich werde mich konzentrieren«, verkündete er lautstark. Die junge Person fand das nicht verwunderlich.
Soll ich ihr den indischen Prinzen aufhängen, fragte sich Valentin. Es ist alles, worauf ich von allein gekommen bin, aber vielleicht genügt das nicht. Dann stellte er fest, daß er seine Rekorde auf der Uhr Pouciers nicht weiter steigern könne. Gleichwohl schien es ihm, daß er allmählich eine gewisse Beherrschung über die Zeit erlangte, aber er fragte sich, warum eine bestimmte Anzahl von Sekunden weniger oder mehr solchen Einfluß auf das hatte, was doch gerade jedes Maß überstieg? Und wenn zehn Minuten manchmal zu einem Augenblick zusam-

menschrumpften, so bezog sich dieser Augenblick immer auf das Leben eines Menschen mit seinem Anfang und seinem Ende. War das Sprungbrett der Zeit nicht eine Schaukel? Und Valentin schaukelte.

Als er hinter seinem astrologischen Schleier wieder zu sich kam, stellte er fest, daß die Besucherin schlief. Er klopfte leise auf den Tisch und verkündete mit lauter Stimme:

»Das macht zehn Francs, Madame.«

Die Madame zuckte zusammen, machte ihre zehn Eier locker und ging mit verstörtem Blick hinaus. Valentin schätzte sich glücklich. Für den Anfang gar nicht so schlecht, sagte er zu sich und den Anweisungen Julias folgend, die außerdem an der Tür hinreichend erklärt waren, klingelte er zweimal mit der Glocke, damit die Nummer zwei hereinkommen sollte. Aber niemand erschien. Valentin kratzte sich am Kopf; es gab drei Möglichkeiten: Nummer zwei war eingeschlafen; Nummer zwei war wieder gegangen und es war nur eine Nummer drei anwesend; es gab keine Nummer zwei, das heißt, daß es auch keine Nummer drei noch sonst jemanden gab. Im ersteren Falle sah er keinen vernünftigen Grund, warum zwei neue Klingelzeichen das Individuum eher wecken sollten als die beiden vorherigen; im zweiten Falle waren drei Klingelzeichen die richtige Lösung; im dritten Falle war alles ohne Bedeutung. Valentin gab also drei Klingelzeichen. Ein Meussieu kam herein, und legte seine Nummer auf den Tisch, die Nummer zwei; er setzte sich hin und lächelte dabei verschmitzt.

Einer, der sich für einen kleinen Schlauberger hält, sagte Valentin zu sich, aber wie soll ich ihm kontra geben? Ein Beruf war das!

»Sie wußten also nicht, daß ich nicht weggegangen war?« sagte der kleine Schlauberger. »Und ich will Ihnen lieber gleich sagen, daß kein dritter Kunde da ist. Es hat nicht den Anschein, als hätten Sie das gewußt.«

»Für uns«, sagte Valentin, »sind zwei und drei ein und dasselbe. Die Zeit ist doppelt: Vergangenheit und Zukunft, und doch ist sie dreifach, da es die Gegenwart gibt.«

»Wenn die Konsultation drei Francs kostet«, sagte der kleine Schlauberger, »und ich Ihnen nur zwei gebe, sind Sie bestimmt nicht mehr der Meinung, daß es dasselbe ist.«

»Die Konsultation kostet zwanzig Francs«, sagte Valentin, der entschlossen war, diesen Nerventöter einzuseifen. »Zahlbar im voraus.«

Der Kerl machte seine zwanzig Eier locker und Valentin deckte sie verschämt mit der magischen Nummer dieses Individuums zu. Doch als er dies tat, hatte er seine Hand gezeigt und dabei bemerkt, daß der andere höchst interessiert daraufgeschielt hatte. Valentin roch sofort den Polypen und er schloß daraus, daß er wirklich nicht lange gebraucht hatte, um sich schnappen zu lassen. Ober wohl in den Knast käme? Kam man überhaupt ins Gefängnis wegen Raterei?

Der andere wartete geduldig, er sah selbstsicher und sanft ironisch aus.

So ein dreckiger Armleuchter, sagte Valentin zu sich selber. Julia hätte ihn fertiggemacht. Ich bringe den Beruf in Verruf. Und er seufzte.

»Na?« fragte die Nummer zwei.

»Einer Ihrer Kollegen will Ihnen übel«, fing Valentin an.

»Und wie sieht er aus?« fragte der andere, der seinem Schalk freien Lauf ließ.

»Ein Dunkelhaariger mit einem Schnurrbart, einer Melone, einer Musspritze und langen Latschen.«

»Und einer Narbe auf der rechten Wange?«
»Auf der linken Wange«, sagte er.
Valentin ging nicht in die Falle.
»Er ist es«, murmelte der verblüffte Besucher.
»Er will Sie in einer Sache, mit der Sie sich beide beschäftigen, überflügeln.«
»In der Affäre der Untertassendiebe?«
»Genau das. Er wird Sie ausstechen, wenn Sie nicht aufpassen.«
»Und was soll ich tun?«
»Macht zehn Francs mehr«, sagte Valentin.
Der andere blätterte sie eiligst auf den Tisch.
»Seien Sie morgen früh um sieben Uhr vor Sacré-Cœur und Sie werden selber sehen, was zu tun ist.«
»Vor Sacré-Cœur?«
»Vor Sacré-Cœur.«
Der andere stellte sich ganz perplex.
»Sie wollen mich wohl auf den Arm nehmen«, sagte er schließlich.
»Auf jeden Fall«, sagte Valentin, »sehe ich nicht, was Sie dabei riskieren, wenn Sie nach Sacré-Cœur gehen.«
»Das stimmt.«
»Ich will Ihnen noch etwas sagen.«
»Ja?«
»Über Ihre Frau. Da ist ein Kerl, der ihr um den Bart geht, einer Ihrer Kollegen.«
»Wie sieht er aus?«
»Ein Dunkelhaariger mit einem Schnurrbart. Mit einer Melone, einer Musspritze und langen Quanten.«
»Sind Sie sicher?«
»Ich sehe ihn vor mir.«
»Das ist Anatole. Ich habe es geahnt.«
»Nehmen Sie sich vor ihm in acht, der ist ein Schurke. Ich bedauere, daß ich Sie nicht länger behalten kann. Kom-

men Sie wieder zu mir, wenn Sie noch mal Schwierigkeiten haben. Ich werde Ihnen von jetzt an die Konsultationen zu zehn Francs lassen.«

»Ich danke Ihnen.«

Der Spitzel zögerte.

»Sie sollten Handschuhe anziehen«, sagte er zum Schluß.

»Ich danke Ihnen«, sagte Valentin.

Der Spitzel ging weg. Valentin sah ihm durchs Fenster nach, wie er den Hof überquerte. Er spürte, daß der andere weitergehen würde, bis nach Sacré-Cœur.

Dann gab Valentin drei Klingelzeichen, dann vier, doch ohne Erfolg. Er warf einen Blick ins Wartezimmer: es war leer. Was hatte Julia ihm nicht alles erzählt, sie hätte goldschwere Geschäfte gemacht? Das Wartezimmer sei ständig voll gewesen? Er mußte eine geschlagene Stunde auf die Nummer drei warten: es war Miß Pantruche. Das gehörte zum Spiel.

»Was möchten Sie wissen?« fragte Valentin und vergewaltigte seine Stimme.

Ja, was konnte sie wohl wissen wollen, die arme Wutz? Wenn sie ihre Vergangenheit erfahren wollte, Valentin war bestens informiert.

»Wenn Sie Hellseherin sind«, sagte Miß Pantruche und beugte sich vor, um zu versuchen, ihm durch den Schleier ins Gesicht zu sehen, »wenn Sie Hellseherin sind, dann sollten Sie wissen, was ich wissen möchte.«

Nicht zu glauben, dieser Trümmerhaufen erlaubt sich auch noch, den Skeptiker zu spielen, ächzte Valentin. Er mußte ihr eins aufs Haupt geben.

»Sie wünschen die Zukunft zu wissen«, artikulierte er.

»Richtig!« pflichtete Miß Pantruche triumphierend bei. Nachdem sie einmal Vertrauen gefaßt hatte, verhehlte sie nicht mehr länger den Zweck ihres Besuches.

»Ich will nur eins wissen«, sagte sie. »Ob es Krieg gibt.«
Dann wollte diese alte, armselige Törin also zehn Kröten zum Fenster rausschmeißen, um feierlich zu hören, was jeder klare Kopf ihr kostenlos erzählen konnte. Die Leute sind doch komisch, dachte Valentin, dann machte er die Feststellung, daß seine alte Masche »es wird Krieg geben« es mit der neuen Masche vom indischen Prinzen aufnehmen konnte. Es traf am Ende immer ein, vorausgesetzt, man kratzte vorher nicht ab. Valentin versuchte was Neues.
»Sie können beruhigt sein, Madame«, erklärte er mit seiner schönsten Eunuchenstimme, »es wird keinen Krieg geben.«
Miß Pantruches Gesicht verschloß sich.
»Dabei hab ich so darauf gehofft«, murmelte sie.
»Und warum?« fragte Valentin neugierig und seine Rolle vergessend, aber die andere achtete nicht darauf und antwortete:
»Der Krieg, der würde sie Mores lehren, diese Drecksäcke«, sagte Miß Pantruche. »Ein schöner Krieg, daß sie bis am Hals in der Scheiße stehen, und so viele wie möglich umkommen. Die Geschäftsleute, die Besitzer, die Bullen, die Beamten, die Filmstars, die Pfaffen, die Radfahrer, alle hops! alle hops! schöne Bomben mittenrein! daß nur noch ganz kleine Stücke übrigbleiben, ganz kleine Stücke! Die Drecksbande! Letztes Jahr, in den Tagen von München, das war herrlich. Die Visage der Leute, einfach zum Schreien! Die sind ja alle feige, diese Misthaufen. Und überhaupt, der größte Misthaufen und der größte Feigling ist Daladier, der hat uns das eingebrockt. Aber ich hab mir gesagt damals, aufgeschoben ist nicht aufgehoben. Sie glauben also wirklich, daß es keinen Krieg geben wird?«

»Es geht hier nicht ums Glauben, sondern ums Wissen«, verkündete Valentin.
»Natürlich«, sagte Miß Pantruche niedergeschmettert.
»Ist das alles, was Sie wissen wollen?«
»Ja, Madame.«
»Ich werde Ihnen noch was andres mitteilen: Sie werden am nächsten Freitag eine finanzielle Enttäuschung erleben. Sie werden das Geld, mit dem Sie rechnen, nicht bekommen.«
»Wie das?«
Valentin fragte sich, was sie am meisten erschütterte: die Präzision der Pythia oder die Geschäftsaufgabe des Rahmenhändlers.
»Ich wüßte nicht, aus welchem Grund mir Meussieu Brü nicht meine fünf Francs geben sollte«, sagte Miß Pantruche mit einer Spitze Aggressivität.
Ich bin also der einzige, der ihr freitags regelmäßig fünf Francs gibt, sagte Valentin zu sich. Plötzlich dachte er, daß sie, wenn sie den Laden geschlossen fände, imstande wäre, in die Wohnung zu kommen.
»Vor allem«, fügte er mit entsetzlicher Stimme hinzu, »unternehmen Sie nichts! Unternehmen Sie nichts! Es würde Ihnen Unglück bringen.«
Miß Pantruche schwieg einige Augenblicke entsetzt, dann sagte sie mit weinerlicher Stimme:
»Ich wäre besser zu Hause geblieben. Sie teilen mir nur schlechte Nachrichten mit.«
»Ich habe immerhin noch eine gute für Sie in Reserve.«
»Was denn?«
»Für Sie ist die Konsultation ausnahmsweise gratis.«
»Oh, vielen Dank, Madame! vielen Dank!«
Und Miß Pantruche machte sich schleunigst aus dem Staub, aus Angst, Madame Saphir würde ihre Meinung

ändern und in letzter Minute noch etwas Kies von ihr verlangen. Bei diesen Leuten konnte man ja nie wissen.

## 19

Er hatte an seinem neuen Brief so schnell Gefallen gefunden, daß er sich am nächsten Morgen um sieben Uhr vor Sacré-Coeur einfand. Um halb sechs war er aufgestanden, hatte Julia so gebettet, daß sie bis zur Ankunft des Ungeheuers warten konnte, war dann zu Madame Saphir gegangen, um ein kleines Schildchen anzubringen, das den Kunden kundtat, daß sie nicht vor zwei Uhr kommen werde. Nachdem er sich *Marie-Claire* gekauft hatte, hatte er die Metro genommen. Durch seine Lektüre verpatzte er das Umsteigen, aber was erfuhr er nicht alles? Eine Doppelseite, die die Leserin davon überzeugen sollte, daß sie nicht viel von Paris, seiner Geschichte, seiner Topographie oder seinen Sehenswürdigkeiten wußte, interessierte ihn besonders stark. Er merkte, daß seine Unwissenheit auf diesem Gebiet riesengroß war. Nicht nur, daß er lediglich ein paar Bahnhöfe und ein paar Straßen aus einem der achtundvierzig Viertel kannte, hingegen aber alle Straßen, die etwas mit Jena zu tun hatten, die Gedenktafel am Anwesen Nummer 306 in der Rue de Charenton und den Friedhof von Reuilly, was noch? undeutliche und schnelle Ansichten der großen Boulevards und der Champs-Elysées und die Erinnerung an die jetzt abgebauten Pavillons der Expo, er wußte nicht einmal etwas von der Existenz des Gallierhäuptlings Camulogène, der Nicht-Existenz des Riesens Isaurus und der Ausdehnung des Verkehrsnetzes jener Metro, deren Dienste er gerade in Anspruch nahm. Er erfuhr auch, daß der Montmartre, der nicht der höchste Punkt von Paris war, was ihn ein wenig enttäuschte, wahrscheinlich Mont de Mars geheißen hatte und daß man, ohne gleich ein Phantast zu sein, annehmen durfte, daß zu der Zeit, als alle Welt noch Latein sprach, an der Stelle, an der nach dem Krieg 70, als Folge der Niederlage von 71, eine Basilika errichtet worden war, ein diesem Gotte geweihter Tempel gestanden hatte.

Nachdem es ihm beim dritten Versuch gelungen war, an der Station Abbesses auszusteigen, kam Valentin, noch ganz überrascht von der Anzahl der Dinge, die ihm sein (Frauen-)Magazin enthüllt hatte, nach einigen Umwegen vor Sacré-Coeur an. Er bewunderte seine bedeutsame Architektur, obgleich er die des Saint-Esprit bevorzugte, dann erblickte er, sich umdrehend, Paris, das fröhlich in der Junisonne flimmerte. Er hatte sich nie vorgestellt, daß es so groß war und, nachdem er die Hoffnung aufgegeben hatte, sein kleines Haus in der Rue de la Brèche-aux-Loups zu entdecken, wandte er seine Aufmerksamkeit den Domen und Kirchtürmen zu, doch konnte er sie so wenig benennen wie die Sterne in der Nacht. Er vergaß, daß er hierhergekommen war, um zu sehen, ob sein Kunde seinem Rat folgen würde, weil er fand, es sei für ihn wichtig, es zu wissen, damit er seinen neuen Beruf besser kennenlerne; er befürchtete nicht, erkannt zu werden, denn er war angezogen wie, mit Ausnahme des Vortages, immer, – das heißt, wie ein Mann.

Da ihm sein Spitzel irgendwie aus dem Gedächtnis geraten war, betrachtete er lange die Stadt und sagte sich, ein wenig traurig, daß bald nicht mehr viel davon übrig sein würde. Die beiden letzten Kriege waren ohne große Schäden vorübergegangen. Aber der nächste! Er drehte sich um, um Sacré-Coeur zu betrachten, und zuckte die Achseln. Er glaubte nicht an die Pfaffen, so wenig wie an ihre Geschichten. Er gestand ihnen nur einen gewissen Geschmack für die Architektur, vielleicht auch noch für die Musik zu. Er drehte nun der Basilika den Rücken und versuchte, Denkmäler zu identifizieren. Der Eiffelturm hob sich ab, aber der Invalidendom? der Arc de Triomphe? das Panthéon? die Militärschule? die Kuppel von Val-de-Grâce? Notre-Dame-des-Victoires? Alles diese Bauten, von denen *Marie-Claire* irgendeine großartige Einzelheit gebracht hatte. Und, wie komisch, sie hatten alle einen kriegerischen Ursprung oder einen kriegerischen Zweck. Sogar Sacré-Coeur war mit dem Kriegslos verbunden. Paris weihte sich also immer noch dem Gotte Mars? Als er dabei an sich selber und an die andern Pariser unter seinen Freunden dachte, von Houssette bis Hans-ohne-Kopf, versetzte diese Überlegung Valentin in einen Abgrund von Verblüffung.

Einen Augenblick später kam er mit dieser Feststellung wieder aus dem Abgrund hervor: daß er sich hier im Zentrum der Welt befand und daß er es sich nie klargemacht hatte. Angesichts aller Dächer der Hauptstadt war es zweifellos etwas Lächerliches, es noch extra zu denken. Aber wenn er sich die Sache recht überlegte, sah Valentin keinen vernünftigen Grund, seine Meinung zu ändern. Als er der Stadt wieder den Rücken kehrte, hatte er von neuem die Basilika vor sich, und als er dort die Gläubigen zu dieser frühen Stunde schon eintreten sah, fand er, daß die Religion doch ein guter Zeitvertreib sein mußte und daß einsame und verlassene Personen dadurch in Gesellschaft kamen. Allerdings gab er hier nur Julias Meinung über die Frage wieder und als er sich dessen bewußt geworden war, fragte er sich, ob er nicht zufällig eine eigene Ansicht über diese Frage hätte, und tatsächlich hatte er eine, nämlich, daß eine Religion an und für sich allein ihren Reiz haben mußte. Über diese Perspektive mußte er lächeln, und da er in diesem Augenblick den Spitzel erblickte, brauchte sein Lächeln geraume Zeit, bis es erlosch.

Sein Kunde verschwand übrigens sehr schnell, und Valentin hatte nicht die Zeit, dieses Phänomen zu kommentieren, denn von Entdeckung zu Entdeckung schreitend, hatte er soeben in einem Park eine Statue erspäht, die ihm merkwürdig genug erschien, um zu verdienen, daß man näher an sie heranging, was er auch tat. Die Situation, in der sich die statufizierte Person befand, und die Inschrift, die den Sockel schmückte, machten Valentin äußerst neugierig, um so mehr, als er nichts über Leben und Heldentaten des Ritters de La Barre wußte. Er suchte Beistand in der Nummer von *Marie-Claire*, die er immer noch in der Hand hielt, aber dort verlautete kein Sterbenswort über diese Sehenswürdigkeit. Gewiß hatte man diese Statue nicht ohne Grund hier aufgestellt, und da es sich um einen Ritter, also wieder und immer noch um einen Soldaten handelte, vermutete Valentin nach einigem Zögern, daß es sich in Anbetracht des Standorts nur um einen gefesselten Mars handeln könne, und es schien ihm sofort, daß kein anderer Gott besser seiner persönlichen Religion entsprach.

Darauf schlug es acht Uhr, und Valentin beeilte sich, in die Rue de la Brèche-aux-Loups zurückzukehren für den allerdings unwahrscheinlichen Fall, daß seine kleinen Annoncen eine Wirkung gezeitigt hätten; angesichts des Mordes an Madame Virole hatten die Leute sicherlich an anderes zu denken. Als er an der Straßenecke ankam, sah er keine Kandidatinnen vor seiner Tür Schlange stehen, sondern den Wagen der Brabagas. Das konnte nicht ausbleiben, da er ihnen geschrieben hatte. Doch bevor er sich entschloß, nach Hause zu gehen, schaute er zuerst bei den Geschäftsleuten der näheren Umgebung herein, unter dem Vorwand, sich nach seinen Zetteln zu erkundigen.

Nachdem er vor allem neue Kommentare zum Mord an Madame Virole gesammelt hatte, die den alten übrigens ziemlich ähnlich waren, entschloß er sich schließlich heimzugehen. Er fand Chantal und Julia, die sich einen Ast lachten.

»Hat sich kein Dienstmädchen gemeldet?« fragte er, nachdem er Chantal familiär begrüßt hatte.

»Nein«, gab Julia lachend zur Antwort.

»Es geht ihr doch prima, oder nicht?« sagte Valentin zu Chantal.

»Und ob«, sagte Chantal. »Du hast mir Angst gemacht mit deinem Brief.«

»Trotzdem kann ich mich nicht rühren«, sagte Julia lebhaft.

»Wie geht es Paul?« fragte Valentin.

»Er hat wahnsinnig zu tun mit der Wiederaufrüstung«, sagte Chantal. »Er behauptet, in der französischen Armee kämen bald auf jeden Soldaten zwei Gewehre.«

»Fehlt nur noch, daß man ihnen eins zwischen die Beine klemmt«, sagte Julia.

»Du bringst einen immer zum Lachen«, sagte Chantal.

»Weißt du, warum wir uns gerade schiefgelacht haben, als du gekommen bist?« sagte Julia.

»Nein«, sagte Valentin. »Warum?«

»Weil wir es einfach zum Schießen fanden, daß wir ein epileptisches Dienstmädchen gehabt haben, ohne es zu merken.«

»Das ist tatsächlich komisch«, sagte Valentin.

»Und daß es gerade an dem Tag herauskommt, an dem ich meinen Schlaganfall bekomme.«

»Es war ein großer Tag«, sagte Valentin.

»Es gibt solche Zufälle«, sagte Chantal.

»Er möchte, daß wir sie behalten«, sagte Julia.

»Das ist falsch«, sagte Chantal zu Valentin. »Zunächst

einmal ist es kein Beruf für sie. Was ist, wenn sie eines Tages auf den Herd fällt oder von der Leiter? Ihr seid natürlich nicht versichert.«

»Wir sind doch nicht verrückt«, sagte Julia, »nicht wahr«, fügte sie zu Valentin gewandt hinzu.

»Ich gebe es zu.«

Aber Valentin hatte inzwischen eine Lösung gefunden: Madame Saphir würde das Ungeheuer einstellen, um die Zimmer in Ordnung zu halten und den Kunden zu öffnen. Die Sache mit der Klingel und den magischen Nummern war nicht perfekt; er mußte das ändern.

»Wie gehn die Geschäfte?« fragte Chantal.

»Schlecht, sehr schlecht«, sagte Valentin. »Sie haben ja gesehen: wir machen den Laden zu.«

»Aber wovon wollt ihr denn leben? Ihr habt doch Unkosten durch diese Krankheit.«

»Du wirst uns eben etwas Geld leihen«, sagte Julia.

»Natürlich, natürlich«, sagte Chantal.

»Haben Sie keine Angst«, sagte Valentin. »Ich habe eine Stelle gefunden.«

Die beiden Frauen schauten ihn neugierig an, aber aus verschiedenen Gründen.

»Du siehst aus, als wunderte dich das ebenso wie mich«, sagte Chantal zu Julia.

»Was hast du denn gefunden?« fragte Julia, die nicht erriet, was für eine Lüge Valentin erfinden würde und die sich darüber höchlich amüsierte.

»Ich habe eine Anstellung bei einer Kartenschlägerin gefunden«, sagte Valentin.

»Was erzählst du da?« sagte Chantal ungläubig.

Julia lachte laut.

»Bei einer Kartenschlägerin, die zuviele Kunden hat«, sagte Valentin, »da hat sie mir einen Teil davon abgetreten.«

»Das gibts doch nicht«, sagte Chantal. »Männer lesen doch nie aus den Karten.«
»Ich werde mich als Frau verkleiden«, sagte Valentin.
Julia erstickte fast vor Lachen.
»Du bildest dir doch nicht ein, ich glaube das«, sagte Chantal.
»Und doch ist es wahr«, sagte Valentin, der die Wonnen der verfeinerten Wahrheit genoß.
»Aber du verstehst das doch nicht«, sagte Chantal ernst.
»Doch«, sagte Valentin.
»Kannst du in den Karten lesen?«
Valentin ging ein Kartenspiel holen, mischte es.
»Heb ab«, sagte er.
»Man läßt zweimal abheben«, sagte Chantal.
»Ich lasse nur einmal abheben.«
Er breitete fünf Karten aus: Kreuzas, Karokönig, Herzkönig, Kreuzzwei und Pikzwei.
»Ein blonder Mann«, sagte Valentin und tippte mit dem Finger auf Kreuzas.
»Aber Kreuzas hat noch nie ›ein blonder Mann‹ bedeutet.«
»Ich habe meine eigene Methode«, sagte Valentin.
»Transuse«, sagte Julia, »du siehst doch, daß er dich auf den Arm nehmen will.«
»So ein Hund«, sagte Chantal wütend. »Und ich hätte es beinahe geglaubt.«
»Sobald wir ein gutes Dienstmädchen haben«, sagte Julia, »macht Valentin den Laden wieder auf.«
»Willst du nicht wissen, wie's weitergeht«, sagte Valentin zu Chantal.
»Ich will nichts wissen«, sagte Chantal.
Es klingelte. »Ein Dienstmädchen«, sagte Valentin hochbefriedigt und ging öffnen.

»Willst du ihn ein Dienstmädchen aussuchen lassen?« wunderte sich Chantal. »Ich erkenn dich nicht wieder.«

»Natürlich nicht«, sagte Julia, »aber ich habe einen hübschen Schlag abgekriegt.«

»Das wollte ich auch nicht damit sagen.«

»Also!« sagte Julia.

»Ich werde dir einen Spezialisten schicken«, sagte Chantal.

»Den kannst du dir irgendwo hinstecken«, sagte Julia. »Die Ärzte, Mensch, die taugen genauso viel wie die Wahrsagerinnen.«

»Sag mal, da ist doch nichts Wahres dran, was Valentin da vorhin erzählt hat?«

Valentin kam zurück.

»Man hat für den Kranz gesammelt, den die Geschäftsleute aus dem Viertel für Madame Virole stiften. Wieviel hättest du gegeben?«

»Überhaupt nichts«, sagte Julia, »denn du bist ja kein Geschäftsmann mehr.«

»Trotzdem«, sagte Chantal heuchlerisch, »wenn er wieder aufmachen will.«

»Ich hab zehn Francs gegeben.«

»Du bist total verrückt.«

Er hatte zwanzig Francs gegeben, aber sie erriet es nicht. Vielleicht würde sie nie wieder etwas erraten, und er würde sein Leben lang Madame Saphir bleiben. Es wäre ein merkwürdiges Leben, aber wie soll man das wissen? Er müßte mal eine andere Hellseherin aufsuchen; dieser Plan amüsierte ihn.

Als Julia ihn lächeln sah, sagte sie, sich nur der Hilfsmittel der Psychologie bedienend:

»Ich wette, du hast zwanzig Francs gegeben.«

»Natürlich«, sagte Valentin lachend.

Chantal sah ihn an: er regte sie auf.

»Du solltest zu uns kommen«, sagte Chantal zu Julia. »Wir haben einen großen Garten ums Haus. Du würdest richtig gepflegt werden. Wir haben genug Personal und keine Weibsen, die die fallende Krankheit haben. Du wirst sehen, daß du kein Mädchen findest, schon gar keins, das auch noch Krankenschwester spielt. Und wir haben einen sehr guten Arzt in Châtellerault.«
»Schon wieder deine Ärzte«, sagte Julia, nicht mehr ganz abgeneigt.
Es klingelte.
»Ein Dienstmädchen«, sagte Valentin hochbefriedigt und ging öffnen.
»Was ist denn Wahres an dem dran, was er vorhin erzählt hat?« sagte Chantal, sobald er draußen war.
»Aber wie käme ich dorthin? Ich kann mich ja nicht rühren.«
»Wir werden dich in den Delage setzen. Du wirst sehen, das geht schon.«
»Glaubst du?«
»Selbstverständlich. Und es wäre nur ganz natürlich. Jetzt, wo wir reich sind, kann ich das doch für dich tun, oder meinst du nicht, Julia?«
»Du willst mich wohl demütigen, wie?«
»Du bist wirklich dumm.«
»Im Grunde habe ich nie etwas für dich getan.«
»Du warst nett zu mir, als ich klein war.«
»Aber nachher?«
»Denk nicht zuviel nach.«
»Du meinst, daß mein Gehirn nachgelassen hat?«
»Du bist wirklich dumm.«
»Er braucht aber lange, bis er zurückkommt«, sagte Julia.
Gerade da tauchte Valentin wieder auf.
»Es war der Gasmann«, sagte er. »Ich habe ihn bezahlt.«

»Kannst du jetzt sowas erledigen«, fragte Chantal.
»Ich will nicht sagen, daß es mir Vergnügen macht«, sagte Valentin so obenhin.
»Es gibt halt nicht nur das Vergnügen im Leben«, sagte Chantal.
»Natürlich nicht«, sagte Valentin, »es gibt auch Delages und Seidenstrümpfe.«
»Was ist er doch für ein Kretin geworden«, sagte Chantal, worüber Julia lachweinte.
Ohne sich um das Urteil zu kümmern, das eine Dame über ihn gefällt hatte, deren reinen Atem und deren warme Brust er eines allerdings schon fernen Tages einmal geschätzt hatte, dachte Valentin über zwei Probleme nach, die Madame Saphir betrafen: primo, ob sie eines Tages reich werden würde, so reich, daß sie sich ein Automobil kaufen könnte? und segondo, ob sie eines Tages Seidenstrümpfe tragen würde? Im Augenblick begnügte sie sich mit alten Baumwollstrümpfen und Bindfaden als Strumpfbandhalter. Er hatte keine Zeit, diesen Fragen weiter nachzugehen, denn es klingelte wieder.
»Ein Dienstmädchen«, sagte er hochbefriedigt und ging öffnen.
»Und Valentin?« sagte Julia zu Chantal. »Was machen wir mit dem?«
»Du kannst dir wohl denken, daß Paul ihn nicht aushalten wird.«
»Oh«, sagte Julia, »wenn er hier allein ist, schlägt er sich schon durch.«
»Aha, es gibt also etwas, das du mir nicht anvertrauen willst.«
»Es würde zu weit führen«, sagte Julia. »Später.«
»Na, wenn er genug zum Knabbern hat, dann laß ihn doch hier.«
»Ja, aber so ganz allein wird er Dummheiten machen.«

»Auf eine mehr oder weniger kommts nicht an.«
»Soviele macht er auch wieder nicht«, protestierte Julia.
»Er hat dich ruiniert. Von deinem Geschäft und dem Geschäft Nanettes ist nur noch ein geschlossener Laden übrigggeblieben.«
»Die Zeiten sind hart«, sagte Julia.
»Na ja, wähle. Wenn du lieber hier verschimmeln willst, von einem Kartenschläger schlecht gepflegt, werde ich dich nicht daran hindern.«
Über das Wort Kartenschläger mußte Julia lachen.
»Du glaubst es am Ende noch, wie?« sagte sie.
»Du hast doch selbst einiges angedeutet. Und außerdem, hast du's nicht auch versucht?«
»Ich habe meine Entscheidung getroffen«, sagte Julia. »Ich komme mit dir, bis es mir besser geht.«
»Ach! Endlich bist du vernünftig geworden.«
»Sehr unvernünftig, müßtest du sagen, da ich Valentin einfach allein lasse.«
»Aber wieso denn?« machte Chantal. »Er wird nicht einmal mit dem Dienstmädchen schlafen. Du brauchst gar keine Angst zu haben.«
»Glaubst du?« sagte Julia. »Wenn du es glaubst, glaube ich es. Du kennst dich ja aus.«
»Ein wenig«, sagte Chantal bescheiden. »Ein wenig.«
Valentin kam mit hochbefriedigtem Gesicht zurück.
»Ich habe ein Dienstmädchen engagiert«, sagte er.

## 20

Sich nur auf den Zufall und die im Viertel gesammelten Vertraulichkeiten verlassend, erreichte Valentin bessere Ergebnisse als Julia. Der Ruf Madame Saphirs nahm nicht

ab, und er erwarb neue Stammkunden, wie den Kommissar Tortoni zum Beispiel, der die Wahrheit über das Geheimnis der Untertassendiebe entdeckt hatte, einfach als er die Treppen zum Sacré-Coeur hinaufstieg; wie eine Erleuchtung war ihm die Lösung gekommen, und er hatte Brü das Verdienst hierfür zugeschrieben. Er hatte nicht lange gebraucht, um Madame Saphir zu identifizieren, und hatte auf der Präfektur eine Sondererlaubnis erwirkt, daß sie in Frauenkleidern herumlaufen durfte, wofür ihm Valentin besonders dankbar war; dafür gab er ihm die Lotterienummern und Totozahlen an, die gewinnen. Er gab auch welche an, die verloren, aber Tortoni vergaß die Fehlschläge und behielt nur die Erfolge; alle andern Kunden zeigten übrigens den gleichen guten Willen, und das machte den Beruf so angenehm.
Außer seinem Erscheinen als Valentin Brü in den Kneipen der Nachbarschaft, wo er sich über das Leben im Viertel auf dem laufenden hielt, ging Madame Saphir nur noch in ihrer Kartenschlägeraufmachung aus und blieb, trotz den Gefahren, die damit verbunden waren, auch zu Hause so gekleidet. In dieser Kleidung ging er jeden Sonntag morgen nach Sacré-Coeur, um vor dem gefesselten Mars, der Paris überragte, sein Gebet zu verrichten. Valentin hatte sich da schnell einen gewissen Glauben zurechtgeschmiedet; so daß er äußerst enttäuscht war, als er die Mobilmachungsanschläge sah. Die Kundschaft, die der Monat August ziemlich verstreut hatte, strömte wieder herbei, und Valentin verabreichte ihnen das Laudanum des Friedens mit dem Zynismus desjenigen, der von neuem Tage ohne Morgen heraufkommen sieht. Als der Krieg erklärt wurde, verschwand Madame Saphir. Valentin gab dem Ungeheuer etwas Geld, machte die Bude dicht und nahm das Schild von der Tür.

Am nächsten Tag fand ihn Didine mit dem Hut auf dem Kopf, den Koffer gepackt; er wartete auf sie.
»Didine, treue Dienerin«, verkündete ihr Valentin, »ich danke dir, daß du mein Geheimnis so gut gehütet hast. Hier sind ein paar Kröten, mit denen du leben kannst, bis du eine andere Stelle gefunden hast. Du kannst hier wohnen bleiben, falls du keine Angst vor Fliegerbomben hast. Ich werde zu meiner Frau nach Châtellerault fahren, dann melde ich mich bei meiner Einheit in Nantes.«
Didine küßte ihn auf beide Wangen und wünschte ihm friedliche Feindseligkeiten. Die fast gleich darauf begannen. Seit er in Paris angekommen war, um dort die Leitung des Hauses Chignole zu übernehmen, hatte Valentin nicht mehr im Zug gesessen. Er fand die Zeiten sehr verändert. Sich einen Platz zu mieten, davon konnte keine Rede sein, aber es schien sogar, daß der natürliche Platz der Fahrgäste in den Gängen und selbst auf den Puffern war. Man fragte sich, wie die Sitzenden es fertiggebracht hatten, Sitzende zu sein, und unauslöschlicher Haß entstand zwischen den Privilegierten und den Senkrechten, die insofern den Sieg davontrugen, als sie die Weezees fortgesetzt besetzten. Was Valentin am meisten verwunderte, war die Tatsache, daß mit Ausnahme der Kinder, die noch nicht das Mannesalter erreicht hatten, alle hier anwesenden Menschen Anspruch auf Respekt erhoben, und eine perverse Sorge an den Tag legten, ihre Würde zu verteidigen, obgleich es im Grunde nur Zivilisten und sogar Nicht-Mobilisierbare waren. Die Kriegserklärung, noch wirkungslos, schien sie mit einer unsichtbaren Ehrenlegion ausgezeichnet zu haben für Wunden, die eine lächerliche Empfindlichkeit ihnen verursachte. Man sollte sie gegeneinander kämpfen lassen, sagte Valentin zu sich, während die Frauen aufgeregt von den Helden der Maginotlinie sprachen, dieweil die Männer, die in die Ge-

gend von Toulouse auswichen, erklärten, wie man das Vaterland selbst mit einer Schleuder verteidigt, und die, die nach Limoges kamen, verächtlich auf die andern herabsahen, denn in dieser noblen Stadt würden sie sich in einer Frontatmosphäre fühlen und könnten über die Drückeberger ihre Witze reißen.

Periodisch vom Gänsemarsch der Pisserinnen gestört, versuchte Valentin die Zeit totzuschlagen, um der Unerbittlichkeit eines Schauspiels zu entgehen, das ihn nicht amüsierte. Doch immer dann, wenn er sich in seine Gedanken flüchten und so ein paar Minuten von der Fahrzeit des Zuges abknapsen wollte, lief ihm ein durchfallgeplagtes Gör unter der Nase vorbei, hinter sich eine aggressive Mutter, einen gereizten Vater oder eine große Schwester, die sich zwar zierte, der aber die Ereignisse nicht weniger auf den Magen geschlagen waren. Manchmal marschierte eine ganze Familie wimmernd und ächzend vorbei, sich windend unter der Majestät großer Katastrophen.

Plötzlich wunderte sich Valentin über die Gefühle, die er hinsichtlich seiner Reisegefährten in sich aufkommen ließ. Im Namen welcher Überlegenheit erlaubte er sich, über ihren Bammel zu witzeln oder an ihren erbärmlichen Angebereien Anstoß zu nehmen? Einziger Vertreter des Kults des gefesselten Mars auf Erden, einzige Hellseherin männlichen Geschlechts, einziger Gatte Julia Ségovias, schien ihm keiner dieser Titel ein ausreichender Grund zu sein, sich über diese Flegel, diese alten Schachteln und diese Rotzbacken erhaben zu fühlen.

Ich bin wie sie, sagte er zu sich, seit sechs Jahren habe ich Angst vor dem Krieg, ich komme tausend Kilometer von der Front entfernt in Garnison und ich würde lieber sitzen als stehen. Er versuchte mit einem Nachbarn eine Unterhaltung anzuknüpfen, einem Einzelgänger wie er, der jedoch ein finsteres Gesicht machte.

»Prächtiges Wetter«, sagte Valentin und nutzte eine kurze Flaute aus, während der man glaubt, alle Gedärme und alle Blasen seien geleert und man habe für einen Augenblick Ruhe, aber man täuscht sich immer.

Der andere warf ihm einen düsteren Blick zu.

»Das sehe ich auch«, antwortet er.

»Wenn man den Soldatenrock wieder anzieht, ist es besser, man tut es bei schönem Wetter als bei strömendem Regen«, sprach Valentin weiter.

»Ich bin nicht einberufen«, sagte der andere verächtlich.

»Ich auch nicht«, sagte Valentin, um ihn nicht zu ärgern. Dann entdeckte er ein anderes Gesprächsthema:

»Merken Sie«, sagte er, »man hat uns schon eine Zeitlang nicht mehr gestört, um aufs Weezee zu gehen.«

Der Mann mit dem finsteren Blick, für den die Meteorologie und die Weltgeschichte ungemein abstrakt zu sein schienen, wird bei dieser Berufung auf das Konkrete lebendig und verbrüdert sich sofort:

»Sehen Sie sich diese Drecksäcke an«, sagt er zu Valentin und zeigt auf die acht Insassen eines Abteils, die an ihre Plätze festgeschraubt sind. »Die würden sich nicht um alles in der Welt von ihren Plätzen rühren.«

»Nun übertreiben wir mal nicht«, sagt Valentin.

»Nicht die geringste Spur von Menschlichkeit ist in ihnen«, fuhr der andere fort. »Denken nur an sich, die. Ach! armes Frankreich! Und ich? Warum kann ich nicht auch sitzen? Ich bin müde. Nicht einer unter ihnen, der auf den Gedanken käme, mich danach zu fragen.«

»Das sind Egoisten, nicht wahr?« sagt Valentin.

»Kann man wohl sagen: die denken nur an sich, nicht an mich.«

»Und an mich«, sagt Valentin, »glauben Sie, daß sie ein wenig an mich denken?«

»Was liegt denn mir daran.«

Dann fährt er fort:
»Sagen Sie mal, haben Sie vielleicht die Absicht, mich auf den Arm zu nehmen? Dazu sind Sie nicht früh genug aufgestanden, Meussieu.«
»Kommt es vor, daß Sie auch mal an die andern denken?«
»Meussieu!«
»Und an sich selber«, fährt Valentin fort. »Das ist auch nicht gerade einfach.«
Unterdessen hatte einer der sitzenden Fahrgäste eine Flasche aufgemacht und spendierte der Runde in einem Zahnglas billigen Rotwein. Auf seine Anweisung hin kam ein kleiner Junge und bot den beiden Männern, die im Gang standen, welchen an.
»Nach Ihnen«, sagte Valentin.
Der andere goß sich das edle Naß ohne Zögern hinter die Binde und schnalzte mit der Zunge.
»Ausgezeichnet!« rief er dem Wohltäter zu. »Sie sind sehr liebenswürdig! Es gibt doch nichts besseres als einen kleinen Schluck Roten, um sich unter seinesgleichen zu fühlen! Unter Franzosen!«
Der kleine Mundschenk bringt jetzt Valentins Ration. Einen Augenblick denkt er daran, sein Glas seinem Mitbürger anzubieten; aber ich werde ihn verärgern, denkt er, und er trinkt und gibt das Glas zurück und sagt dazu: vielen Dank, und jetzt denkt er, daß er nicht den Mut zu seiner Überzeugung gehabt hat, und während der Kerl sich in einer Anwandlung von Verbrüderung auf den Platz des Jungen setzt, um lebhaft zu diskutieren, verliert Valentin den Faden einer Rede, die darauf abzielte, die Feigheit zu definieren.
Er sah Julia wieder, die am Stock ging und sich über den Überfluß, in dem sie lebte, herzlich freute. Chantal war abwesend. Paul, als Reserveoffizier einberufen, würde

bald wieder heimkommen, denn man brauchte ihn für die Herstellung von Gewehrkolben.
»Hast du auch den Gashahn hinter dir abgedreht?« fragte Julia.
»War nicht nötig«, sagte Valentin, »das Dienstmädchen ist geblieben.«
»Wie? Du hast sie behalten?«
»Aber ja. Ein sehr ordentliches Mädchen; war Serviererin im ›Café zur Freundschaft‹ im Bouscat, meiner Lieblingskneipe. Schon seit zwei oder drei Jahren wollte sie nach Paris kommen, um hier zu arbeiten. Sie ist an dem Tag angekommen, an dem wir ein Dienstmädchen suchten, und da hab ich gemeint, es wäre doch wirklich nett von mir, wenn ich sie behalten würde.«
»Davon hast du mir nie erzählt.«
»War es denn wichtig?«
»Hast du vielleicht auch die Spülmagd behalten?«
»Die hat Madame Saphir eingestellt.«
»Sag mal, du läßt dir nichts abgehen, wenn ich nicht da bin. Zwei Domestiken!«
»Trotzdem hab ich noch Geld auf die hohe Kante gelegt. Du wirst gleich sehen.«
Er öffnete seinen Koffer und holte eine kleine schwarze Geldtasche daraus hervor, die ganz vollgestopft war mit Zaster in verschiedenerlei Gestalt.
»Behalt es«, sagte Valentin, »du kannst mir Geldanweisungen schicken.«
»Du hast gut gearbeitet«, sagte Julia.
»Madame Saphir hatte eine gute Kundschaft«, sagte Valentin.
»Ich bin richtig neidisch«, sagte Julia und rechnete schnell nach, »du hast mehr Geld gescheffelt als ich. Trotz deiner zwei Dienstmädchen. Wie ist denn die andere?«
»Soso. Sie heißt Armandine.«

»Wie alt?«
»Einundzwanzig oder zweiundzwanzig.«
»Wußte sie, was du tust?«
»Natürlich.«
»Und schwatzte nicht?«
»Nie.«
»Du hast sie doch nicht zufällig geschwängert?«
»Aber, aber.«
»Du wirst doch nicht behaupten wollen, daß du nicht mit ihr geschlafen hast?«
»Ich behaupte es.«
»Du kannst mir ja erzählen, was du willst.«
»Warum? Errätst du nichts mehr?«
»Ich hab nen Schlag abgekriegt«, sagte Julia. »Mit dem Körper gehts ja, es geht sogar immer besser. Aber ich könnte nicht mehr Madame Saphir spielen.«
»Du könntest es ebenso gut wie ich, wir sind uns jetzt gleich.«
»Das stimmt eigentlich.«
Sie fügt zugleich hinzu:
»Aber bei aller Gleichheit machst du es besser. Du wirst weitermachen.«
Die Aussicht, nach dem Krieg wieder die Rolle Madame Saphirs zu übernehmen, berührte Valentin nicht weiter, denn für ihn würde es keine Nachkriegszeit geben. Oder besser, nachher würde es nichts mehr geben. Oder auch, es war undenkbar. Nach einem solchen Krieg würde es kein Nachher geben.
Die ungemeine Originalität der darauffolgenden Ereignisse bestätigte Valentin in dieser Meinung. Nachdem er die Karteikarten von drei Tahitanern, einem Inder und fünf Dahomeyanern, die nur Fon-Dialekt sprachen, geordnet hatte, wurde er zu einer Untätigkeit verdammt, die um so größer war, als es für diese Ehemaligen aus den

Kolonien, die in verschiedene und im allgemeinen unerwartete Richtungen geschickt worden waren, keine Ersatzleute gab. Unter dem Befehl eines Hauptmanns, zweier Leutnante, eines Feldwebels, dreier Unteroffiziere und sechs Gefreiter wartete er mit zehn anderen Infanteristen darauf, daß das Vaterland seiner Funktion irgendwelche Nahrung gab.

Nachdem sie demokratisch und solidarisch ein unendlich perfektioniertes bürokratisches Schutzsystem ausgearbeitet hatten, das die Existenz dieser Einheit so gut wie verheimlichte, schickten Offiziere, Unteroffiziere und Soldaten sich an, glückliche Tage zu verleben. Die einen ließen ihre Frauen und Kinder kommen, andere ergaben sich dem Belotespiel und dem Alkohol, manche ließen ihren Hausfrauenfähigkeiten freien Lauf, und so schickten die Mitglieder des zehnten Koloniallagers, ausgezeichnet verpflegt und in angenehm in Schwitzkammern verwandelten Zimmern hausend, sich an, einen Winter zu verbringen, der sich als ganz besonders streng erwies. Die unheimliche Kälte, die selbst die Steine spaltete, machte ein Wohlbefinden, das keine der Beschreibungen des zukünftigen Krieges hatte erhoffen lassen, noch angenehmer.

Gegen Mitte dieses Winters machte sich Valentin daran, ein Heiliger zu werden. Die Sache erschien ihm um so einfacher, als er im schlimmsten Falle an einen falschen Gott glaubte und auch an den so gut wie gar nicht, so daß er dachte, gegenüber seinen christlichen Kollegen – Anwärtern auf die Seligsprechung – einen unmittelbaren Vorteil insofern zu haben, als die Hoffnung auf irgendeine Belohnung nie einen Schatten auf irgendeine seiner Handlungen werfen würde. Foinard, ein anderer Müßiggänger der Landser-Kategorie und Pfarrer im Zivilleben, besorgte ihm wohlwollend allgemein verständliches Material über die Angelegenheit. In der ersten Zeit war es Foinard gelungen, die meisten Kameraden in die Messe zu lotsen, aber da wußte eben noch niemand, was passieren würde. Jetzt, wo man wußte, daß nichts passierte, und daß zweifellos für lange, vielleicht jahrelang, nichts passieren würde, war der Eifer der Katechumenen mit der Verweichlichung durch den Komfort bald abgekühlt; in die Kirche gehen war nur mehr eines der Elemente des sonntäglichen Gesamtkomplexes, zu dem die Hörnchen am Morgen, der vierfache Aperitif am Mittag und das Kino am Abend gehörten. Um seine Propaganda zu verstärken, wartete Foinard also auf bessere Zeiten, das heißt, auf Katastrophen, die etwas gepfefferter waren als eine übertrieben freundliche Soldatenzeit in der Gegend von Nantes.

Als Valentin ihn bat, ihm einige Heiligenbiographien zu besorgen, um sich über die Praxis der andern etwas Klarheit zu verschaffen, hatte Foinard sie ihm zwar freundlicherweise gebracht, dieses Ansuchen aber auf eine gewisse Geschmacksverirrung in der Lektüre zurückgeführt. Valentin hatte nur ein einziges Mal die Messe besucht und sich dabei so gelangweilt, daß er nie wieder hingegangen war, selbst auf die Gefahr hin, Foinard Kummer zu bereiten. Foinard freilich bereitete es keinen Kummer, denn er machte sich keine Illusionen. Die machte er sich auch jetzt nicht und er sah keinen Grund, warum diesen schwelgerisch dahinlebenden Barbaren die Gnade getroffen haben sollte. Da er jedoch Wert darauf legte, für einen guten Kameraden zu gelten, hatte er einige für simple Geister bestimmte Broschüren zusammengerafft und sie Valentin geschenkt. Der Pfarrer von Ars, Therese von Lisieux, Bernadette Soubirous, Jeanne d'Arc, Ludwig IX., König von Frankreich, und Dionysius, der Areopagit, sowie Donatus, Rogatus und einige Lokalheilige boten sich

Valentin so als Vorbilder an, aber er wählte keinen von ihnen. Im äußersten Falle hätte er sich vielleicht für die Nachfolge der heiligen Therese entschieden, aber er beschloß, nur seinem eigenen Kopf zu folgen.

Seine völlige Nutzlosigkeit zum Vorwand nehmend war er bemüht, um sich nicht hervorzutun, für die andern die unangenehmsten Arbeiten zu übernehmen, wie etwa Fegen, Kartoffelschälen, Schneeschaufeln und Tellerwaschen. Das Schwierige daran war, das alles zu tun, ohne die Aufmerksamkeit auf seine Hingabe zu lenken. Als es ihm gelang, täglich zum Scheißhausdienst eingeteilt zu werden, ohne daß Foinard es merkte, schätzte er sich glücklich, daß er ohne großes Trara einen bestimmten Grad an Selbstverleugnung erreicht hatte. Dann hieß es, darauf zu verzichten, sich glücklich zu schätzen, was viel schwieriger war. Und als er feststellte, daß es ihm ein lebhaftes Vergnügen bereitete, einen Weg in den Schnee zu stapfen oder die Abfalleimer auszuleeren, fand er, daß ihm gerade deshalb kein Verdienst dabei zukam und daß er folglich nicht einmal einen Schritt auf dem Weg zur Heiligwerdung gemacht hatte.

Das Leben, das das kleine Lager führte, bot auch kaum Gelegenheit, seltene Tugenden zu praktizieren. Sich des Rauchens oder des Trinkens von einfachem Roten zu enthalten oder das Belotespiel oder den wöchentlichen Kinogang zu verschmähen, wären nur prahlerische Zeichen ohne wirklichen Wert gewesen. Valentin fragte sich, was er wohl tun könne. Er legte dem Hauptmann ein Gesuch vor, um an die Magnotlinie geschickt zu werden: der Hauptmann bat ihn inständigst, davon abzusehen und die Soldaten dieser bescheidenen Einheit nicht ihren Frauen und ihren Bekannten zu entreißen, indem er die Aufmerksamkeit irgendeines toll gewordenen Vorgesetzten auf sie zog. Valentin sah diese Gründe ein.

Es blieb ihm wirklich nichts anderes übrig, als die Zeit totzuschlagen und die Bilder einer Welt, die die Geschichte wegwischen würde, aus seinem Inneren hinauszukehren.

## 21

Paul Batragra, angetan mit der Uniform eines Infanteriehauptmanns, ein Schmuck, den zu tragen er übrigens das Recht hatte, Paul kam triumphierend herein und sagte:
»Ich hab ihn gefunden.«
»Mach keine Witze«, sagte Chantal.
»Hast du ihn gesehen?« sagte Julia.
»Nein, aber ich weiß, wo seine Einheit ist.«
»Immer diese Prahlerei«, sagte Julia.
»Es gibt keinen Grund, weshalb er nicht dort sein sollte.«
»Er ist vielleicht in Gefangenschaft«, sagte Julia.
»Das«, sagte Paul, »werden wir eben erfahren. Außerdem, wenn er in Gefangenschaft geraten ist, ist das weiter nicht schlimm. Die Deutschen werden sie in spätestens acht Tagen freilassen.«
»Vielleicht ist er gefallen«, sagte Julia.
»Du übertreibst«, sagte Chantal.
»Er ist doch nicht verrückt«, sagte Paul.
»Wir haben jedenfalls beinahe dran glauben müssen«, sagte Julia, »als ein Boche mit dem Maschinengewehr auf uns geschossen hat.«
»Und ich«, sagte Paul, »im Saargebiet, als eine Mine vor meinem Wagen explodiert ist.«
»Wir werden es nie vergessen«, sagte Chantal.
»Und dabei zähle ich nicht einmal alle Kugeln, die mir um die Ohren gepfiffen sind«, sagte Paul.

»Deine Lappohren haben sie bestimmt in Versuchung geführt«, sagte Julia. »Eine herrliche Zielscheibe.«
Die beiden Schwestern schüttelten sich vor Lachen.
»Was seid ihr beide doch dumm«, sagte Paul.
»Du, jetzt hör aber mal«, sagte Julia.
»Willst du nun wissen, wo Valentin ist oder willst du nicht? Wo kann Valentin sein? Wo befindet sich seine Einheit?«
»Selbstverständlich will ich meinen Schatz wiederfinden«, sagte Julia.
»Also hör zu, das zehnte Koloniallager von Nantes ist zurückgezogen worden, zehn Kilometer südlich von hier.«
»Dann ist er noch weiter getürmt als wir«, sagte Julia.
»Ich sehe nicht ein, warum eine nichtkämpfende Einheit sich von den Deutschen hätte gefangennehmen lassen sollen«, sagte Paul.
»Du sagst doch selbst, daß sie die Gefangenen freilassen werden«, sagte Chantal.
»Die haben also das Benzin für nichts und wieder nichts verbraucht«, sagte Julia.
»Mit solchem Geschwafel werden wir Frankreich bestimmt nicht wieder aufrichten«, sagte Paul.
»Na, daß es ganz hübsch am Boden liegt, kann man wohl sagen«, sagte Julia gutgelaunt.
»Also«, sagte Paul, »willst du deinen Valentin besuchen?«
»Wenn er dort ist.«
»Willst du nun oder willst du nicht?«
»Aber du mußt mich natürlich hinfahren.«
»Wir werden um zwei Uhr wegfahren«, sagte Paul.
»Du scheinst es sehr eilig zu haben«, sagte Chantal.
»Er möchte ihm gern erzählen, wie er das Kriegskreuz bekommen hat«, sagte Julia.

Bratuga zuckte die Achseln.
»Doch, doch«, sagte Chantal, »man hat den Eindruck, daß du auf der Stelle hinfahren würdest, wenn du allein wärst.«
»Vielleicht«, sagte Paul.
»Du gibst dich so überlegen«, sagte Julia.
»Erst jetzt können wir verstehen, warum Valentin sich für die Schlacht von Jena interessiert hat«, sagte Paul mit ernstem Gesicht. »Das Frankreich Clemenceaus hat das Schicksal Preußens unter Friedrich II. erlitten.«
»Mensch, sag mal, haben dich die Reden von Marschall Pétain in diesen Zustand versetzt?«
Mit starren Augen fuhr Paul fort:
»Wird Hitler Europa schaffen und wird er Erfolg haben, wo Napoleon gescheitert ist? Oder wird Frankreich sich mit Hilfe der Russen und Engländer wieder erheben wie die Preußen 1813?«
»Was hat ihm denn am meisten aufs Gehirn gedrückt?« fragte Julia Chantal. »Das Saargebiet oder die Flucht?«
»Auf jeden Fall werden wir an die sechs Jahre warten müssen«, sinnierte Paul nachdenklich. »Es wäre für mich sehr nützlich, es genau zu wissen«, fügte er zu sich selber hinzu.
»Und du glaubst, daß Valentin es dir sagen wird?« sagte Chantal.
»Valentin war ein Prophet«, antwortete Paul und hob den Finger zum Zenit.
»Du meinst ein Wahrsager«, sagte Julia.
Und die beiden Frauen bekamen von neuem einen Lachanfall. Man wies ihnen den Weg zu einem Bauernhof, der fünfhundert Meter vom Dorf entfernt lag. An den Zaun war ein Holzschild genagelt: »10. K. L.« stand auf einem Marineanker. Vor dem Bauernhof döste ein Kanake, einfacher Landser in der französischen Armee, auf einer

Bank. Er führte die Besucher zu dem Hauptmann, der die Einheit befehligte. Man stellte sich vor.

»Bordeille?« sagte Paul und runzelte die Stirnhaut. »Mir scheint, daß ich Ihren Namen kenne.«

»Ich habe nie das Vergnügen gehabt, Ihnen begegnet zu sein«, sagte Bordeille und schielte begehrlich auf Pauls Kriegskreuz, wobei er dachte: wieder so ein Drecksack von Reservist, der das Glück gehabt hat, an der Saar oder bei Dünkirchen dabei gewesen zu sein.

»Aber ich habe dieses Vergnügen gehabt«, sagte Chantal. Sieh an, sieh an, sagte Hauptmann Bordeille zu sich, ja es sieht wirklich so aus als ob.

»Es ist Hauptmann Bordeille zu verdanken, daß Valentin vor vier Jahren aus der Armee entlassen worden ist. Erinnern Sie sich noch, Hauptmann? Da er nicht in der Mannschaftsstammrolle stand, hätte er ohne Ihr Eingreifen sein ganzes Leben lang in der Armee bleiben müssen.«

»Und ob ich mich erinnere«, sagte Hauptmann Bordeille.

»Nun«, sagte Paul in knappem Ton, »wir sind wegen des gleichen Soldaten Brü gekommen. Er gehört doch zu Ihrer Einheit, nicht wahr?«

»Ja, oder vielmehr, er gehörte dazu.«

»Ist er tot?« schrie Julia.

»Nein, ich habe ihn aus der Armee entlassen.«

»Und er ist abgereist?« fragte Paul.

»Gestern.«

»Ach«, rief Paul, »ich hatte wirklich recht, daß ich gedrängt habe.«

»Du hast nicht genug gedrängt«, sagte Chantal.

»Und wo ist er hin?« fragte Julia.

»Als Entlassungsort hat er die Adresse eines seiner Kameraden in Toulouse angegeben, aber soviel ich weiß, wollte er nach Paris zurück. So ein Kerl«, fügte Bordeille hinzu.

»Warum, so ein Kerl?« fragte Paul streng.

»Ja, warum?« sagte Hauptmann Bordeille.

»Das frage ich Sie«, sagte Paul.

»Da er Ihr Schwager ist«, sagte Hauptmann Bordeille listig, »kennen Sie ihn sicherlich ebenso gut, wenn nicht noch besser als ich.«

»Hat er Ihnen nicht gesagt, was er in Paris tun wollte?« sagte Julia.

»Nein, das tat er nicht.«

»War er bei guter Gesundheit?«

»Bei ausgezeichneter. Er hat mit bemerkenswerter Selbstverleugnung die Härten eines schwierigen Rückmarsches ertragen.«

»Seid ihr mit Maschinengewehren beschossen worden?« fragte Julia.

»Eigentlich nicht direkt.«

»Aber wir, wir haben allerhand mitgekriegt« sagte Julia. »Und wir waren nur Zivilisten, ich bitte Sie, das zu bedenken. Am Straßenrand lagen Leichen. Haben Sie schon Leichen gesehen, Herr Hauptmann?«

»Aber natürlich, Madame.«

»Ja, vielleicht«, gab Julia zu. »Aber Leichen von Zivilisten?«

Bordeille war verlegen.

»Sehen Sie, Madame«, versuchte er zu erklären, »in den Kolonien, in Marokko zum Beispiel, ist es ziemlich schwierig, bei den Eingeborenen, Zivilisten von Soldaten zu unterscheiden.«

»Siehst du«, sagte Julia, »die Boches halten uns für Mokkchen.«

»Und wie dachte er über den Krieg?« fragte Paul.

»Hat er Ihnen die Zukunft gesagt?« fragte Julia.

»Was für eine dumme Frage«, sagte Paul.
»Hören Sie nur, wie er seine Schwägerin behandelt«, sagte Julia zu Bordeille. »Und so was ist Hauptmann, dabei ordinär wie ein Schwein. Kein Wunder, daß wir ne Schlappe erlitten haben.«
»Du vergißt«, sagte Paul, »daß ich deutschen Boden betreten habe.«
»Aber nicht für lange.«
»Willst du jetzt endlich den Hauptmann reden lassen?«
»Das ist mir wurscht, was der erzählt«, sagte Julia und stand auf. »Was ich will, ist, daß du mich nach Toulouse bringst, damit ich dort meinen Valentin wiederfinde.«
»Toulouse ist groß«, sagte Chantal.
»Meussieu wird uns die Adresse des Kameraden geben«, sagte Julia.
»Ich hoffe, daß er diesmal mit seinen Nachforschungen mehr Erfolg haben wird als das letzte Mal«, sagte Chantal.
»Oh, Madame«, sagte der Hauptmann, »mir ist während dieses ganzen Krieges nicht ein einziger Soldat abhanden gekommen, und ich versichere Ihnen, daß ich mir während des Rückzugs Verdienste erworben habe.«
»Nur keine Aufregung«, sagte Julia, »auch Sie wird man noch dekorieren. Na, wo ist mein Valentin?«
»Valentin Brü erklärt, daß er sich zu Madame Teulat in der Rue Raymond IV., Hausnummer 10 begeben wird«, las Hauptmann Bordeille vor. »Die Rue Raymond IV. ist in der Nähe der Gare Matabiau, und Madame Teulat ist die Tante von Abbé Foinard, einem meiner Landser. Brü und er sind zusammen weggefahren. Gestern.«
»Das wundert mich aber, daß Valentin sich mit einem Pfarrer angefreundet hat«, sagte Julia.
»Es gibt nichts, was es in diesem Krieg nicht gegeben hat«, sagte Chantal.

»Ja«, sagte Paul, »und wie dachte er über den Krieg.«
»Brü?«
»Ja, Brü. Selbstverständlich Brü. Wie dachte Brü über den Krieg, das möchte ich gern wissen.«
Und Paul neigte sich zu Bordeille vor, der ein kleines, affektiertes Lachen ausstieß.
»Na?«
»Na, er sagte, die Engländer würden gewinnen, weil sie die stärkeren sind.«
»Nicht möglich«, sagte Paul vernichtend.
»Für einen Spaßvogel ist er ein richtiger Spaßvogel«, sagte Bordeille und lächelte liebenswürdig nach den Damen hin.
»Sind Sie sicher, daß Sie richtig verstanden haben?« fragte Paul.
»Hauptmann, halten Sie mich für einen Schwachkopf?«
»Und er hat nicht gesagt, bis wann die Engländer gewinnen würden?«
»Es sieht so aus, als glaubte Ihr Mann an dieses wirre Zeug«, sagte Bordeille immer noch lächelnd zu Chantal.
»So antworten Sie mir doch«, sagte Paul, »es ist wichtig.«
»Er sagte, daß es eine ganze Weile dauern würde.«
»Aha«, sagte Paul.
»Red nicht so viel«, sagte Julia, »du gehst uns auf den Wecker mit deinen Geschichten, die sind uns so schnuppe wie das Jahr vierzig.«
»Und die Amerikaner«, sagte Paul, »was hat er über sie gesagt? Was werden die machen?«
»Die werden was Bombiges machen«, antwortete Julia, »los, komm schon«, sagte sie und zog ihren Schwager mit, der verzweifelt war, nicht mehr über die Weltge-

schichte zu erfahren. »Ich habs eilig, meinen kleinen Mann wiederzusehen.«

Aber der kleine Mann war schon weg.

»Gleich nach dem Mittagessen«, sagte Abbé Foinard, der schon wieder die Soutane angezogen hatte. »Er ist zum Bahnhof. Es heißt, daß ein Zug nach Paris eingesetzt wird.«

»Mit dem werde ich auch fahren«, sagte Julia.

»Du hast doch deinen Koffer nicht dabei«, sagte Chantal.

»Das ist mir wurscht. Los.«

»Verzeihung, Meussieu l'Abbé«, sagte Paul, »Sie waren doch sehr befreundet mit Valentin Brü, nicht wahr?«

»Och, befreundet wäre zuviel gesagt, eben das, was man einen ›Regimentskameraden‹ nennt.«

»Na«, sagte Julia zu Paul, »kommst du?«

»Diese, nun, sagen wir, ein wenig trockenen Worte werden Sie vielleicht bei einem Priester, was sage ich: bei einem Christen verwundern. Aber, möchte ich sagen, Sie kennen ihn ebenso gut, sogar besser, wollen wir sagen, als ich, da Sie sein Schwager sind, wie Sie sagen, und so werden Sie verstehen, gestehen Sie es, was ich sagen will.«

»Jetzt biste aber viel weiter«, sagte Julia zu Paul. »Wir werden den Zug verpassen.«

»Fürchten Sie nichts, Madame, er fährt nicht vor sieben Uhr und wahrscheinlich erst gegen Mitternacht.«

»Da, siehst du«, sagte Paul.

»Ja, aber ich«, sagte Julia, »ich will einen Sitzplatz. Weil, wissen Sie«, fügte sie für den Abbé hinzu, »im Augenblick sehen Sie mich zwar gehen, aber im letzten Jahr war ich gelähmt. Deshalb muß ich sitzen. Übrigens«, sagte sie zu Chantal, »werde ich diesmal wieder an Stöcken gehen, da findet sich sicherlich ein gutmütiges Schaf, das mir seinen Platz überlassen wird.«

»Julia«, machte Chantal streng. »Vor Meussieu l'Abbé.«

»Oh, der hat schon ganz andere Sachen gehört«, sagte Julia.

»Das muß ich sagen«, gab Foinard zu.

Bolucra, eine Stille von einer Zehntelsekunde ausnutzend, stellt ihm eine Frage:

»Und wie dachte er über den Krieg?«

»Über den Krieg oder über den Waffenstillstand?«

»Das geht schon wieder los«, sagte Julia.

»Na ja, über das, was jetzt passieren wird«, sagte Paul.

»Nun«, sagte der Abbé, »es erging ihm wie jedem, er wußte nichts darüber.«

»Glauben Sie?« sagte Paul.

»Ihr Schwager«, sagte der Abbé, »war, man kann sagen, auf seine Weise, eine Art, ich will nicht sagen Heiliger, denn die gibt es nur in unserer Religion, die, wie Sie wissen, apostolisch und römisch ist, aber, sagen wir ruhig, Asket.«

»Was?« fragte Julie empört.

»Schweig«, sagte Paul.

»Du kannst mir nicht den Mund verbieten«, sagte Julie.

»Sind Sie sicher, daß er nie über zukünftige Ereignisse mit Ihnen gesprochen hat«, sagte Paul und schrie lauter als Julia.

»Wenn Ihr Schwager«, sagte der Abbé, »das anstrebte, was wir, sagen wir mal, eine Art Askese nennen können, sehr gefährlich übrigens für den Atheisten, da sie die Gefahr mit sich bringt, ihn, sagen wir mal, zu Gott zurückzuführen, worüber wir Christen uns nicht beklagen würden.«

»Oh Scheiße«, sagte Julia.

»Gott segne Sie«, antwortete der Abbé. »Oder ihn auf immer von ihm zu entfernen, wobei allerdings gesagt werden muß, daß der gutartige Atheist vom Typ Valentin Brü auf ewig von ihm entfernt ist, wenn, sagte ich, mein Kamerad, ich wiederhole es, eine Art Askese versuchte, so hat er doch, behaupte ich, nie Anspruch auf die Gabe der Prophetie erhoben.«

»Da haben Sie sich aber in den Finger geschnitten«, sagte Julia.

*»Errare humanum est«,* sagte der Abbé mit esperantistischer Stimme.

»Haste gehört?« sagte Julia zu Paul, »du gehst diesem Mann mit deinen Fragen auf den Wecker, er verschwendet nutzlos sein Latein-Los! Beeilung, Beeilung. Und nichts für ungut«, sagte sie zu Foinard.

»Vergessen Sie Ihre Stöcke nicht«, antwortete der Pfarrer. Aber das war nicht nötig. Während Valentin Mühe gehabt hatte, in einem leeren Zug einen Stehplatz zu finden, ergatterte Julie in einem überfüllten Zug, der sich noch immer weiter füllte, einen Fensterplatz. Paul und Chantal liefen nach rechts und nach links, um Valentin in dem Volkshaufen zu entdecken, doch ohne Erfolg. Trotz allem wollte Julia nach Paris zurück, selbst ohne Gepäck, da auch Valentin dorthin zurückkehrte, und wenn sie ihn heute nicht wiederfinden würde, dann eben morgen.

Auf dem Bahnsteig gärte immer noch eine riesige Menschenmenge, aber ein leerer Zug lief auf dem anderen Gleis ein und wurde sogleich gestürmt. Ein wilder Kampf entbrannte zwischen den Akrobaten, den Kraftmeiern und den Schlaubergern, während Greise und schwangere Frauen mutig ihr Glück versuchten. Julia amüsierte sich über dieses lustige Schauspiel, als sie plötzlich Valentin erblickte. Valentin sah sich die Komödie ebenfalls an, gleichmütig und reglos. Julia reagierte nicht sofort, dann hätte sie ihn beinahe angerufen, aber sie hielt sich zurück. Valentin hatte sich nämlich gerade in Bewegung gesetzt und ein geschicktes Manöver begonnen. Drei junge Mädchen, unerklärlicherweise als Alpinisten gekleidet, machten sich die Wohlanständigkeit dieser Kleidungsstücke zunutze, um durch das Fenster in ein Abteil zu klettern. Valentin hatte sich ihnen genähert, um ihnen bei ihrem Unternehmen liebenswürdigerweise zu helfen.

Julia erstickte vor Lachen: er tat es, um ihnen die Hand auf den Hintern zu legen.

# Raymond Queneau

Raymond Queneau, geboren 1909 in Le Havre, gestorben 1976 in Paris, war Romancier, Poet, Cineast und Kritiker und gehört zu den bedeutendsten französischen Autoren dieses Jahrhunderts. Er studierte Philosophie, arbeitete als Bankbeamter und Handelsvertreter, ab 1938 als Lektor im Verlag Gallimard, wo er seit 1945 die ›Encyclopédie de la Pléiade‹ leitete.

**Das intime Tagebuch der Sally Mara**
*Roman. Band 5832*
»... Die irische Göre Sally Mara – eine ältere Schwester der Zazie – kennt weder Furcht noch Respekt. Sie untersucht Männer und Liebe so sachlich wie der Monteur ein noch unbekanntes Getriebe.«
*Der Spiegel*

**Man ist immer zu gut zu den Frauen**
*Roman. Band 5833*
In dieser Geschichte vom Dubliner Osteraufstand von 1916 entlarvt Raymond Queneau in Dialogen von verblüffender Komik die falschen Parolen von Helden- und Mannestum.

**Odile**
*Roman. Band 5878*
»Surrealismus, Mathematik und Liebe verbinden sich in diesem Buch zu einer der schlichtesten Apotheosen des Lebens, die man sich denken kann: Kritik am Irrationalen, Zweifel am Rationalismus, Bekenntnis zum Herzen.«
*Mannheimer Morgen*

**Fischer Taschenbuch Verlag**

fi 426/1

# Brendan Behan

*»Wer in der jüngeren Literatur nach einer Symbolfigur für das sucht, was im Guten wie im Schlimmen den irischen Genius ausmacht, braucht sich nicht lange umzusehen – der Name Brendan Behan drängt sich förmlich auf. Freiheitsheld und Liederjan, Raufbold und zarte Seele, Liebhaber der Träume und Liebhaber des allzu Irdischen, dazu ein Sprachbegeisterter, der sich an Worten nicht minder berauschte als an den Strömen von Whisky, Gin und Starkbier, die seinem Leben ein frühes Ende setzten – alles dies war der Anstreichersohn aus Dublin mit gleicher Vehemenz. Ein Talent der Selbstvergeudung, das aus der Fülle seiner Widersprüche lebte, schrieb und an ihr auch fröhlich zugrunde ging.« (Günter Blöcker)*

**Borstal Boy**
*Roman. Band 2212*

**Bekenntnisse eines irischen Rebellen**
*Band 5030*

**Der Spanner**
*Roman. Band 8107*

## Dylan Thomas

**Unter dem Milchwald**

Aus dem Englischen übersetzt von Erich Fried

Ein Spiel für Stimmen

Band 5798

›Unter dem Milchwald‹ wurde erstmals 1954 von der BBC ausgestrahlt und ging anschließend über fast alle wichtigen Bühnen der Erde. Es zählt inzwischen zu den literarischen Klassikern.

**Ganz früh eines Morgens**

Aus dem Englischen übersetzt von Erich Fried

Band 5799

»Wer diese Mischung aus poetischem Feuerwerk und Music-Hall-Humor, aus walisischem Gesang und Rhythmus des Meeres nachliest, der hat unmittelbar Dylan Thomas' eigene herrlich ausgreifende, bewegte und – mit Verlaub gesagt – versoffene Stimme im Ohr, wie sie über BBC 3 und in den fünfziger Jahren bisweilen auch über deutsche Sender zu hören war.«

Süddeutsche Zeitung

**Ein Blick aufs Meer**

Aus dem Englischen übersetzt von Erich Fried

Band 5800

»Die Prosaarbeiten sind kleine Meisterwerke an Menschenkenntnis und Humor.«

Norddeutscher Rundfunk

**Fischer Taschenbuch Verlag**

fi 400/1

# Louis Guilloux

*Louis Guilloux wurde 1899 als Sohn eines Schuhmachers in der Bretagne geboren und starb 1980 in seinem Geburtsort Saint-Brieuc bei Finistère, wo er meist auch gelebt hat. Für sein umfangreiches Gesamtwerk, dessen erstrangige Bedeutung in der französischen Literatur des 20. Jahrhunderts immer stärker hervortritt, erhielt Guilloux 1964 den französischen Nationalpreis der Literatur und 1978 den Großen Literaturpreis von Nizza.*

**Coco Perdu**
oder Der unerwartete Abschied
Erzählung. Band 5245

Guilloux erzählt von einem einfachen Rentner, der den Lebensabend mit seiner offenbar viel jüngeren Frau in einer kleinen Stadt verbringt. Eines Tages will seine Frau für unbestimmte Zeit nach Paris, und Coco bleibt allein zurück, etwas hilflos, um die Sicherheit seiner Alltagsgewohnheiten gebracht. Er wartet auf einen Anruf oder auf eine briefliche Nachricht, doch der Brief kommt nicht. Coco stellt fest, daß seine Frau ihr ganzes Erspartes mitgenommen hat und ihn folglich wohl für immer verlassen hat...

Die Tragik, auf die diese Erzählung hinausläuft... Guilloux dämpft sie auf das Maß des einfachen Helden zurück, der weder zerreißende Verzweiflung noch heroischen Kampf kennt... unsentimental, ohne Pathos und mit den einfachsten Mitteln.«

*Frankfurter Allgemeine Zeitung*

**Das Volkshaus**
Roman. Band 5326

Ein »zärtlicher Realist« ist Louis Guilloux in der Frankfurter Allgemeinen Zeitung genannt worden; seine »tiefe humane Anteilnahme« zeigt sich auch in diesem Roman, der zu den bedeutendsten Werken der Weltliteratur über das Leben der arbeitenden Bevölkerung gehört.

**Fischer Taschenbuch Verlag**

fi 160/1